KB078575

멱운 장편 소설
FUSION FANTASTIC STORY

전공
삼국지

전공 삼국지 12
멱운 장편 소설

초판 1쇄 찍은 날 § 2016년 4월 11일
초판 1쇄 펴낸 날 § 2016년 4월 18일

지은이 § 멱운
펴낸이 § 서경석

편집책임 § 이지연
편집 § 한준만

펴낸곳 § 도서출판 청어람
등록번호 § 제387-1999-000006호
등록일자 § 1999. 5. 31
어람번호 § 제1-2402호

주소 § 경기도 부천시 원미구 부일로 483번길 40 서경B/D 3F (우) 14640
전화 § 032-656-4452 팩스 § 032-656-4453
http://www.chungeoram.com
E-mail § chungeorambook@daum.net

ISBN 979-11-04-90746-3 04810
ISBN 979-11-04-90353-3 (세트)

12

멱운 장편 소설

FUSION FANTASTIC STORY

진공

삼국지

도서출판
청어람

第一章
창정 전투

　원소는 복수전을 펼치기로 결심한 이때, 관도 대전 패배를 교
훈 삼아 절대 서둘러 공격에 나서지 않았다. 그는 먼저 관도(館
陶)로 동진해 차남 원희의 대오와 회합했다. 이어 창정으로 진격
한 연후 동아, 범현, 동평 등 연주의 군사 요지를 공취해 후방과
양도의 안전을 확보한 다음 최종적으로 허도를 도모하기로 결
정했다.

　원소가 저수와 최염의 건의에 따라 침착하게 전투를 준비하
고 서서히 창정으로 남하하는 사이, 조조는 주력군을 이끌고
급히 창정으로 달려가 먼저 황하를 건넌 후 강을 등진 채 영채

를 세우고 결전에 대비했다.

원소군 장수들은 조조군이 강을 건넜다는 소식을 듣고 한시라도 빨리 복수하고 싶은 마음에 잇달아 원소에게 달려가 출전을 요청했다. 원소도 이에 마음이 크게 동했으나 저수와 최염이 이해득실을 따져 가며 극구 만류한 덕에 겨우 원소의 마음을 다잡을 수 있었다. 천천히 진군한 원소 대군은 창정 북쪽 30리 지점에 영채를 설치했는데, 영루를 높이 쌓고 도랑을 깊이 파 영채를 견고히 하고 장기전에 대비했다.

며칠이 지나도 원소군이 공격해 올 기미가 보이지 않자 후방 지원이 부족한 조조는 몹시 안달이 나 자신이 직접 군사를 이끌고 원소군 영채로 가 싸움을 걸었다. 이를 본 저수와 최염은 자신들의 소모전이 주효했다고 크게 기뻐했다. 원소는 물론 이를 인정하면서도 저들의 도발을 좌시할 수 없어 친히 아들들과 휘하 장수를 이끌고 들판에서 조조군과 대치했다.

어떻게든 원소를 분노케 해 최대한 빨리 전투를 이끌어 내야 했던 조조는 직접 말을 달려 나가 일부러 원소에게 투항을 권유하고 관도 대전의 참패를 조롱했다. 아니나 다를까, 원소는 조조의 격장지계에 떨어져 연신 조조에게 욕을 퍼부었다. 원상도 적토마를 타고 진영 가운데로 달려가 칼을 휘두르며 누구든 나오라고 소리쳤다. 이에 조조가 회심의 미소를 짓고 있을 때, 조조군의 진영에서 부장 사환이 말을 짓쳐 나와 원상과 상대했다.

둘이 겨룬 지 불과 삼 합 만에 원상은 짐짓 패한 척하고 달아나다가 갑자기 화살을 쏴 사환의 왼쪽 눈을 적중시켰다. 사환은 외마디 비명을 지르며 말에서 떨어져 죽었다. 이를 본 악진이 황망히 출진해 원상과 20여 합을 겨뤘지만 승부가 나지 않았다. 문추는 원상에게 혹여 실수가 있을까 염려돼 말을 달려 나왔다. 이를 본 전위가 문추를 막으려고 출진할 틈도 없이 문추의 화살은 악진의 뺨에 그대로 적중했다. 악진은 큰 소리로 비명을 지르더니 재빨리 몸을 돌려 자기 진영으로 달아나 버렸다.

아들의 승리에 신이 난 원소는 즉각 채찍을 휘둘러 전군에 돌격 명령을 내렸다. 자신감을 회복한 원소군은 함성을 지르며 돌진했고, 조조도 군사를 휘몰아 적과 맞서 싸웠다. 양군이 혼전을 벌이며 단시간에 승부가 나지 않자, 저수가 원소 앞으로 달려가 기병을 조조군의 배후로 침투시키라고 권했다.

이에 원희가 자진해서 3천 기병을 거느리고 조조군의 배후로 돌아가 맹공을 퍼부었다. 조조가 하는 수 없이 군대를 나눠 응전함에 따라 중군의 군사력은 급속히 약화되었다. 원소가 이 틈을 놓치지 않고 총공격 명을 내리자, 조조는 이를 당해내지 못해 급히 징을 쳐 군대를 거두고 창정 영지로 철수했다. 원소도 10여 리 정도를 추격하다가 적이 방어 태세를 갖춘 것을 보고 곧 징을 쳐 영채로 돌아왔다.

조조는 서전에서 패배했으나 전혀 낙담하지 않았다. 오히려 승리에 고무된 원소군의 군심이 느슨해진 틈을 타 적을 유인할 계책을 세웠다. 정욱이 바친 십면매복(十面埋伏) 계책에 따라 조조는 긴박하게 군사들을 적재적소에 배치했다. 그날 밤 삼경 때쯤, 조조는 전위를 보내 원소군 영채를 거짓 습격해 적군을 유인하라고 명했다.

전위가 일부러 종적을 드러내며 기습을 가하다가 원소군의 반격을 맞자 거짓 패한 척하며 달아나기 시작했다. 전위를 맹렬히 추격하던 원소군이 조조군의 매복 범위에 들어서려 할 때쯤, 이상한 낌새를 챈 저수와 최염이 혹시 모를 복병에 대비해 원소에게 군대를 거둬들이라고 청했다. 물론 원소는 이 기회를 절대 놓치고 싶지 않았다. 하지만 지난 패배의 기억이 머릿속에 각인된 탓인지 모사들의 건의를 받아들여 먼저 기병을 보내 사방을 수색하라고 명했다. 그리고 머지않은 지점에서 정말로 조조군의 복병이 발견되었다.

원소는 흠칫 놀라 즉각 철군 명령을 내렸다. 또한 저수의 건의에 따라 문추가 거느린 정예병을 후방에 배치해 적군의 추격을 막도록 했다. 황하 둑 아래에 복병을 심어놓고 원소군이 걸려들기만 기다리던 조조는 매복이 들통 나자 황급히 추격을 명했다. 하지만 문추 대오의 완강한 저지에 부딪혀 더는 앞으로 나아가지 못했다. 그 사이 원소 주력군은 무탈하게 대영으로 철수했다.

하마터면 조조의 음험한 계책에 떨어질 뻔하자, 원소는 경계심을 더욱 강화했다. 조조가 아무리 도발하고 유인해도 쉽사리 군대를 이끌고 영채를 나가지 않았다. 그저 장수들끼리의 대결 정도만 허락했는데, 조조군이 패해 달아날 때도 전혀 뒤를 쫓지 않았다.

이와 동시에 후방의 발간성에 양초를 감추어두고 저수의 아들 저곡(沮鵠)에게 철통같이 방어하라는 명을 내렸다. 원소가 저수와 최염의 계책에 따라 많은 병사와 전량이 풍족한 우세를 활용해 소모전을 펼치자, 후방 지원이 부족한 조조는 답답한 마음에 속만 바짝 타 들어갈 뿐 어찌할 도리가 없었다.

양군이 팽팽하게 대치한 지도 어언 한 달이 넘어 40여 일이 흘렀다. 동아에 저장된 양식이 날로 고갈되는데도 시종 반전의 기회를 잡지 못했다. 조조는 하는 수 없이 모개의 계책을 받아들여 위험천만하게도 세작을 원소군 대영에 몰래 잠입시켜 원담과 연락을 취했다. 지난번 원담이 조조와 결탁해 아비를 시해하려 한 약점을 잡고, 무슨 수를 써서라도 원소의 출병을 이끌어 내라고 사주하기 위함이었다. 만약 이 계략이 성공한다면 원소군 내부는 다시 자중지란에 빠질 가능성이 높다는 희망을 가졌다.

세작을 파견하고 안절부절못하며 답신을 기다리는 사이에 조조에게 악재가 하나 더 터졌다. 창정 나루를 지키는 군사가 황하를 건너려던 서주 세작을 압송하고, 그의 품에서 발견된 도웅의 편지를 바친 것이다.

편지를 읽어 내려가던 조조의 얼굴이 갑자기 새하얗게 질려 다급히 서주 세작에게 물었다.

"너 외에 도웅이 또 다른 사신을 보냈느냐? 사실대로 말한다면 살려주겠지만 거짓을 고한다면 당장 목을 베겠다!"

서주 세작은 목숨을 살려준다는 말에 모든 사실을 실토했다.

"예. 주공은 소인 외에도 태산을 돌아 창정의 원소에게 서신을 전달하라는 사신 한 명을 더 보냈습니다."

조조는 이 말을 듣는 순간 모든 것이 자신을 난처하게 만들려는 도웅의 수작임을 알아챘다. 조조는 목숨을 살려 달라고 애걸하는 서주 세작을 노역형에 처하라고 명한 후, 책상을 치며 도웅에게 연신 욕을 퍼부었다.

조조가 노기를 드러내자 장중에 있던 곽가와 순유, 정욱 등은 재빨리 편지를 펼쳐 보았다. 원소에게 함부로 나가 싸우지 말고 서주 주력군이 출병할 때까지 기다리라는 도웅의 편지에 모사들은 깜짝 놀라 몸을 부르르 떨면서도 의혹을 감추기 어려웠다.

"정말일까요? 그가 출병하면 원소만 유리해지는데, 도웅이 과연 손해 보는 일을 감행할지 의문입니다."

조조는 웅성거리는 모사들을 제지한 후 소리쳤다.

"그것이 사실인지 거짓인지는 전혀 중요하지 않소. 그 편지가 원소 손에 들어가면 우리의 입장은 더욱 곤란해진단 말이오! 원소가 아군과 소모전을 펼치기로 결심한 마당에 도웅의 이 편지를 받는다면 출전 가능성이 완전히 사라져 버리지 않겠소!"

그러자 정욱이 조조를 일깨웠다.

"승상, 원소가 도웅의 편지를 받은 후 어떤 반응을 보일지는 신경 쓰지 않아도 됩니다. 오히려 도웅이 친히 군사를 이끌고 북상해 원소와 접응하겠다고 떠벌린 말에 더 대비하셔야 합니다. 도웅이 비록 간사하고 교활하다 하나 지금까지 내뱉은 말은 반드시 지켰습니다. 더욱이 이는 공개적으로 큰소리친 일이라 신용을 잃지 않기 위해서라도 필시 행동에 옮길 것입니다. 따라서 저는 아군의 남쪽 전선에서 머지않아 격전이 벌어지지 않을까 더 걱정입니다."

조조가 침울한 표정을 짓고 아무 대답도 없자 순유가 안심하라는 투로 말했다.

"도웅이 설사 출병한다 해도 지난번처럼 노약한 병사들을 보내 싸우는 시늉만 할 것이 분명합니다. 정예병을 보내 맹공을 퍼붓는 건 도웅의 간교한 성격에 전혀 부합하지 않습니다."

그러자 정욱이 이를 반박했다.

"그래도 조심하는 것이 상책이오. 아군과 도응이 때로는 적이 되고 때로는 우군이 되어 지금까지 연분을 이어오고 있지만, 어쨌든 양군은 서로를 깊이 증오하는 불공대천의 원수지간이오. 한쪽이 먼저 무너지지 않는다면 조만간 틀림없이 생사를 건 혈전을 벌여야 할 것이오. 따라서 지금 우리 주력군이 원소에게 발목을 꽉 잡힌 틈을 노려 도응이 아군 남쪽 전선을 섬멸하려고 마음먹는 것은 지극히 당연한 일이오."

조조는 천천히 고개를 끄덕이며 그럴 가능성이 있음을 인정했다.

"그렇다면 두 가지 준비를 서둘러 주시오. 먼저 하후연에게 창읍을 철통같이 방어해 도응의 북상 요로를 틀어막게 하고, 이어 도응에게 사신을 보내 그의 진짜 의도를 알아본 연후, 다시 대책을 논의하기로 합시다."

모사들이 이 의견에 찬동하고 몸을 일으키려는데 곽가가 조심스럽게 입을 열었다.

"승상, 하후연 장군이 용맹스럽고 싸움을 잘한다 하나 모략이 부족하고 성격이 강경하여 계략에 쉽게 떨어질 수 있습니다. 도응이 정말 창읍을 취하기로 마음먹는다면 그의 적수가 되지 못할까 걱정입니다."

조조는 곽가의 견해에 수긍하고 말했다.

"하후연에게 병마가 많지 않아 정면 대결로는 절대 도응 휘하의 맹장들을 당해낼 수 없소. 따라서 지모가 뛰어난 여러분 중 누가 내 서신을 가지고 창읍으로 가 하후연을 도와 도응을 막아내겠소?"

이때 시종일관 침묵을 지키던 서서가 앞으로 나와 공수하고 말했다.

"제가 가겠습니다. 승상의 하해 같은 은혜를 입고도 한 치의 공을 세우지 못해 부끄러웠는데, 이번에 도응이 산양을 침범한다고 하니 밤새 달려 창읍으로 남하해 하후연 장군을 도와 기필코 도응의 북침을 막아내겠습니다."

조조는 이를 보고 크게 기뻐 서서를 격려하며 말했다.

"원직이 간다니 내 마음이 놓이는구려. 다만 몇 가지 당부할 말이 있소. 연주 남쪽 전선은 서주와 마찬가지로 지세가 탁 트여 지킬 만한 험지가 없소. 하후연 대오는 아군의 유일한 남쪽 방어막이니 하후연을 도와 성지를 굳게 지키며 내 원소를 공파할 때까지 함부로 출전해서는 아니 되오."

서서가 예, 하고 명을 받자 조조는 즉각 하후연에게 주는 편지를 썼다. 창읍성을 굳게 지키며 일이 있으면 반드시 서서, 조순과 상의하고 절대 충동적으로 일을 처리하지 말라고 신신당부했다. 서서는 조조의 편지를 가지고 밤새 창읍성으로 달려갔다.

＊　　　＊　　　＊

조조군의 세작은 별 탈 없이 원담에게 조조의 편지를 전했다. 원담은 편지를 받고 제 발이 저려 얼굴이 흙빛으로 변했다. 조조에게 자신이 부친을 해하려 한 확증이 없다고 하지만 어쨌든 이 사실이 알려진다면 적자 자리는 꿈도 못 꿀 것이 빤했다.

이에 원담은 온갖 방법을 고민하다가 지연책을 쓰기로 결정했다. 조조에게는 그의 요구를 받아들이겠다고 응낙하고서, 한편으로는 아무 행동도 취하지 않고 그저 전황에 변화가 생기기만 조마조마한 마음으로 기다렸다.

전투가 하릴없이 길어짐에 따라 원소군 내부에서도 군사들이 지치고 양초가 막대히 소모되는 문제가 나타나기 시작했다. 성격 급한 원소는 점점 참을성을 잃고 몇 차례나 문무 중신들을 소집해 적을 격파할 계책을 논의했다. 그때마다 저수와 최염의 단호한 반대에 부딪혔지만 반대의 목소리가 커질수록 저들의 보수적인 전술에 대한 불만도 그만큼 높아져 갔다.

변화의 틈이 보이기 시작하자 원담이 굳이 명할 필요도 없이 곽도와 신평 등은 자발적으로 원소에게 지키기만 하는 전술을 버리고 선제공격에 나설 전기를 찾으라고 권유했다.

사흘 후, 원소의 인내심이 바닥을 드러낼 즈음에 평원을 수비하는 청주별가 왕수가 경기병을 보내 서주 사신을 호송하고, 조조 공파에 협력하겠다는 도응의 편지를 전했다. 이 편지를 본 원소는 뛸 듯이 기뻐하며 사위의 효심을 입이 마르도록 칭찬했고, 저수와 최염도 그제야 한숨을 돌리고 간했다.

"주공, 도응이 친히 주력군을 이끌고 조조의 남쪽 전선을 공격한다니 며칠만 더 기다리면 아군에게 승리를 취할 전기가 저절로 마련될 것입니다. 이런 때일수록 위험하게 출전을 감행하지 말고 굳게 지킨다면 조조는 틀림없이 허점을 드러내게 됩니다."

원소가 고개를 끄덕이고 있는데 곽도가 이에 불복했다.

"만일 도응의 말이 거짓이면 어찌합니까? 아군이 하루에 소모하는 전량이 얼만지 아십니까? 무려 7천 휘입니다. 시간을 지체할수록 그만큼 전량을 낭비하게 된단 말입니다."

저수가 정색을 하고 반문했다.

"공칙, 도응이 언제 뱉은 말을 지키지 않은 적이 있었소? 만일 도응이 식언한 전례를 찾아낸다면 내 당장 그대의 말에 따라 주공께 출전을 종용하리다."

최염도 저수를 거들었다.

"아군이 매일 전량 7천 휘를 소비하지만 조조군도 마찬가지로 2천 5백 휘 이상을 소비하고 있소. 게다가 며칠 전 아군 세작이 보고한 바에 따르면, 진류 일대의 복수 상류에서 대규모 전량 운반 선박이 발견됐다고 하오. 이는 동아에 저장한 양식이 거의 바닥을 드러내 천 리 밖의 허도와 진류에서 양식을 보급받고 있다는 증거가 아니겠소? 상황이 이렇다면 전량 소비가 아군에게 불리하겠소, 아니면 조조군에게 불리하겠소?"

곽도가 말문이 막혀 아무 대꾸도 못 하자 원소는 결심이 선 듯 자리에서 일어나 큰 소리로 명했다.

"내 뜻은 이미 결정됐다. 조조와 끝까지 소모전을 벌이며 내 사위가 출병할 때까지 기다릴 것이다. 그러니 더 이상 왈가왈부하지 말라!"

*   *   *

도응은 원소를 도와 조조를 멸하라는 시의의 계책을 채택한 후, 서주에서 이끌고 온 3만 정예병 중 1만을 노숙에게 주어 강동 제후들을 제압하라고 명했다. 또한 노숙을 강동도독에 봉해 강남 전선을 총괄하게 하고, 장소를 양주별가 겸 구강태수에 봉해 전량과 민정을 책임지게 했으며, 서성을 진남장군(鎭南將軍) 및 여강태수에 봉해 여강과 구강의 군대를 통솔하게 했다. 그리고 교유를 예장태수, 장흠을 단양태수 겸 수군부도독, 주태를 수사교위(水師校尉) 겸 오군상(吳郡相)에 봉했다.

인사 배치를 완벽하게 마친 도응은 다시 2만 군사 중 1만 보병은 허저와 위연, 고순 등에게 맡긴 뒤 천천히 북상하라 명했다. 그리고 자신은 기병을 거느리고 먼저 출발해 아흐레 만에 단양에서 팽성으로 돌아왔다.

후방을 지키는 진등은 도응의 서신을 받고 이미 조조를 토벌하기 위한 북상 채비를 모두 마친 상태였다. 진도, 서황, 국의, 도기 등은 서주 주력군을 집결시키고 도응의 명이 떨어지기만 기다리고 있었다. 팽성에 도착한 도응이 대군에게 출정 명령을 내리려 할 때, 진등이 조심스럽게 물었다.

"주공, 조조를 공격하기로 확실히 결심을 굳힌 것입니까? 조조를 공파하면 아군은 기주군과 직접 경계를 접할 텐데, 이 점에 대해서 대비를 해두셨는지요?"

"이는 충동적으로 결정한 사안이 아니라 심사숙고해 내린 전략적 선택이오. 그리고 기주군이 비록 강대하다고 하나 조조군만큼 위협적이지 않으니 원룡은 맘 푹 놓으시오."

진등은 도응의 결심이 확고한 것을 보고 더 이상 아무 말도 묻지 않았다. 단지 세작들이 올린 연주 남쪽 전선의 병력 배치 정보들을 취합해 묵묵히 도응에게 보고했다. 대략 2만 명 정도인 조조군의 정예병은 대부분 핵심 방어선인 창읍에 주둔해 있고, 나머지 일부 군사가 주변의 금향, 양구(梁丘), 무당정(武唐亭) 등지를 지키고 있었다. 또한 창읍성과 가까운 정도에는 유대의 군대가, 창읍 북쪽의 동평 일대에는 차주가 있었지만 두 곳의 병마가 하후연을 도울 가능성은 별로 없어 보였다.

도응은 진등의 보고를 모두 받고 물었다.

"참, 창읍성의 도면은 얻었소이까?"

진등은 급히 공문서 가운데서 창읍성 지도를 찾아 도응에게 건네며 대답했다.

"아군 세작이 몰래 그려 완성한 지도입니다. 지형은 대체로 정확하나 방비가 삼엄한 관계로 조조군의 내부까지는 잠입하지 못해 자세히 정탐하지 못했습니다. 이 밖에 아군 세작이 창읍성 안의 우물 숫자와 위치를 정확히 표시해 두었으니, 수문(水文)에 정통한 사람에게 부탁해 이를 근거로 창읍 주변의 지하 수맥을 찾아내면 필요할 때 지하도로 공성이 가능합니다."

"오, 과연 세심히 준비했구려."

도응은 칭찬의 말을 던진 후 고개를 숙이고 창읍성 지도를 유심히 들여다보았다. 이때 가후가 입을 열었다.

"주공, 제가 창읍성에 가본 적은 없지만 예전에 여포가 연주를 휘젓고 다닐 때 창읍성을 기반으로 원소와 조조 연합군에게 완강히 저항했다고 들었습니다. 이로써 보건대, 창읍성은 쉽게 무너뜨릴 수 있는 성이 아닙니다. 따라서 병력과 시간의 손실을 최대한 줄여 창읍성을 손에 넣고 싶다면 저들을 야전으로 유인하는 것이 최선의 방법입니다."

가후의 말이 떨어지자마자 진등이 쓴웃음을 짓고 말했다.

"저들이 성을 나오도록 유인한다고요? 그건 결코 쉽지 않아 보입니다. 조조가 주력군을 이끌고 창정에서 원소와 대치하고 있는 관계로 창읍을 구원할 겨를이 없습니다. 이에 십중팔구 하후연에게 성을 나가지 말고 사수하라는 명을 내렸을 것입니다. 이 밖에 주공께서 입성하실 때 들어온 소식에 따르면, 조조가 영천의 명사 서서를 하후연의 참군으로 삼아 수성을 돕도록 했다고 합니다. 그러니 저들을 계략에 빠뜨리기란 불가능에 가깝습니다."

그러자 가후가 미소를 짓고 대꾸했다.

"서서도 사람인지라 실수를 범할 수 있소. 그가 돕는다고 아군이 하후연을 성 밖으로 유인해 낼 기회가 없는 것은 아니오."

도웅 역시 창읍성 지도를 옆으로 밀어놓고 가후의 말에 맞장구를 쳤다.

"문화 선생의 말이 옳소. 서서가 제아무리 총명하고 지모가 많다 해도 계략에 떨어지지 말라는 법은 없소. 그래서 말인데, 문화 선생은 저들을 밖으로 유인할 묘계가 있소이까?"

가후가 대답했다.

"구체적으로 어떻게 하후연을 밖으로 유인할지는 창읍성에 도착한 후 생각해도 됩니다. 다만 조조군의 한 가지 심리만 잘 이용한다면 저들을 유인하는 것은 그리 어렵지 않습니다."

도응이 그게 무엇이냐고 다그치자 가후가 웃음을 지으며 대답했다.

"바로 아군이 절대 창읍성을 전력으로 공격할 리 없다고 믿는 심리입니다. 지난번 관도 전투 때 아군은 창읍성을 포위만 하고 한 번도 제대로 된 공격에 나서지 않았습니다. 이번 싸움에서 아군이 다시 창읍으로 진격한다지만 조조군은 분명 아군이 저번처럼 원소를 형식적으로 돕는 척하며 공격해 올 리 없다고 여길 것입니다. 조조군의 이런 심리를 이용해 일부러 허점을 드러낸다면 하후연과 서서를 쉽게 계략에 빠뜨릴 수 있습니다."

가후의 말에 도응은 손뼉을 치고 큰 소리로 웃음을 터뜨렸다.

"하하, 그거 정말 묘계 중에 묘계요. 우리가 절대 손해 보는 짓은 하지 않을 테니, 이번에도 창읍성을 진짜로 공격할 리 없다고 믿는 심리를 역이용하자는 것이구려!"

한바탕 박장대소한 도응은 가후 등과 함께 먼저 조조군을 어떻게 안심시킬지 논의했다. 일단 남정에서 돌아온 서주군 정예부대를 잠시 동원하지 않고, 오랜 기간 쉬며 힘을 기른 북쪽 대오만 창읍으로 출전시키기로 결정했다. 이렇게 함으로써 정예부대에게 충분한 휴식 시간을 주고, 또 조조군에게도 창읍성을 공격하는 시늉만 하는 모습을 보여줄 수 있었다.

이 밖에 가후는 부중에 있는 하후씨(夏侯氏)와 하후연의 관계를 이용하자고 건의했다. 이 하후씨는 하후연의 질녀로 역사에서는 장비의 아내이자 후주 유선의 부인인 경애황후(敬哀皇后) 장씨의 어머니였다. 훗날 하후연이 황충에게 죽임을 당했을 때 장사를 후하게 지내주기도 했다.

이런 관계를 이용해 하후씨에게 집안의 자질구레한 일과 문안을 묻는 편지를 쓰게 한 후, 정식으로 사신을 보내 이 편지를 하후연에게 전달하자는 것이었다. 그리하면 하후연은 필시 이를 선의의 의사로 받아들여 이번 창읍 출병이 원소에게 보여주기 위한 조치라는 확신을 줄 수 있다고 말했다. 도응 역시 흔쾌히 이 계책을 받아들였다.

이때 마침 조조가 보낸 사신 왕칙이 팽성에 당도했다. 도응은 이 소식을 듣고 크게 기뻐하며 직접 조조에게 자신의 호의를 전달하고자 했다. 그러자 가후가 이에 반대하고 나섰다.

"주공은 왕칙 앞에서 더욱 강경한 태도를 취하셔야 합니다. 주공이 조조의 사자를 후대하면 의심 많은 조조는 필시 일부러 자신을 안심시키고 진짜로 출병하는 것이 아닐까 의심을 품게 됩니다. 따라서 왕칙에게 위협적인 언사를 퍼붓고 당장 인질을 교환하자고 협박하십시오. 그리하면 조조는 주공께서 허장성세를 부린다고 여겨 남쪽 전선에 대해 마음을 놓을 것입니다."

도웅은 가후의 말뜻을 퍼뜩 깨닫고 다시 그의 건의를 채납했다. 이에 일부러 왕칙을 푸대접하고, 정식으로 접견할 때도 이번 창읍 출병은 조조의 방어선을 돌파해 기주군과 접응하기 위한 것이니 빨리 인질을 교환하고 결전에 나서자며 기세등등하게 을렀다. 왕칙은 고개를 숙인 채 그저 예예, 하고 대답한 후, 도웅의 인질 교환을 요구하는 편지를 가지고 곧장 창읍성으로 돌아가 하후연에게 도웅이 자신을 어찌 대접했는지 사실대로 보고했다.

창읍성에서 보인 반응은 가후의 예상 그대로 적중했다. 서서는 냉소를 그치지 않고 도웅을 비겁한 소인이라고 평가했고, 조순 역시 조롱의 빛을 감추지 않은 채 말했다.

"무는 개는 짖지 않지만 짖는 개는 물지 않는 법이다."

이어 이튿날, 서주 사신이 하후씨의 문안 편지를 가지고 오자 하후연과 서서 등은 서주군의 이번 북상이 형식적인 일임을 더욱 확신하게 되었다. 하후연은 서서의 건의에 따라 서주 사자 편에 하후씨의 안부를 묻는 답신과 선물까지 딸려 보냈다. 이는 자신들에게 전혀 싸울 마음이 없음을 알려 서주군의 군심을 태만히 하기 위함이었다.

＊　　　＊　　　＊

적군의 마음을 느슨하게 만드는 데 성공한 도응은 5월 스물
아홉째 날, 3만 5천 군사를 이끌고 창읍으로 북상했다. 진도, 서
황, 조성, 도기, 창희, 진의 등 남정에 참가하지 않은 장수들이
함께 출전했고, 강동에서 막 팽성으로 돌아온 서주군은 후방에
서 대오를 재정돈하며 휴식을 취했다.

허저, 조운 등은 당연히 펄쩍 뛰며 참전을 요구했지만 도응
은 이를 단호히 거부했다. 오히려 새로 항복한 태사자와 마충에
게만 공을 세울 기회를 주기 위해 합류를 명했다. 이와 동시에
이번 북상에 악의가 전혀 없음을 알리기 위해 일부러 진의를
선봉으로 삼아 3천 군사를 이끌고 먼저 출발하라고 명했다.

척후병이 달려와 서주군의 상황을 하후연에게 보고하자, 하
후연은 마음이 크게 동해 다급히 조순과 서서를 불러 일지 군
마를 보내 먼저 적의 선봉 부대를 격퇴하면 어떻겠느냐고 물었
다. 그러자 조순이 단호히 반대하고 나섰다.

"장군, 절대 불가합니다. 승상께서는 오로지 창읍을 사수하
며 도응의 북상 요로를 틀어막으라고 명하셨습니다. 도응이 일
부러 약세를 드러내 이진급 장수를 선봉으로 삼은 건 이번 출

병이 원소에게 보여주기 위함을 알리려는 의도가 분명합니다. 따라서 아군이 적의 선봉에 타격을 입히면 승상의 장령을 어기는 것일 뿐 아니라 필연적으로 도응의 격노를 사 불필요한 전화를 초래하게 됩니다."

조순이 자신의 생각에 동조해 주지 않자 하후연은 시선을 다시 서서에게 옮겼다. 서서는 아주 명료하게 대답했다.

"출전 여부는 창읍 전투에 임하는 장군의 태도에 달려 있습니다. 서주군의 장단에 맞춰 형식적으로 싸우는 모습을 보여주고 싶다면 굳이 출전할 필요가 없습니다. 반면 도응이 이익을 보는 것이 싫어 된맛을 보게 하고 싶다면 당장 출격해 서주군 선봉을 격퇴하십시오. 그러면 도응의 격분을 불러일으켜 견고한 창읍성을 공격하도록 꾈 수 있습니다."

하후연은 서서의 말이 일리가 있다고 여겨 고개를 크게 끄덕였다. 이에 조순이 조조의 명을 들어 극렬히 반대하자 서서가 미소를 짓고 말했다.

"자화(子和) 장군, 승상은 창읍성을 굳게 지키라고 명했지, 수성하면서 적에게 약세를 보이라고는 하지 않았습니다. 그렇지 않습니까?"

"원직의 말이 옳소."

하후연은 무릎을 치고는 곧장 부장 두습(杜襲)에게 3천 군사를 이끌고 성을 나가 서주군 선봉을 격퇴하라고 명했다. 조순은 아무리 권해도 소용없자 이 사실을 편지로 써서 몰래 창정의 조조에게 보내고 명을 내려 달라고 청했다.

이튿날, 두습의 대오가 방여 가까이에 이르렀을 때 탐마가 달려와 진의의 서주군이 불과 20리도 되지 않는 곳에 당도했다고 보고했다.

이에 두습이 군사를 휘몰아 남하하려는데 갑자기 말발굽 소리가 진동하며 서주 제일의 군자군이 눈앞에 나타났다. 두습은 얼굴이 창백하게 질려 재빨리 진열을 정비하고 궁노수를 전진 배치해 적을 맞이했다.

조조군이 다리를 벌벌 떨며 두려운 표정을 짓고 있는데, 뜻밖에 군자군은 공세를 취하지 않고 백기를 든 기병 하나가 앞으로 달려 나와 거만한 어조로 크게 소리쳤다.

"조조군은 들어라. 하후연이 질녀에게 준 선물을 보아 오늘은 특별히 너희들의 목숨을 살려주겠다! 그리고 돌아가 하후연에게 전해라. 너희들이 설사 십만 대군을 이끌고 온다 해도 우리 군자군이 끝까지 상대해 줄 것이다. 군자군의 무시무시함은 조순이 가장 잘 알 것이다. 그의 호표기가 군자군에게 어떻게 전멸했는지 물어보아라!"

그러더니 군자군은 조조군을 한바탕 비웃고 기고만장하게 자리를 떠났다. 두습의 3천 군사는 이렇게 큰 모욕을 당했지만 누구 하나 감히 치욕을 씻기 위해 저들의 뒤를 쫓지 못했다. 오히려 사지에서 살아 돌아온 듯 안도의 한숨을 내쉬고 '걸음아, 날 살려라' 하고 달아나기 바빴다.

한편 군자군 진영 내에서는 연빈과 진덕 등이 잇달아 도기에게 달려가 적진이 어지러워진 틈을 타 공격을 가하자고 청했다. 원담의 기주 철기를 격퇴한 이후 단 한 차례도 전투에 나서지 못했던 이들은 몸이 근질거려 당장에라도 달려 나갈 태세를 취했다. 하지만 도기는 호통을 치며 말했다.

"썩 물러가라! 우리의 임무는 단지 진의의 대오를 보호하는 것이다. 우리가 저들을 격퇴하면 하후연이 놀라 성을 나오지 않을 수도 있다고 형님이 말씀하셨다. 지금 형님은 대어를 낚을 기회를 노리고 있단 말이다!"

그날 밤 이경 때쯤, 두습의 대오는 허겁지겁 창읍성으로 달아났다. 하후연은 두습이 군자군을 만나 꽁무니를 뺐다는 얘길 듣고 발연대로해 당장 두습을 참수하라고 명했다. 다행히 조순 등이 극력으로 만류한 덕분에 두습은 목숨을 부지할 수 있었다.

하후연은 당장 두습을 내쫓았지만 자신도 답답한 듯 손으로 연신 책상을 치며 소리를 질렀다.

"군자군이라니! 설마 군자군까지 동원했단 말인가? 그럼 이제 성을 사수하는 방법밖에 없는 것인가?"

그러자 서서가 여유작작한 태도로 대꾸했다.

"군자군은 결코 천하무적이 아닙니다. 저들은 진을 치고 싸우는 걸 싫어하며, 좁은 지대에서의 싸움이나 근접전에 약점을 가지고 있습니다. 도응이 창읍성 아래에 영채를 차리면 군자군은 큰 역할을 하기 어렵습니다."

하후연이 알겠다는 듯 고개를 끄덕이자 서서가 계속 말을 이었다.

"하후 장군, 현재 도응의 출병 상황을 편지에 자세히 써서 쾌마로 승상께 보내십시오. 도응이 이토록 우리를 얕보고 있으므로 적을 격파할 기회가 전연 없지 않음을 알린 다음, 승상께 단지 성을 지키기만 할지 아니면 적당한 때에 출격해 적을 무찌를 기회를 찾을지 결정을 내려 달라고 청하십시오."

"승상께 꼭 청할 필요가 있겠소?"

하후연의 물음에 서서가 대답했다.

"물론입니다. 승상께서 여러 차례 싸움을 걸었지만 원소는 영채에 틀어박혀 나오지 않고 소모전을 벌이며 도응이 북상해 접응하기만 기다리고 있습니다. 이런 때에 아군이 도응의 허를 찔러 승리를 취한다면 일거에 전세가 역전돼 원소군의 출병을 핍박할 수 있습니다. 기회가 다시없는 데다 사안이 매우 중대해 반드시 승상께 보고하고 회답을 받아야만 합니다."

내심 성을 지키고 싶지 않았던 하후연은 서서의 자세한 설명을 듣고 고개를 끄덕이며, 그에 말에 따라 편지를 써서 조조에게 보냈다. 성을 나가는 데 줄곧 반대하던 조순도 조조에게 먼저 알린 후 행동을 취하겠다는 데에 당연히 찬성했다.

이틀여가 지난 후, 하후연의 편지는 쾌마를 통해 3백 리 넘게 떨어진 창정 전장에 도착했다. 원소의 소모전에 골머리를 앓던 조조는 편지를 보고 한참 동안 입을 열지 않았다. 곽가, 순유, 정욱, 모개 등도 인상을 찌푸리며 하후연의 출병 요청을 받아들여야 할지 고민에 빠져 있었다. 조조가 먼저 입을 열어 의견을 물었지만 누구 하나 쉽사리 견해를 제시하지 못했다.

조조가 답답하다는 표정으로 재차 다그쳤다.

"어째서 아무 말도 없는 것이오? 하후연이 적을 격파할 전기를 찾겠다는데, 공들의 생각은 어떠하오?"

한참이 지나서야 곽가가 기침을 하며 대답했다.

"도웅은 꾀가 많고 가후는 간교한지라 이것이 어쩌면 아군을 유인하려는 계략일지도 모른다는 생각입니다."

조조 역시 곽가의 말처럼 그것이 가장 마음에 걸렸다. 하지만 국세를 되돌릴 수 있는 절호의 기회를 놓치고 싶지 않아 단번에 결정을 내리지 못했다. 이때 정욱이 우물쭈물하다가 입을 열었다.

"승상, 봉효의 말이 틀리지는 않습니다. 그러나 양식이 부족한 상황에서 아군이 마냥 소모전을 전개하다간 조만간 저들의 협공에 무너지고 말 것입니다. 따라서 형식적으로 원소를 도우러 온 서주군의 빈틈을 노리는 것도 좋은 방법이 될 수 있습니다."

조조가 아무 대꾸도 하지 않자 정욱이 다시 말했다.

"게다가 또 한 가지 가능성도 있습니다. 도응의 창읍 출병은 단지 하후연을 견제하기 위한 것이고, 실제로는 다른 부대가 임성을 거쳐 곧장 동평으로 진격해 아군을 양단시키고 배후에서 원소와 접응하려는 계산일지도 모릅니다. 그리 되면 아군은 상상하고 싶지 않은 결과를 초래할 수도 있습니다."

이 말에 조조는 애가 타 연방 탄성을 내지르더니 마침내 굳게 다문 입을 열었다.

"원소와 도응의 소모전에 피가 마르느니 차라리 하후연에게 도박을 걸기로 한다! 하후연에게 회신을 보내 마음껏 용병을 펼치라고 명하라! 다만 적을 격퇴할 기회를 놓쳐도 좋으니 전군이 위험에 빠지는 일만은 없도록 하라!"

*   *   *

도웅이 막사 안에서 공문서를 처리하고 있을 때, 후성이 보낸 전령이 찾아왔다.

후성은 6천여 군사를 거느리고 서주군이 새로 점령한 임성과 노국 양 군에 주둔하고 있었다. 도웅은 그에게 서주와 청주로 통하는 요로인 두 곳을 지키는 한편, 연주 내지의 동정을 정탐하라는 임무를 맡겼다.

후성이 이번에 전령을 보낸 이유는 손관이 약 8천 병력을 이끌고 제북국의 사구(蛇丘)를 공격하자 조조군의 동평 수장 차주가 사구와 강현(剛縣)에 구원병을 보내 현재 동평군을 지키는 군사가 고작 5천 명 정도라 이 틈에 동평으로 쳐들어가겠다고 청하기 위해서였다.

잠시 고민에 잠겨 있던 도웅은 신중을 기하기 위해 후성의 출병 요청을 거절하고, 단지 2천 정도의 병력을 사구와 강현으로 보내 손관을 도우라고 명했다. 후성이 보낸 전령이 명을 받고 돌아가자 도웅은 모래에 그린 지도 옆에 서서 하후연을 어떻게 창읍성 밖으로 유인해 내 최대한 타격을 입힐지 곰곰이 생각하기 시작했다.

도웅의 주력군은 사흘 전인 6월 초닷새에 창읍에 도착했다. 도웅은 적군을 유인하기 위해 일부러 창읍성 가까이에 영채를 세우지 않고, 동남쪽으로 30리 정도 떨어진 사수 가에 영채를 차렸다. 이어 도응은 친히 정예 기병을 이끌고 창읍성으로 가 성을 한 바퀴 둘러보며 방어 상황을 유심히 관찰했다.

그런데 창읍성은 성벽이 높고 참호가 깊어 견고하기 짝이 없는 데다 도응이 직접 성 아래에 나타나자 조조군은 성문을 굳게 걸어 잠그고 전혀 출전하지 않았다. 이는 창읍의 군대가 이번 전투에 신중하게 임해 적군을 성 밖으로 유인해 내기가 쉽지 않음을 말해주고 있었다.

이처럼 도응이 방법을 고민하고 있을 때, 홀연 가후가 막사 안으로 찾아왔다. 그런데 가후는 도응을 보자마자 엉뚱한 소리를 내뱉었다.

"주공, 아군 대영에서 서북쪽으로 10리 떨어진 곳에 금산(金山)이라는 산이 있다고 합니다. 풍광이 자못 아름답다고 하니 오늘 별일이 없으면 시녀들을 대동해 금산이나 유람하시지요."

도응은 가후의 뚱딴지같은 말에 정색을 하고 대꾸했다.

"오늘은 시간이 없소이다. 처리해야 할 공문이 산더미이고, 이곳은 관도(官道) 옆이라 주변에 숲이 드물어 벌목이 쉽지 않아 아직까지 영채도 완성되지 않았소. 이런 상황에서 한가하게 놀러나 다닐……."

도응은 여기까지 말하다가 가후의 얼굴에 드러난 음흉스러운 웃음을 보고 뭔가 깨달은 듯 아차 하며 머리를 쳤다. 그리고는 금세 말을 바꾸었다.

"다시 생각해 보니 마침 오늘 아무 일도 없구려. 금산이 천하의 승지(勝地)라면 내 마땅히 둘러보아야지요. 금으로 가득한 산이라… 그 이름도 참 상서롭구려. 내 당장 시녀들을 데리고 밤새 실컷 놀아야겠소, 하하하!"

이리하여 도응은 군무를 팽개친 채 아리따운 미녀들을 옆에 끼고 병마를 대동하고서 대영 서북쪽 10리 밖의 금산으로 향했다.

한가로이 산수를 감상하다가 흥이 나면 소리 높여 노랫가락을 뽑고, 미인들과 풍광이 수려한 곳에서 사냥을 하고 술과 고기를 즐겼다. 또 군사들의 각저(角抵 : 씨름) 유희를 구경하며 실컷 먹고 마시다가 날이 어두워져서야 미인들을 품에 안고 대영으로 돌아왔다.

막사로 들어서자마자 목까지 빨개질 정도로 마신 도응의 얼굴에서 취기가 싹 가시며 가후를 바라보고 물었다.

"어떻소? 하후연이 계략에 떨어지겠소?"

가후가 단호하게 대답했다.

"아군의 영채가 아직 완성되지 않은 데다 주공께서 부러 적을 얕보는 모습을 보였으니, 아군의 허점을 노리는 하후연에게 이보다 더 좋은 기회는 없습니다. 한 발짝도 성을 나가지 말라는 조조의 엄명이 있지 않는 한, 하후연은 오늘 밤 틀림없이 영채를 기습하러 올 것입니다."

하지만 도웅의 얼굴에는 의심의 빛이 가득했다.

"하후연은 족히 염려할 바가 못 되나 서서는 다르오. 내가 여자를 끼고 놀러간 것으로 하후연을 속이기는 어렵지 않지만 서서까지 속일 수 있을지는 사실 확신이 없소."

"아무 걱정 마십시오. 장담컨대, 이것이 적을 유인하려는 계략임을 서서가 안다 해도 절대 하후연을 제지할 리 없습니다."

"어찌 그리 확신하시오?"

가후는 미소를 띠고 천연덕스럽게 대답했다.

"지난번 소패 전투 때 사마랑이 비밀리에 알려온 보고에서, 조조에게 영채를 나가 아군과 진법 대결을 펼치라고 종용한 자가 바로 서서요, 또 이후에 주력군과 회합해 다시 남하하라고 건의한 자도 서서라고 말했습니다. 이로써 보건대, 서서는 모친을 위해하려 한 주공을 깊이 증오할 뿐 아니라 이에 공모한 조조까지도 원망해 아군과 조조가 양패구상하길 바라는 것이 분명합니다. 따라서 서서가 설사 의심을 품는다 해도 절대 하후연의 출병을 막을 리가 없습니다. 영채 습격의 성공 여부와 상관없이 양군 모두 피를 흘리게 하는 목적을 달성할 수 있으니까 말입니다."

도웅은 반신반의했지만 가후에게 다 생각이 있으리라고 여겨 더 이상 아무것도 묻지 않았다. 다만 가후와 적을 격퇴할 계책을 논의한 후, 장수들을 불러 매복 위치를 상세히 지시했다.

*　　　*　　　*

도웅이 미녀들을 데리고 산으로 놀러갔다는 소식은 당연히 척후병의 입을 통해 하후연에게 전해졌다. 하후연은 자신을 안중에도 두지 않는 도웅의 태도에 처음에는 불같이 화를 냈지만, 이내 얼굴에 희색을 드러내며 장중의 장수들에게 말했다.

"도웅이 먼 길을 와 아직 영채가 안정되지 않고, 또 안하무인으로 우리를 경시하는 지금이야말로 적의 허를 찌를 절호의 기회요. 오늘 밤 내 친히 대군을 이끌고 적의 영채를 급습하려는데, 여러분의 생각은 어떠하오?"

서주군의 태도에 눈꼴이 시렸던 뭇 장수들은 환호를 지르며 하후연의 결정에 잇달아 찬성을 표했다. 단지 조순만이 신중한 입장을 보이며 조심스럽게 반대 의사를 표명했다.

"장군, 꼭 이렇게 위험을 무릅써야만 합니까? 야간 기습이 성공하면 대승을 거둘 수 있지만 적의 속임수에 걸려들기라도 하는 날에는 참패를 면키 어렵습니다."

하후연은 짜증 섞인 투로 대꾸했다.

"장군은 왜 그리 소심한 거요? 도응의 이번 출병은 원소에게 보여주기 위한 것이 확실한데, 무슨 속임수가 있다고 그러시오? 승상께서도 기회를 엿봐 출병하라고 허하셨으니, 이런 좋은 기회를 놓친다면 승상의 균지(鈞旨)를 어기는 것이 되오. 장군이 두려워 가지 못하겠다면 창읍성이나 지키고 있으시오. 기습은 나 혼자 가리다!"

조순은 자신의 힘으로 하후연을 설득하기 어렵다고 여겨 하는 수 없이 구원을 요청하는 눈길로 서서를 바라보며 물었다.

"원직의 생각은 어떠하오? 하후 장군의 기습 작전이 통하리라고 보시오?"

서서는 공손하면서도 또박또박하게 대답했다.

"이런 대사는 당연히 하후 장군이 결정하셔야지요. 저는 단지 한 가지만 말씀드리겠습니다. 승상께서 우리의 출병에 동의하신 건 소모전으로 일관하는 교착 상태를 타개해 주길 바랐기 때문입니다. 도응의 영채가 안정되지 않고 후속 부대가 아직 당도하지 않은 지금이 바로 적의 허를 찌를 천재일우의 기회입니다. 만일 이 기회를 놓쳤다가 적의 병영이 안정되고 정예 부대까지 창읍으로 북상한다면 아군에게 더 이상 이런 기회는 없습니다."

"원직의 말이 내 뜻과 꼭 부합하오."

하후연은 힘껏 고개를 끄덕여 맞장구친 후 장중을 둘러보며 명했다.

"내 뜻은 이미 결정됐다. 조순과 원직은 창읍을 지키고, 나는 오늘 밤 이경에 친히 1만 군사를 거느리고 도웅의 영채를 급습할 것이다. 도웅을 사로잡지 못한다면 맹세코 군사를 거두지 않으리다!"

조순은 재삼 신중히 결정하라고 간고(懇告)했지만 하후연은 단호히 이 청을 물리쳤다. 이에 조순은 하는 수 없이 상황이 불리해지면 승패에 연연하지 말고 즉각 철수하라고 신신당부했다. 하후연은 건성으로 이에 답하고 신속히 전투 준비를 서두르라고 명했다.

이경이 되자 하후연은 친히 1만 군사를 거느리고 창읍성을 나와 야음을 틈타 몰래 30리 떨어진 서주 대영을 향해 진군했다.

조조군은 한 시진여 만에 서주군 영채 바로 앞까지 잠행하는 데 성공했다. 서주군의 영채는 목재가 부족한 관계로 한 겹의 간이 울타리만 세워져 있었고, 녹각 차단물도 온전히 설치돼 있지 않았다. 또한 영문 밖에는 횃불이 환하게 밝혀져 있었지만 수비군은 몇 명 보이지 않았다. 속으로 쾌재를 부른 하후연은 부장 양추(楊醜)에게 정예병을 이끌고 선두에 서서 서주군 영문을 돌파하라고 명했다.

양추의 대오가 갑자기 시살해 들어오자 영문을 지키던 서주군은 깜짝 놀라 비명을 지르며 사방으로 흩어져 달아났다. 이틈을 타 양추가 전혀 힘들이지 않고 영문을 열어젖히자 하후연은 크게 함성을 지르며 군사를 이끌고 서주군 영채 안으로 돌격해 들어갔다.

그때였다. 갑자기 둥둥 북소리가 사방에서 울려 퍼지더니 하후연 대오 전방과 좌우에서 화광이 충천하고 함성이 크게 일어나며 서주군이 무수히 쏟아져 나왔다. 하후연이 대경실색해 황급히 철군 명령을 내릴 때, 이미 서주군 장수 하나가 장창을 비켜들고 달려들며 큰 소리로 외쳤다.

"동래 태사자가 여기 있다. 하후연 필부 놈아, 어디로 달아나려 하느냐?"

하후연은 무명소졸의 등장에 마음을 놓고 칼을 들어 태사자를 맞이했다. 그러나 이 무명소졸의 무용은 결코 자신의 아래에 있지 않았다. 방심하다가 하마터면 태사자의 창에 찔릴 뻔하자 하후연은 크게 당황하여 싸울 마음을 잃고 기회를 엿봐 몸을 빼쳐 달아났다. 태사자는 군사를 이끌고 하후연의 뒤를 끝까지 추격했다.

하후연이 겨우 영채 밖까지 달아났을 때, 이번에는 좌우에서 서주군 복병이 튀어나오고 일지 군마는 이미 퇴로를 막고서 사방에서 하후연의 대오를 공격했다. 하후연은 더 이상 돌아갈 곳이 없자 군사들에게 전력을 다해 포위를 뚫으라고 재촉했다.

하지만 퇴로를 막고 있는 장수가 바로 진도인지라 하후연의 대오가 아무리 돌격해도 포위를 뚫을 수가 없었다. 이에 하후연은 하는 수 없이 횃불이 적은 남쪽을 향해 냅다 내달리기 시작했다. 서주군이 그 뒤를 맹렬히 추격하자 하후연의 대오는 이미 붕괴 직전에 이르러 다수의 사상자를 내고 뿔뿔이 흩어져 달아나기 바빴다.

무작정 달아나던 하후연이 한숨을 돌릴 새도 없이 이번에는 군자군이 앞을 가로막았다. 전열을 채 정비하기도 전에 쏟아지는 군자군의 화살에 여기저기서 비명이 터져 나오며 하후연의 군사들이 잇달아 바닥에 쓰러졌다. 하후연이 필사적으로 앞으로 내달렸지만 군자군은 때로는 싸우고 때로는 물러나며 하후연 대오와 시종 일정한 거리를 유지한 채 끊임없이 화살을 날려댔다.

하후연은 종내 군자군의 공격에서 벗어날 수 없음을 깨닫고, 서주군이 이미 설정한 노선에 따라 창읍성과 반대 방향으로 계속 달아났다. 서주군은 하후연의 퇴로를 차단하는 동시에 군자군과 협력하며 침착하게 하후연의 대오를 추살했다.

하후연이 계략에 떨어졌다는 소식은 전장에서 겨우 도망친 기병에 의해 창읍성으로 전해졌다. 성안에서 안절부절못하며

결과를 기다리던 조순은 크게 놀라 서서 등에게 성을 지키라고
명한 후, 스스로 3천 군사를 이끌고 급히 하후연을 구하러 달려
갔다. 성을 나와 10여 리를 내달렸을 때, 앞쪽에서 약 3백 명 정
도 되는 패잔병이 조순을 향해 달려왔다. 조순은 황급히 말고
삐를 잡아당기고 병사들에게 소리쳤다.

"너희들은 누구의 휘하냐?"

이때 기병 하나가 앞으로 나와 말 위에서 공수하고 대답했
다.

"소인은 하후연 장군 휘하의 둔장 마충입니다. 서주군의 공격
에 대오가 뿔뿔이 흩어져 겨우 일부 병사만 그러모아 창읍성으
로 돌아가는 중이었습니다."

창읍성 안에 둔장이 족히 백여 명은 있었기 때문에 조순이
이들을 일일이 기억하기는 불가능했다. 이에 조순은 전혀 의심
을 품지 않고 마충 앞으로 가 물었다.

"하후연 장군이 어디 있는지 아느냐?"

마충은 왼손으로 먼 곳을 가리키며 조순에게 바짝 다가가
말했다.

"소인이 대오와 흩어졌을 때 하후 장군은 군사를 거느리고
저쪽으로 가셨습니다. 빨리 쫓아가면 따라잡을 수도 있을……."

조순이 마충이 가리킨 곳으로 고개를 돌리는 순간, 마충은
허리춤에서 밧줄을 꺼내 조순이 방심한 틈을 타 재빨리 그를

밧줄로 묶었다. 조순이 이를 눈치채고 몸을 움직이려 했지만 이미 때는 늦은 뒤였다. 밧줄에 꽁꽁 묶인 조순은 균형을 잃고 그대로 바닥으로 떨어졌다.

뒤에 있던 조조군 병사들이 대경실색해 조순을 구하러 달려들었지만 조조군으로 위장한 서주군이 이들의 길을 가로막고, 동시에 어둠속에 잠복해 있던 군사들까지 나타나 고함을 지르며 달려들자 대장을 잃은 조조군은 진영이 크게 어지러워지며 다시 대패하고 말았다.

한편 하후연의 대오는 군자군의 사정권에서 쉬지 않고 공격을 받는 통에 응집해서 포위를 돌파할 기회를 전혀 잡지 못했다. 이리하여 하후연이 포위를 돌파할 때 대동한 2천여 군사는 달아날수록 그 숫자가 점점 줄어들었고, 하후연을 호위하던 사병도 나중에는 고작 40여 기밖에 남지 않았다.

이러다가 사로잡힐지도 모르겠다는 불길한 생각이 들자 하후연은 옆에 보이는 숲 속을 향해 필사적으로 달아났다. 말을 버리고 일반 병사로 위장해 도망치는데, 다행히 군자군은 숲 속으로 들어오지 않고 단지 숲을 돌며 추격해 왔다. 하후연은 서주 보병이 아직 가까이 쫓아오지 못한 틈을 타, 초목과 야음에 의지해 겨우 군자군의 추격에서 벗어날 수 있었다. 하지만 서주군에 의해 창읍성에서 60리 넘게 떨어진 선보(單父)까지 내쫓긴 데다 전마마저 버려 창읍으로 돌아가기 어려워지자 하후연은 일단 선보성으로 달아났다.

이날 밤, 서주군은 하후연의 주력군을 대파한 후 곧장 창읍성으로 쳐들어갔다. 서주군이 성을 삼면으로 포위하고 공성에 나설 준비를 하자, 서서는 조순이 사로잡히고 하후연이 실종됐다는 얘기를 듣고 고립된 성을 지키기 어렵다고 여겼다. 이에 패잔병을 조직해 서주군이 포위하지 않은 창읍성 북문을 몰래 빠져나가 밤새 차주가 지키는 동평으로 달아났다.

이로써 서주군은 전혀 힘들이지 않고 북상의 요해지인 창읍성을 손에 넣었다.

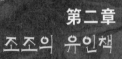

第二章
조조의 유인책

　창읍 전투의 승리는 서주군에게 여러모로 중요한 의미가 있었다. 서주군 북상의 요충지를 점령했다는 것 외에 서주군 마음속에 드리운 그림자를 깨끗이 지워 버리는 효과를 가져왔다. 더 이상 조조군은 이기지 못할 상대가 아니고, 정면 대결을 통해 충분히 무찌를 수 있다는 자신감을 주었다.

　이에 창읍 전투가 끝난 후, 서주군은 장수에서부터 일반 사병까지 한목소리로 도응에게 북상을 요청했다. 동평을 공파한 다음, 직접 조조군의 배후로 쳐들어가 7년 전 참패의 치욕을 씻으려는 전의에 불타고 있었다.

사기는 모름지기 북돋아야지 꺾어서는 아니 되는 법. 도웅도 고작 하루만 휴식을 취하고, 조성에게 5천 군사를 거느리고 창읍성을 지키라고 명한 후 곧장 북상 길에 올랐다. 군대를 두 길로 나누어 일군은 도웅이 직접 이끌고 거야(巨野)를 거쳐 동평으로 북상하고, 일군은 진도의 통솔 아래 먼저 임성으로 우회해 후성의 부대와 회합한 다음 임성의 양초를 싣고 동평륙(東平陸)에서 주력군과 합류하기로 했다.

이와 동시에 도웅은 손관에게도 쾌마를 보냈다. 고삐를 죄어 차주가 보낸 사구의 원군을 격파하고 가능한 한 빨리 동평군에서 주력군과 회합하라고 명했다.

곧 출병을 앞둔 시점에서 유엽이 건의를 올렸다.

"주공, 원소에게 사신을 보내 아군이 이미 창읍성을 손에 넣었다고 알려야 하지 않을까요?"

도웅은 웃으면서 대답했다.

"굳이 그럴 필요는 없소. 조조는 필시 이 사실이 원소에게 새나가지 않도록 요로와 나루를 모두 봉쇄했을 것이오. 아군 세작이 이를 뚫고 지나가기 어려운 데다 청주로 돌아가기에는 길이 너무 멀어 편지가 원소에게 전달됐을 때는 우리가 이미 창정에 도착했을 가능성이 높소."

"그렇긴 하나 이 소식이 최대한 빨리 원소에게 전해지는 것이 좋습니다. 원소는 성격이 조급하고 충동적이며 참을성이 부족합니다. 참패가 눈앞에 닥친 조조가 일망의 기회를 노리기 위해 수단과 방법을 가리지 않고 결전을 강요하거나 유도할 가능성을 절대 배제해서는 안 됩니다. 만약 조조의 작전이 요행히 성공을 거둬 속임수로 원소를 격퇴하기라도 하는 날에는 원소를 도와 조조를 멸하려는 아군의 전략은 물거품으로 돌아가고, 아군에게 유리했던 형세도 불리하게 바뀔 수가 있습니다."

도응은 유엽의 조언에 고개를 끄덕이며 대답했다.

"자양의 말이 옳구려. 이에 대비하지 않으면 안 되겠소. 조조라면 궁지에 몰려 충분히 그러고도 남을 인간이지."

이어 도응은 지도를 유심히 살펴본 후 큰 소리로 명을 내렸다.

"빨리 사람을 보내 도기를 이리로 불러라."

*　　　*　　　*

조조는 하후연의 대오가 전멸했다는 소식을 듣고 다리가 휘청하며 그 자리에 털썩 주저앉았다. 얼굴은 이미 백짓장처럼 하얗게 변했고, 땀을 비 오듯 흘리며 한동안 자리에서 일어날 줄 몰랐다. 장중에 있는 조조의 모사들 역시 넋이 나가 멍한 표정을 지으며 누구 하나 달려가 조조를 부축할 엄두를 내지 못했다.

정신을 놓고 몸을 부들부들 떨고 있던 조조는 한참 후에야 천천히 몸을 일으켰다. 하지만 그는 노기를 전혀 드러내지 않고 오히려 평온한 얼굴을 하고서 장중을 둘러보며 물었다.

"공들도 상황을 모두 알았을 것이오. 곧 있으면 아군은 앞뒤로 적의 공격을 받을 위험에 처하게 됐는데, 이제 어찌해야 좋을지 허심탄회하게 얘기해 보시오."

모사들이 감히 입을 열지 못하고 있을 때, 모개가 조심스럽게 간했다.

"승상, 군대를 나눠 적을 막으면 어떠할까요? 도응이 속임수로 아군 남쪽 전선의 주력군을 격파했다지만 우리도 정예병을 파견한다면 최소한 저들의 북상을 막을 수 있으리라 여겨집니다."

조조는 손을 크게 내저으며 침착하게 대답했다.

"그랬다간 원소와 도응의 소모전에 그대로 걸려들게 되오. 저들은 양식이 풍족하고 양도도 가까워 전량이 떨어질 일이 없지만 아군은 전량을 천 리 밖에서 운송해야 하는 터라 도응은커녕 원소조차 대적하기 어려워질 것이오."

순유도 이에 반대하고 나섰다.

"분병은 너무 위험합니다. 원소의 지모와 책략은 승상만 못해 설사 이곳에서 변고가 생기더라도 족히 두려워할 바가 못 되나 남쪽 전선은 다릅니다. 도응과 가후는 교활한 속임수와 꾀가 많아 승상께서 친히 가시지 않고 대장만 보냈다간 절대 도응의 적수가 될 수 없습니다."

조조가 고개를 끄덕여 동의를 표하자 순유가 계속 건의했다.

"승상, 차라리 군대를 무르는 것이 어떨까요? 도응이 아직 아군의 퇴로를 막지 않고 있는 지금, 먼저 황하를 건너 돌아갈 길을 확보한 다음 상황을 보아 움직이시지요."

정욱이 즉각 반대를 표했다.

"퇴병은 불가합니다. 아군과 원소군이 이미 두 달 넘게 대치해, 양군은 지칠 대로 지치고 사기가 크게 떨어져 있습니다. 이때 퇴각을 명한다면 아군의 사기는 곤두박질치고 맙니다. 원소 역시 아군 남쪽 전선에 변고가 생겼음을 눈치채고 분명 전력으로 아군을 추격할 것입니다. 그리하여 도하하는 도중에 원소군의 습격을 당하기라도 한다면 참패를 면키 어렵습니다."

순유 역시 정욱의 말에 거세게 반발했다.

"지금 퇴군해야 아군은 그나마 전력을 온전히 유지할 수 있소이다. 여기서 시간을 지체하며 어물쩍거리다가 도응이 차주를 공파하고 아군의 퇴로를 끊어버리면 아군은 허도로 어찌 돌아간단 말이오?"

순유는 흥분해 계속 말을 이었다.

"원소의 추격쯤은 대처하기 어렵지 않소이다. 도응은 하후연을 격파한 사실을 원소에게 알리려 할 테지만 청주로 돌아갔다간 쾌마를 보낸다 해도 열흘 안에 도착하기는 어렵소. 따라서 아군은 황하 나루를 엄밀히 봉쇄하고 서주군 세작의 출입을 막아 철병할 시간을 충분히 번 다음 퇴병을 적을 유인하는 것처럼 꾸민다면 원소를 속이고 유유히 황하를 건널 수가 있소."

모개도 반색을 하며 공수하고 말했다.

"공달의 이 계책은 시도해 볼 만합니다. 지난번 사로잡은 원소군 척후병 말에 따르면, 저수가 그들에게 몰래 아군의 아궁이 숫자를 알아보라고 명했다고 합니다. 이는 아군의 철병에 대비하기 위함이 분명합니다. 기왕 그렇다면 아군은 손빈(孫臏)의 아궁이 수를 줄이는 계책과 정반대로 매일 고의로 아궁이 수를 늘리면서 야간에 몰래 황하로 군대를 물린다면 어렵지 않게 황하를 건널 수가 있습니다."

모개의 생각에 다들 손뼉을 치며 찬탄했고, 철병에 반대하던 정욱도 고개를 크게 끄덕이며 칭찬했다.

"효선의 이 계책은 실로 절묘하오. 원소는 의심이 많고 우유부단한 데다 저수는 용병에 자못 신중하여 아군이 피치 못해 철군한다고 여기면서도 혹여 속임수가 있지 않을까 의심해 함부로 공격해 오지 못할 것이오."

모사들의 건의를 아무 말 없이 듣고만 있던 조조는 삼각 눈을 번뜩이더니 천천히 입을 열었다.

"음, 혹시 기억하시오? 예전에 도응과 유비가 소패에서 싸울 때, 유비가 하루만 있으면 여포의 원군이 도착하는데 왜 돌연 소패를 버리고 도망갔는지 말이오?"

정욱이 웃음을 짓고 대답했다.

"도응이 기가 막힌 속임수로 유비를 속인 그 전투를 어찌 잊을 수 있겠습니까? 당시 도응이 거짓으로 여포의 사신을 소패성 아래로 보내 여포가 유비와 단교하겠다고 알리자, 스스로 고립무원에 빠졌다고 여긴 유비는 앉아서 죽음을 기다릴 수 없어 성을 버리고 달아났습지요."

그런데 조조는 고개를 가로저으며 말했다.

"틀렸소. 중요한 것이 하나 빠졌소. 도응은 거짓 사신을 보낸 것 외에 또 다른 방법으로 유비를 완전히 절망의 나락으로 빠뜨려 버렸소."

곽가는 순간 뭔가가 떠올랐는지 손뼉을 치며 대답했다.

"맞습니다. 밀가루로 만든 사람 머리입니다! 도응은 유비의 사신이 손건이라는 사실을 알아낸 후, 밀가루로 손건의 머리를 만들어 소패성 아래에서 이를 모두에게 보여주었습니다. 결국 유비는 간사한 도응의 꾀에 완벽히 속아 넘어가 달아난 것이고요."

조조는 묵묵히 고개를 끄덕이다가 갑자기 책상을 치며 크게 고함을 질렀다.

"내 뜻은 이미 결정됐소. 먼저 원소를 격파한 후 도응과 상대하리다! 그리하여 꼭 연주 강토(疆土)를 지켜내겠소!"

이 말에 조조의 모사들은 어리둥절한 표정으로 일제히 물었다.

"먼저 원소를 격파한다고요? 원소가 영채를 사수하며 좀체 나오지 않는데, 어떻게 그를 격파한단 말입니까?"

"퇴병으로 적을 유인할 생각이오. 아군은 먼저 황하 기슭으로 물러나 물을 등지고 영채를 세운 다음 아궁이 수를 줄여 적을 유인한 손빈의 계책을 그대로 차용해 마지막에는……."

조조의 얘기를 모두 듣고 곰곰이 생각해 보던 모사들은 마침내 조조의 의중을 알아챘다. 이들의 얼굴에 저절로 환한 웃음이 드러나더니 약속이라도 한 듯 조조에게 공수하고 경의를 표했다.

"승상의 신기묘산은 저희들이 따라갈 바가 아닙니다. 이번에 원소는 아군에게 반드시 패하고, 도응도 족히 두려워할 바가 못 됩니다."

조조는 음흉한 웃음을 지으며 의기양양하게 대꾸했다.

"칭찬은 내가 아니라 도응이 받아야 마땅하지. 도응의 선례가 아니었다면 내 어찌 형세가 불리한 싸움에서 승리를 취할 계책을 생각해 냈겠소?"

이어 조조는 즉시 명을 내렸다.

"꾸물거릴 시간이 없소. 즉각 역할을 나눠 행동에 들어가야

하오. 일단 남쪽의 요로와 황하 나루를 모두 봉쇄하여 도응의 세작이 절대 원소에게 창읍성의 소식을 전하게 해서는 아니 되오. 다음으로 전군에 영을 내려 철군 준비를 마친 다음, 내일 날이 밝는 대로 즉시 창정 나루로 철수해 황하를 등지고 영채를 차리시오. 마지막으로 군사들 가운데 도응과 용모가 흡사한 자들을 찾아 전부 내 앞으로 데려오시오. 내가 직접 그들 가운데서 고르리다."

모사들은 일제히 예, 하고 대답하고 각자 맡은 바를 처리하러 자리를 떴다.

그날 밤, 도응과 용모가 비슷한 조조군 병사 20여 명이 조조 앞으로 끌려왔다. 조조는 이들을 자세히 살펴본 후, 그중 하나를 지명한 다음 나머지 병사들에게는 상을 내리고 자신의 위치로 돌아가라고 명했다.

조조는 도응과 용모가 가장 흡사한 사졸 앞으로 걸어가 이렇게 말했다.

"내 너의 목을 잠시 빌리고자 한다. 하지만 걱정 말아라. 네 처와 자식들은 내가 모두 거두어 돌볼 것이다."

이 말이 끝나자마자 그 병사가 살려 달려고 애원할 겨를도 없이 전위의 칼에 가련한 그의 목은 잘려 나가고 말았다. 호위병은 그 병사의 목을 붉은색 비단으로 잘 싼 다음 생석회가 담긴 목합에 넣었다. 그리고 목이 잘린 시신을 후히 장사 지내 주었다.

준비를 완벽하게 마친 조조군은 다음 날 아침 일찍 영채를 옮겨 남쪽으로 20리 떨어진 황하 나루로 철수했다. 조조는 친히 정예병을 이끌고 후방에 자리해 원소군의 추격을 방비했다. 조조군의 대영을 감시하던 원소군 척후병은 나는 듯이 본영으로 돌아가 이 사실을 모두 원소에게 보고했다.

*   *   *

"뭐라고? 조조가 지금 군사를 무르고 있다고? 너희들이 혹시 잘못 본 것이 아니냐?"

원소는 전혀 예상치도 못했던 척후병의 보고에 놀라 연신 그들을 다그치기 바빴다. 하지만 척후병들은 목을 걸고 자신의 두 눈으로 똑똑히 보았다고 대답했다.

이에 원소는 기쁨의 빛을 감추고 못하고 큰 소리로 명을 내렸다.

"여봐라! 빨리 나팔을 불어 교위 이상의 장령과 모사들을 중군 막사로 모이도록 하라!"

조조군이 퇴각한다는 엄청난 소식은 이미 전 영채에 널리 퍼져 나팔수가 나팔을 불 틈도 없이 장수와 모사돌이 속속 중군 대영으로 모여들기 시작했다. 원담, 원희, 원상 삼형제는 물론 저수, 곽도, 최염, 봉기, 소유 등도 진즉 대영으로 달려와 원소에게 뵙기를 청했다.

가장 먼저 원상이 흥분된 목소리로 얘기했다.

"부친, 매부가 연주 남쪽 전선에서 결정적 승리를 거둬 조조가 부득불 퇴각하는 것이 분명합니다. 소자가 즉각 군사를 이끌고 출격해 저들의 뒤를 추격하겠습니다. 그러니 정예병 3만 군사만 내어주십시오."

"부친, 꾀가 많은 조조가 돌연 철병하는 것으로 보아 중간에 협사가 있을까 우려됩니다. 적의 함정에 빠지지 않도록 신중하게 대처하시기 바랍니다!"

앞으로 나와 반대 의사를 표한 이는 물론 원담과 그의 무리들이었다. 이어 신비가 명쾌하게 이유를 설명했다.

"주공, 지금은 6월 열둘째 날인데 도응은 5월 중순에야 천 리 밖인 강동에서 회군을 시작했습니다. 도응의 부대가 제아무리 빠르다 해도 그 사이에 어떻게 조조군의 배후를 위협할 수 있겠습니까? 게다가 저들이 창정에 이르려면 창읍과 동평, 두 요지를 접수해야 하므로 시간상 불가능합니다."

원소는 신비의 설명이 일리가 있다며 고개를 끄덕였다. 하지만 여전히 의심이 가시지 않아 머뭇거리며 물었다.

"그런데 조조가 왜 갑자기 철병을 하려는 것인지……. 설마 아군이 추격하도록 유인하려는 것은 아니겠소?"

봉기가 건의를 올렸다.

"주공, 그렇다면 일군을 파견해 조조군의 후방을 공격하여 저들을 떠보는 건 어떻겠습니까?"

저수가 고개를 저으며 반대했다.

"조조군의 퇴각이 진짜든 거짓이든 분명 정예병을 후방에 배치했을 것이오. 그러니 소수의 군대로 섣불리 공격에 나섰다간 괜히 병력만 낭비하는 꼴이 되오."

이어서 최염이 앞으로 나와 말했다.

"병서에 이르길, 적병이 반쯤 건넜을 때 공격에 나서라고 했습니다. 조조군이 설사 진짜로 퇴각한다 해도 가장 좋은 출격 시점은 지금이 아니라 바로 저들 주력군이 황하를 건널 때입니다. 따라서 척후병을 다수 보내 조조군의 동정을 잘 감시하는 한편, 정예군을 전방에 배치해 서서히 적을 추격하십시오. 일단 저들이 버리고 간 영지를 접수한 연후 거리를 유지하며 상황에 따라 행동에 나서십시오."

귀가 얇은 원소는 최염의 말에 다시 마음이 동해 책상을 치며 소리쳤다.

"계규의 말이 내 뜻과 꼭 부합하오. 고간에게 2만 보병을 이끌고 서서히 적군을 추격해 먼저 조조의 영지를 손에 넣고 영채를 세운 후 명을 기다리라고 이르시오. 또한 척후병을 지금보

다 배로 더 파견해 이상 징후가 발견되면 즉시 달려와 보고하라
고 하시오!"

문무 관원들이 일제히 예, 하고 명을 받을 때, 저수가 다시
건의했다.

"주공, 만일의 사태에 대비해 문추 장군에게 정예 기병을 대
기시키고 언제든지 출격할 준비를 하라고 명하십시오. 또 척후
병에게는 조조군 영중의 아궁이 숫자를 자세히 세어보라고 하
십시오. 그리하면 조조군의 병력 변화를 명확히 알 수 있습니
다."

원소는 저수의 계책에 만족감을 표하고 즉시 이를 시행하라
고 명했다.

그날 오후 신시쯤에 조조 주력군은 부교 두 개가 설치된 창
정 나루까지 순조롭게 퇴각했다. 조조의 명령 아래 이들은 즉
각 도랑을 파고 영채를 세우는 한편, 남쪽 기슭 대오와 힘을 합
쳐 새로 간이 부교 세 개를 더 설치했다. 이와 동시에 대군이
철수하기 용이하도록 대량의 배를 북쪽 나루에 정박시켰다.

조조군과 20리 거리를 유지하며 추격하는 고간의 부대도 조
조군이 버리고 간 영채를 접수한 뒤 곧장 남쪽으로 진격하지
않고, 그 자리에 다시 영채를 설치하고 주둔했다. 이리하여 첫
날 양군은 영채를 세우기 바빠 단 한 차례도 교전이 일어나지

않았다.

이튿날 아침, 저수와 최염에게 기쁜 소식이 전해졌다. 어제 저녁까지만 해도 6천 개가 넘었던 조조군의 아궁이가 오늘 아침 식사 때 5천 개로 줄어들었다는 것이다. 이는 어젯밤에 황하 남쪽 기슭으로 조조군 만여 명이 철수했음을 의미했다.

인내심을 가지고 하루를 더 기다리자 조조군 영중의 아궁이 숫자는 또다시 천 개가 감소했다. 저수와 최염이 원소에게 이 사실을 알리자, 원소는 조조군이 이미 2만 명이나 철수했다고 여겨 흥분된 목소리로 명을 내렸다.

"뭘 꾸물거리고 있소? 당장 병마를 집결해 조조군의 대영을 공격합시다!"

하지만 저수와 최염은 동시에 원소를 만류했다.

"주공, 너무 서두르지 마십시오. 조조는 꾀가 많아 아궁이 숫자만으로는 진짜로 철병하려는 것인지 단언하기 어렵습니다. 그러니 주공께서 고간의 대오와 회합해 출전 준비를 하면서 내일 조조군의 아궁이 숫자를 확인한 후 출격해도 늦지 않습니다."

원소는 고개를 끄덕여 찬동한 후, 고간의 대오와 회합하기 위해 주력군을 이끌고 남하했다.

원소 주력군이 남하한다는 소식은 금세 창정 나루로 보내졌다. 조조는 마침내 원소가 계략에 떨어졌다며 광소를 터뜨리고 즉각 명을 내렸다.

"이전, 우금, 악진, 하후돈 네 장수는 각기 3천 병마를 거느리고 아군 대영 좌우에 매복해 내일 결전에 대비하라. 그리고 내일 아침 식사 때는 아궁이 6천 개를 피워 아군 병력이 전혀 철수하지 않은 것처럼 보이게 하라!"

"승상, 적을 유인하는 데 거의 성공했는데 왜 영중에 다시 아궁이 6천 개를 피워 적의 의심을 사려 하십니까?"

조조의 문무 관원들이 일제히 의문을 표하자 조조가 환하게 웃으며 대답했다.

"왜 그리 생각들이 짧으시오. 병법의 운용에는 일정한 형세가 없고, 물 또한 일정한 형태가 없다고 했소. 아군이 이틀 연속 아궁이 수를 줄였는데도 원소는 군대만 옮겼을 뿐 즉각 공격에 나서지 않고 있소. 이는 저수나 최염 등이 아직 우리의 철병을 의심하고 있다는 증거요. 이때 갑자기 아궁이 수를 늘리면 저들은 필시 아군이 절반 넘게 철수했으면서도 일부러 허장성세를 부린다고 여겨, 원소에게 즉각 출병하라고 강력히 권할 것이오. 이 방법이 아니면 영악한 저들을 절대 속일 수가 없소."

이 얘기를 듣자마자 관원들은 손뼉을 치며 조조의 탁월한 식견에 감탄해 마지않았다.

넷째 날 아침, 조조군의 아궁이 숫자가 다시 6천 개로 늘어나자 저수와 최염은 처음에는 멍한 표정을 짓더니 약속이나 한 듯 기뻐서 날뛰었다. 이들은 화급히 중군 막사로 달려가 원소에게 기쁜 소식을 전하고, 즉각 출병해 조조군의 영채를 공격하라고 청했다. 하지만 원소는 어리둥절한 표정으로 물었다.

　"조조군의 아궁이 숫자가 원래대로 돌아왔는데, 어째서 즉각 출병하라고 권하는 것이오?"

　최염이 만면에 웃음을 짓고 대답했다.

　"주공, 이는 조조의 허장성세에 불과합니다. 어제 아군 주력군이 남하한 것을 보고 조조는 철군 계획이 이미 탄로 났다고 여겨 일부러 아궁이 숫자를 6천 개로 늘린 것입니다. 자신의 군대가 아직 철수하지 않은 것처럼 보이게 해 아군이 함부로 움직이지 못하게 하려는 것이지요."

　저수도 흥분해서 말을 받았다.

　"주공, 얼른 결단을 내리십시오! 조조군은 아군과 두 달 넘게 대치하느라 양식이 거의 바닥났고, 도응까지 연주 남쪽 전선 공격에 나서 조조의 유일한 활로는 철군밖에 남지 않았습니다. 다수의 군사가 이미 황하를 건넜으면서도 일부러 아궁이 숫자를 매일 바꿔 철군을 속이려는 것이니, 지금 출병한다면 일거에 관도의 치욕을 씻을 수 있습니다."

　고민에 잠겨 있던 원소도 두 모사의 연이은 권유에 힘을 얻어 두 주먹을 불끈 쥐고 명했다.

"전군에 출병 명령을 내려라. 내 친히 대군을 이끌고 관도의 치욕을 씻으러 갈 것이다!"

*   *   *

오시 정각, 원소는 7만 대군을 이끌고 기세등등하게 조조군의 대영 앞에 이르렀다. 이 소식을 들은 조조는 친히 2만 군사를 거느리고 영채를 나와 미리 적군을 맞이하고 있었다. 원소가 먼저 문무 중신 수십 명을 대동해 말을 달려 나오자, 조조도 전위, 장료, 장합, 이통 등을 이끌고 출진해 원소를 가리키며 큰소리로 꾸짖었다.

"필부 놈이 전에는 그렇게 싸움을 걸어도 쥐새끼처럼 숨어서 나오지 않더니, 오늘은 어쩐 일로 내 칼을 받으러 온 것이냐?"

원소도 지지 않고 맞받아쳤다.

"국적 조조 놈아, 네 도발에 일찍이 응하지 않은 건 오늘 네놈에게 뜨거운 맛을 보여주기 위해서다! 쓸데없는 소리 집어치우고 얼른 덤벼라!"

조조는 갑자기 전장이 떠나가라 큰 소리로 웃음을 터뜨리고 말했다.

"죽음이 눈앞에 닥친 것도 모르는 네놈 모습이 가련하기 짝이 없구나! 아군의 아궁이 숫자 변화를 보고 군사 대부분이 철수했다고 여겨 지금 공격에 나선 모양인데, 아군은 군사 하나도 황하를 건너지 않았다! 이는 모두 꼭꼭 숨어 나오지 않는 네놈을 유인하기 위한 계략이다!"

그 말에 원소의 얼굴은 순식간에 변했고, 저수와 최염도 속으로 깜짝 놀랐다. 이를 조롱하듯 조조는 연이어 광소를 터뜨리고 말을 이었다.

"네놈의 의중을 내 모를 줄 아느냐? 도응이 창읍성을 공격하는 데 성공해 양쪽으로 협공을 받게 된 내가 다급히 철군한다고 여긴 것 아니더냐? 그래서 군사를 이끌고 출병한 게 맞지 않느냐?"

이어 조조는 갑자기 광소를 거두고 음흉한 미소를 짓더니 말했다.

"안타깝게도 네놈의 계산은 모두 틀렸다. 도응은 창읍성 공격에 성공하지 못했을 뿐 아니라 여기……."

조조가 손을 휘저어 신호를 보내자 전위가 목합을 들고 앞으로 나와 목합 안에서 빨간 비단에 싸인 사람 목을 꺼내 보이며 큰 소리로 외쳤다.

"이게 누구의 머리인지 똑똑히 보아라!"

거리가 백여 보 떨어져 전위가 들고 있는 머리가 자세히 보이지 않았지만, 조조와 전위의 말투를 듣고 원소는 이미 낯빛이 하얗게 질리고 가슴이 두근두근 뛰기 시작했다. 저수와 최염 등도 하나같이 얼굴이 흙빛으로 변해 저도 모르게 중얼거렸다.

"설마… 저것이 도웅의 머리라고?"

"하하하! 하하하!"

당황한 빛이 역력해 할 말조차 잃은 원소군을 보고 조조는 또다시 떠나갈 듯 소리 내어 웃더니 채찍으로 원소를 가리키며 외쳤다.

"네놈은 꿈에도 상상하지 못했을 것이다! 갖은 악행을 일삼 던 도웅 놈이 이번에야말로 천벌을 받았다. 그가 창읍성을 공격 할 때 아군 대장 하후연의 기습을 받아 난군 중에 비참하게 전 사하고 하후연의 손에 목이 잘렸다! 난 이 기쁜 소식을 사흘 전 에 들었지만 일부러 이 사실을 숨기고 전군에 퇴각 명령을 내 려 네놈을 여기까지 유인한 것이다!"

이어 전위가 그 수급을 원소 앞에 던지자 원소는 물론 원소 군 장사 모두 대경실색해 사기가 갑자기 크게 떨어졌다. 반면 조조군의 진영에서는 환호성이 터지며 전군의 사기가 크게 진 작돼 비장한 얼굴로 총공격 명이 떨어지기만 기다렸다.

이제 모든 준비가 완벽하게 갖춰졌다고 여긴 조조가 천천히 손을 들어 전고를 울리고 좌우 양측의 복병에게 출격을 명할 찰나였다. 이때 문득 어디선가 희미하게 고함 소리가 들려오기 시작했다. 뜻밖의 소리에 양군이 대치한 전장은 오히려 쥐 죽은 듯 고요해져 일제히 그 소리에 귀를 기울였다.

"군자군이 여기 있다! 군자군이 기주군을 도우러 왔다—!"

고함 소리의 진원지는 다름 아닌 황하 남쪽 기슭이었다. 천 명에 가까운 괄괄한 목소리가 사방을 진동하자 맞은편에서 대치하는 양군의 귀에도 그 소리가 선명하게 들렸다.

순간 조조와 조조군 장사들은 깜짝 놀라 하나같이 눈이 휘둥그레졌고, 원소와 원소군 장사들도 넋이 나가 숨을 죽이고 가만히 그 소리를 듣고만 있었다.

이때 정신을 차리고 뭔가를 깨달은 저수가 급히 앞으로 달려가 전위가 던진 수급을 자세히 살펴보더니 미친 듯이 웃음을 터뜨렸다.

"하하하! 가짜였어, 가짜야! 주공, 이건 도응의 머리가 아니라 도응과 닮은 사람의 머리입니다!"

이어 저수는 채찍으로 조조를 가리키고 이를 갈며 소리쳤다.

"네놈의 악독한 속임수는 이미 다 탄로 났다. 군자군이 네놈의 퇴로를 차단하고 있으니 여기가 곧 네 무덤이 될 것이다!"

조조는 꿀 먹은 벙어리가 돼 아무 대꾸도 하지 못했다. 그저 하늘을 바라보며 도응에게 욕을 퍼붓고 한숨만 내쉴 뿐이었다.

최염이 다급히 원소 앞으로 달려가며 외쳤다.

"주공, 조조군의 사기가 크게 떨어진 지금이야말로 총공격을 가할 적기입니다. 얼른 명을 내려주십시오!"

다른 관원들도 잇달아 원소에게 공격 명령을 내리라고 권하자, 원소는 채찍으로 전방을 겨누며 득의양양하게 외쳤다.

"당장 전고를 울리고 총공격을 가해 조조군을 격파하라!"

수만을 헤아리는 원소군은 사기가 크게 고양돼 일제히 함성을 지르며 조조군 대오를 향해 진격해 들어갔다.

군자군은 사실 하루 일찍 창정 전장에 도착할 수 있었다. 하지만 호자하(瓠子河)를 건너기 전, 군자군의 도강을 돕던 윤례의 대오가 부교를 건설하는 과정에서 인근 범현 조조군의 훼방을 받아 겨우 적군을 격퇴하는 통에 일정이 연기됐던 것이다.

그러나 우연인지 행운인지 몰라도 어쨌든 군자군은 가장 결정적인 시점에 창정에 도착했다. 조조가 회심의 미소를 지으며 진공 명령을 내리려고 할 때, 군자군이 홀연 황하 남쪽 기슭에 출현하자 전세는 또다시 완전히 뒤바뀌었다. 기세가 드높던 조조군의 사기는 단번에 바닥으로 떨어졌고, 반대로 붕괴 직전까지 갔던 원소군의 사기는 원상태를 회복해 전투력이 급상승했다.

때마침 영채 양쪽에 매복해 있던 네 부대가 뛰쳐나와 적군의 공격을 나눠 막지 않았다면 조조군 대영은 미친 듯이 달려드는 원소군에 의해 무너졌을지도 몰랐다. 물론 완강한 저항에도 불구하고 조조군의 피해는 참혹하기 짝이 없었다. 전투가 벌어진 뒤 1만이 넘는 군사가 맥없이 적의 칼에 쓰러졌고, 장수도 모두 몸에 크고 작은 상처를 입고 말았다.

정오에 시작된 전투는 날이 완전히 어두워질 때까지 치열하게 전개됐다. 원소는 승세를 등에 업고 계속 적을 몰아치고 싶었다. 그러나 저수와 최염 등은 군사들의 체력이 급격히 떨어지고, 조조군이 방어 시설에 의지해 필사적으로 저항하는 것을 보고 당장 적군을 무너뜨리기 어렵다고 여겨 원소에게 징을 쳐 군사를 거두라고 요청했다. 먼저 영채로 돌아가 체력을 회복하고, 조조군이 황하를 도하할 때 기습을 감행한다면 힘들이지 않고 적을 몰살할 수 있다고 설득했다. 이 말에 원소는 마지못해 군사를 거두고 10리 밖으로 물러나 야영하며 휴식을 취했다.

다섯 시진이 넘게 원소군의 맹공을 끝내 막아내긴 했지만 조조군은 더 큰 위기가 도래하리라는 사실을 잘 알고 있었다. 황하를 건너기 전 형세는 누란의 위기처럼 몹시 위태로워 언제라도 전멸 가능성이 상존했다. 이에 조조는 원소군이 멀리 철수한 것을 확인한 후 장령들을 즉각 중군 막사로 불러 비장한 목소리로 말했다.

"지금 형세가 몹시 위급해 그대들 중 누구 하나가 후방을 맡아 주력군의 철수를 엄호해야겠소. 목숨을 버릴 각오를 해야 하는데, 누가 이 임무를 자원하겠소?"

조조의 말이 떨어지기 무섭게 한 장수가 주저 없이 앞으로 나오며 외쳤다.

"말장이 후방에 남아 목숨을 걸고 주력군의 황하 철수를 엄호하겠습니다!"

그는 바로 여남 맹장 이통이었다. 조조는 이통을 응시했다. 그의 표정에 엄숙함이 묻어나고 눈빛이 결연한 것을 보고서 조조는 천천히 입을 뗐다.

"문달(文達), 잘 생각해 보시오. 그대가 원소의 20만 대군을 막는 동안 아군은 황하를 건너 철수해야 하는 터라 군사 하나 지원해 줄 수가 없소. 일단 부교가 끊어지면 그대와 그대의 대오는 연주로 살아 돌아오기 어려울 텐데, 각오는 돼 있는 것이오?"

문달은 이통의 자다. 이통은 조조 앞에 무릎을 꿇고 공수한 후 비장하게 대답했다.

"말장이 승상을 따른 이래로 여러 차례 대은을 입었지만 촌공(寸功)도 세우지 못해 늘 부끄럽기 짝이 없었습니다. 형세가 위급한 지금, 말장이 기꺼이 이 한 몸을 바쳐 승상께서 무사히 강을 건너도록 후방을 사수하겠습니다. 비록 분신쇄골하더라도 원망이나 후회는 전혀 없습니다!"

조조는 아무 말 없이 이통을 부축해 일으켜 세우고 두 손을 꼭 쥐고서 눈물을 뚝뚝 떨어뜨렸다. 한동안 흐느껴 울던 조조는 이통을 바라보며 목멘 소리로 입을 열었다.

"그럼 장군만 믿겠소. 후방을 부탁하리다."

달리 선택의 여지가 없었던 조조군은 이날 밤 사경에 강을 건너 철수하기 시작했다. 이전과 악진이 부상병과 양초를 보호해 먼저 부교를 통해 황하를 건넌 후, 군자군의 기습에 대비해 대열을 정돈하고 방비 태세를 갖췄다.

기주 척후병은 나는 듯이 이 소식을 원소에게 보고했다. 원소는 모사들의 건의에 따라 즉각 추격에 나서지 않고 주력군에게 계속 휴식을 취하며 체력을 보충하도록 했다. 이튿날 날이 밝을 때쯤이 돼서야 원소는 군사들을 배불리 먹인 후 남쪽으로 진격해 도하 중인 조조군을 공격하는 데 나섰다.

진시 삼각에 조조군 영채 앞에서는 또다시 치열한 혈전이 펼쳐졌다. 주력군의 도하 시간을 벌기 위해 이통은 6천 용사를 거느리고 홀로 6만에 달하는 원소군의 공격을 막아냈다. 참호는 이미 사망한 양군 군사들로 가득 메워졌고, 녹각 차단물은 파괴된 지 오래였지만 이통의 대오는 허술하기 짝이 없는 방어 시설에 의지해 물밀 듯 밀려드는 원소군의 공세를 기적적으로 방어해 내고 있었다. 이를 본 원소는 버럭 화를 내며 양 측면으로 군대를 나눠 황하 둑에서 도하를 기다리는 조조군을 직접 공격하라고 명했다.

전투 중에 이통은 화살을 세 방이나 맞았지만 전혀 굴하지 않고 달려드는 원소군을 닥치는 대로 죽였다. 또한 퇴각을 권유하는 친동생의 목을 제 손으로 베고, 후퇴를 말하는 자가 있다면 아우와 같은 죄로 다스리겠다고 호령했다. 이통은 자원해서 후방에 남은 용사들을 격려해 필사적으로 싸워 울타리를 무너뜨리려는 원소군의 공격을 연이어 일곱 차례나 무찔렀다.

하지만 원희가 대규모 병력을 이끌고 쳐들어와 울타리를 무너뜨리자, 이통은 하는 수 없이 군영 안으로 물러나 방어 태세를 취했다. 조조군 대영에서는 화광이 충천하고 고함 소리가 천지를 진동하며 원소군의 공세가 맹렬히 이어졌다. 그러나 원소군은 이통의 완강한 저항 때문에 조조군이 도하하는 나루까지 쉽사리 다가가지 못했다.

한편 조조는 치중을 실은 모든 수레로 나루 주변에 외벽을 설치하고 언제든지 불을 질러 적병의 추격을 늦출 준비를 했다. 동시에 조조는 친히 독전대를 거느리고 부교 앞을 지키며 순서를 지키지 않고 철수하는 자가 있으면 누구를 막론하고 그 자리에서 목을 베 부교 위에 수급을 걸어 군사들에게 경고를 보냈다. 이로써 방대한 대오는 질서 있게 좁은 부교를 통과해 황하를 건널 수 있었다.

오시가 될 무렵에 5만이 넘는 조조군 중 절반 이상이 이미 다리를 건넜다. 그리고 원소군도 마침내 조조군의 시선이 미치는 곳까지 시살해 들어왔다. 이에 조조군 장사들은 조조에게 얼른 다리를 건너라고 간청했다. 하지만 조조는 유유히 대답했다.

"뭐가 그리 급한가? 이통의 대오 외에도 아직 만 명이 넘는 군사가 철수하지 못했다. 지금 조조가 강을 건너는 것은 한의 승상이 허락할 수 없다."

담담하게 이 말을 뱉은 조조는 외벽으로 삼은 치중 수레에 불을 붙이라고 명한 뒤, 문신과 모사들에게 얼른 강을 건너라고 명했다. 곽가 등은 명을 따르지 않고 눈물을 쏟으며 조조에게 함께 물러나자고 간청했다. 하지만 조조는 채찍을 휘둘러 이들을 물리친 뒤, 병사들에게 강제로 이들을 둘러메고 부교와 배를 통해 강을 건너라고 추상같이 명했다. 그러고는 자신은 계속 황하 북쪽 기슭에 남아 나머지 군사들의 도강을 지휘했다.

조조로서도 달리 방도가 없었다. 지금 자신이 강을 건넌다면 안전은 확보할 수 있겠지만 아직 다리를 건너지 못한 만여 군사와 이통의 대오는 끝장날 것이 빤했다. 자신이 북쪽 기슭에 남아 군심을 안정시키고 사기를 진작시키지 않으면 사령관을 잃은 조조군은 순식간에 질서가 붕괴돼 시랑 같은 원소군의 공격에 난도질당하지 않겠는가.

체력이 고갈된 일부 군대가 물러나고 뒤에서 기다리던 원소군이 다시 전장에 투입되었다. 5만이 넘는 원소군은 창정 나루를 에워싸고 일제히 공격을 퍼부었다. 이들은 포로조차 거두지 않은 채, 조조군이 보이는 대로 마구 찌르고 베어 죽였다.

이통의 대오가 목숨을 걸고 끝까지 저항했지만 수적으로 방대한 원소군을 막아내기에는 역부족이었다. 이들은 이미 수많은 원소군에 의해 둘로 갈라져 꽁꽁 포위됐고, 더 많은 원소군은 일제히 창정 나루로 짓쳐 들어갔다. 아직 강을 건너지 못한 조조군이 거세게 타오르는 불길 속에서 원소군과 격전을 치렀으나 끊임없이 밀려드는 적군 앞에 속절없이 쓰러지고 말았다.

형세가 매우 다급해지자 조조군 장령들은 잇달아 조조 앞으로 달려가 무릎을 꿇고 눈물을 흘리며 제발 강을 건너라고 애원했다. 조조가 두 눈을 부릅뜨고 채찍을 후려쳐 장수들을 물리치려고 할 때, 나루 상류 쪽에서 갑자기 참혹한 비명 소리가 들려왔다. 알고 보니 일부 원소군이 혼전 중에 조조군의 부교 앞으로 달려가 도끼로 말뚝을 끊은 것이었다. 한쪽 말뚝만 끊었음에도 무게를 이기지 못한 부교가 순식간에 옆으로 쏠리자 다리 위에 빽빽이 서 있던 조조군이 비명을 지르며 잇달아 황하로 떨어졌다.

이 광경을 지켜보던 전위는 더 이상 참지 못하고 곧장 조조에게 달려갔다. 그러더니 조조를 말에서 강제로 끌어내리고 어깨에 둘러맨 뒤, 뒤로 돌아보지 않고 맞은편 기슭을 향해 내달렸다. 조조는 발연대로해 당장 자신을 내려놓으라고 소리치며, 채찍 손잡이로 전위의 몸을 있는 힘껏 때렸다. 전위는 조조에게 맞아 머리가 터지고 피가 흘렀지만 절대 조조를 놓지 않고 무작정 앞만 보며 달려 나갔다. 부교 위의 조조군 사병들도 알아서 자리를 피하며 전위에게 길을 터주었다.

"전위야, 얼른 놓지 못하겠느냐! 명령이다. 당장 날 내려놓아라! 당장……"

조조는 미친 듯이 소리를 지르다가 갑자기 목을 놓아 울면서 후회의 탄성을 내뱉었다.

"6년 전, 내가 눈이 멀어도 아주 한참 멀었었구나! 어쩌다가 이런 간적 놈을 풀어주었단 말인가! 이놈의 수작만 없었다면 내가 지금 같은 지경에 이르렀을까? 아, 후회가 막심하도다!"

第三章
도응, 화살에 맞다

이통이 여전히 필사적으로 원소군을 막고, 우금이 조조를 대신해 독전대의 지휘권을 이어받았지만 조조의 부재로 인해 조조군 진영은 점점 혼란이 가중되기 시작했다. 죽음이 두려워 앞사람을 밀치고 부교로 뛰어드는 자가 속출하자 심리적으로 공황 상태에 빠진 군사들이 서로 먼저 다리와 배에 오르려고 다투는 통에 일대는 혼란에 빠지고 말았다. 독전대가 이들을 베고 고함을 질렀지만 누구 하나 말을 듣는 자가 없었다.

남쪽 기슭에서 아수라장이 된 이 장면을 지켜보는 조조와 그의 관원들은 안타까운 마음을 금할 길을 없어 눈물을 흘리지 않는 자가 없었다. 전위는 조조 앞에 두 무릎을 꿇고 죄를 청했지만 지금 상황에서 조조가 어찌 그의 죄를 물을 수 있겠는가. 조조로서는 단지 군사 하나라도 더 강을 건널 수 있길 기도할 뿐이었다.

조조군이 임시로 설치한 두 개의 부교로 한꺼번에 몰린 탓에 하중을 이기지 못한 다리는 저절로 붕괴되고, 그 위에 있던 조조군도 모두 물로 떨어지고 말았다. 이제 탈출로라고는 전에 설치한 두 개의 폭이 좁은 부교와 작은 배밖에 남지 않았다. 사기가 크게 진작된 원소군이 이 틈을 타 맹렬히 쇄도해 들어가자 조조군의 사상자는 갈수록 더 늘어났다.

사태가 심상치 않게 돌아가자 우금도 더 이상 버티기 어렵다고 여겨 일부 군사를 이끌고 재빨리 배에 올랐다. 하지만 바로 이때 둑 위에 오른 원소군 궁노수들이 일제히 화살을 발사했다. 배 위의 무수한 조조군이 화살에 맞아 쓰러졌고, 그중 한 발은 쏜살같이 날아가 우금의 오른쪽 눈에 적중했다. 우금은 외마디 비명을 지르며 그대로 배 안에 쓰러졌다. 이와 동시에 문추와 고간도 조조군의 최후의 보루를 끊기 위해 부교 쪽으로 돌진해 들어갔다.

한편 전장 후방에서는 중상을 입은 이통이 겨우 30여 명밖에 남지 않은 용사를 이끌고 끝까지 버티고 있었다. 이들을 포위한 원소군 대장 마연은 수하들에게 잠시 공격을 멈추라고 명한 후 앞으로 나가 외쳤다.

"여남의 이통은 들어라! 내 너의 용맹을 익히 들어 알고 있다. 지금 만약 투항한다면 주공께 널 중용하라고 청해보겠다!"

하지만 이통은 마연의 회유에 침을 퉤 뱉고 코웃음을 쳤다. 마연이 어쩔 수 없다는 듯 고개를 절레절레 젓고 손을 휘두르자 기주 사병이 조수처럼 달려들었다. 이들은 순식간에 조조군 최후의 대오를 몰살하고 이통의 목을 베어버렸다. 마연은 멀리서 전쟁을 독려하는 원소에게 이통의 수급을 보냈다.

이통의 수급을 본 원소는 크게 흥분해 입을 다물지 못할 정도로 웃음을 터뜨리더니, 이내 입술을 꽉 깨물고 버럭 화를 냈다.

"이놈이 끝까지 후방에서 저항하지 않았다면 조조군 만 명은 더 죽일 수 있었을 텐데. 필부 놈이 내 대사를 그르쳤구나!"

그러고는 다시 평온한 어조로 말을 이었다.

"그렇다고는 하나 크게 상관은 없다. 아군이 황하를 건너 도응의 서주군과 회합하면 조조를 멸하는 것은 시간문제일 뿐이다."

모사들이 잇달아 이번 전투의 승리를 감축하자 원소는 고개를 끄덕여 응대한 후 전령에게 명을 내렸다.

"문추와 고간에게 가 얼른 나머지 부교를 무너뜨려 조조군을 한 놈도 살려 보내지 말라고 일러라. 그리고 조조가 난군 중에 죽었는지 확인하고, 살았으면 당장 잡아오고 죽었으면 시체라도 가져오너라!"

전령이 명을 받고 나가자 곁에 있던 곽도가 음흉한 미소를 짓고 원소에게 진언했다.

"주공, 군자군이 황하 남쪽 기슭까지 이른 것으로 보아 도응의 주력군도 필시 멀지 않은 곳에 있을 것입니다. 따라서 빨리 도응에게 사람을 보내 군사를 이끌고 조조군의 퇴로를 차단하라고 명하십시오. 양군이 대치하는 사이, 아군이 서쪽으로 진격한다면 허도를 취하기는 여반장과 같습니다."

"오, 그것 참 묘안이오."

원소는 손뼉을 치고 기뻐하며 즉각 주부 진림을 불러 도응에게 조조의 퇴로를 끊으라고 명하는 편지를 쓰게 한 뒤 사신을 준비시키라고 일렀다.

이때 전방에서 낭보가 전해졌다. 문추가 부교를 점령하고 다리를 끊어버리자 돌아갈 곳이 없어진 조조군이 모두 무기를 버리고 투항했다는 것이다. 이 소식에 원소는 광소를 터뜨린 뒤 불만 섞인 목소리로 중얼거렸다.

"군자군은 대체 무슨 꿍꿍이란 말인가? 왜 황하 남쪽에 얼굴만 비치고 돌아간 거지? 그들이 남쪽 기슭을 막기만 했어도 저렇게 많은 병마가 살아 돌아가지는 못했을 텐데……."

원소의 혼잣말에 곽도가 웃으면서 대답했다.

"주공, 너무 나무라지 마십시오. 군자군은 도응이 가장 아끼는 군대이자 제 손으로 직접 조직한 서주 최고의 강군입니다. 저들이 다칠까 아까워하는 마음이야 인지상정 아니겠습니까? 그러니 지나치게 문제 삼을 일이 아닙니다."

이 말에 원소는 흥, 하고 콧방귀를 뀌었다. 그러고는 마음속으로 제멋대로인 사위를 어떻게 호되게 혼내줄지, 또 어렵고 힘든 임무를 어떻게 맡겨야 할지 곰곰이 생각해 보았다.

도하를 마친 조조군의 피해는 막심하기 이를 데 없었다. 이통의 결사대 6천 명이 전멸하고, 강을 건너지 못한 군사가 만 명이 넘었으며, 장수는 모두 크고 작은 부상에 신음했다. 특히 우금의 부상이 심각해 한쪽 눈을 잃을지도 모르는 상태였다. 이번 전투는 조조가 출정한 이래 최대의 참패로 황하를 건넌 6만 5천 군사 중 살아서 돌아온 이가 3만 정도에 불과했다.

조조는 황하 남쪽 기슭에서 이통과 전사한 장사들을 위해 제사를 지낸 후 즉각 철수 명령을 내렸다. 이들의 철수지는 지척인 동아도, 서주군의 위협을 받는 범현도 아닌 서남쪽의 견성이었다.

＊　　　＊　　　＊

한편 서주군은 창정 전장과 멀지 않은 곳에 있었다. 도응이 친히 거느린 서주 주력군이 동평륙에 다다르자, 동평태수 차주는 병력이 적은 관계로 동평륙을 버리고 문수(汶水) 북쪽에 자리한 동평군 치소 무염성(無鹽城)으로 들어가 성문을 굳게 잠갔다. 이에 도응은 조조가 황하에서 철수하던 날, 손쉽게 동평륙을 접수하고 문수를 건너 무염성 아래에 이르렀다.

그 후 이틀 동안 서주군은 공성을 준비하는 동시에 세작을 대량으로 파견해 창정의 전황을 탐문했다. 그리고 이때 임무를 마친 군자군이 주력군과 회합했고, 진도의 대오도 양초를 싣고 무염성 아래에 당도했다. 손관의 대오 역시 사구에서 조조의 수비군을 격퇴하고 닷새 안에 무염성으로 합류하겠다는 편지를 보냈다.

전쟁이 계획대로 순조롭게 진행되는 가운데, 조조군이 황하를 건넌 지 사흘째 되는 날, 마침내 세작으로부터 조조군이 대패했다는 소식이 전해졌다. 그런데 도응은 조금도 기쁜 기색을 드러내지 않고 깊이 생각에 잠기더니 즉각 문무 관원들을 중군 막사로 소집해 명을 기다리도록 했다. 그런 다음 심복인 두 호위병에게 귓속말로 분부를 내리고 중군 막사로 향했다.

도응이 관원들 앞에서 조조군의 대패 소식을 알리자, 다들 희색이 만면해 서주군의 이번 협동 작전이 성공을 거뒀다며 서로 축하 인사를 건넸다. 도응은 손을 들어 떠들썩한 분위기를 제지하고 크게 소리쳤다.

"원소군이 창정에서 대승을 거뒀으니 우리도 뭔가 보여줘야 하지 않겠소? 즉각 2만 군사를 출동시켜 무염성을 공파하시오. 아군이 기주군과 회합하기 전에 양군의 연락을 가로막는 이 걸림돌을 반드시 제거하리다!"

순간 막사 안이 쥐 죽은 듯 고요해지며 관원들은 서로의 얼굴만 멀뚱멀뚱 바라보고 있었다. 이때 진도가 쭈뼛쭈뼛해하며 말했다.

"주공, 무염성의 방어가 너무 견고하고 아군의 공성 무기가 완비되지 않아 지금 공성에 나서면 승산이 낮습니다."

하지만 도응은 거드름을 피우며 손을 휘젓고 대꾸했다.

"상관없소. 조조가 창정에서 참패한 소식이 무염성 안에 알려지면 적병의 사기가 크게 떨어지고 싸울 마음을 잃을 것이오. 그리고 방금 전 확인해 보니 대량의 비교가 제작되고 벽력거와 운제거도 일부 완성됐다고 들었소. 오늘 공격을 발동한다고 꼭 승산이 없는 것은 아니오."

가후는 전혀 도응답지 않은 모습에 고개를 갸웃하며 말했다.

"작은 승리에 본분을 망각하는 건 주공의 일관된 작풍이 아니지 않습니까? 또 조조군이 창정에서 대패했으니 먼저 이를 논

의해야 마땅한데, 왜 그리 원소군과 회합하는 데 집착하시는지 모르겠습니다."

이번에 도응 진영에 새로 합류한 시의도 공수하고 말했다.

"주공, 신중히 생각해 주십시오. 조조의 참패 소식이 설사 무염성 안에 전해졌다 해도 허술한 무기로는 견고한 성을 공파하기 쉽지 않습니다."

그러자 도응은 난처한 표정을 지으며 말을 바꾸었다.

"아, 나는 오늘 무염성을 공격하라고 명한 적이 없는 것 같은데……. 먼저 무염성의 해자를 메워 공격 길을 열라고 명할 참이었소. 그리하면 성안의 조조군도 심리적인 압박을 받아 성을 버리고 도망가도록 핍박할 수 있소. 공격 시점은 당연히 아군의 공성 무기가 완전히 갖춰졌을 때까지 기다려야지요."

서주 문무 관원들은 그제야 안도의 한숨을 내쉬었다. 이어서 도응이 다시 입을 열었다.

"이번 전투는 내가 직접 지휘하리다. 사흘 안에 반드시 무염성 동문과 북문의 해자를 메워 조조군을 위협한 다음 서문으로 도망치도록 유도하겠소."

도응은 친히 서주군 1만 보기를 이끌고 무염성 동문으로 가 해자를 메우는 작업을 지휘했다. 조조군은 감히 성을 나와 서주군을 공격하지 못하고 성문을 꽁꽁 걸어 잠갔다. 하지만 차주는 서주군이 해자를 메우는 속도를 늦추기 위해 궁노수를 대량으로 배치하고 비 오듯 화살을 발사했다. 서주군도 해자 옆에 긴 방패를 설치하고 방패 뒤에 궁노수를 배치한 후 대응 사격에 나섰다. 궁노수의 지원 사격을 받은 서주군은 쉬지 않고 돌과 흙을 옮기며 해자를 한 층 한 층 메워 나갔다.

도웅과 함께 독전에 나선 유엽과 순심은 기회를 엿보다가, 순심이 먼저 조심스럽게 말을 꺼냈다.

"주공, 아군이 무염성을 손에 넣어도 원소는 이를 당연하게 여기고 전혀 감격해하지 않을 뿐 아니라 얼토당토않게 아군에게 조조군을 공격하라고 요구할지도 모릅니다."

유엽도 이 틈을 타 잽싸게 순심의 말을 거들었다.

"우약의 말이 맞습니다. 원소의 성격으로 볼 때, 아군의 출병을 요구하는 사신이 이미 길을 출발했을 가능성이 높습니다. 또 돈과 전량을 대 조조군 패잔병을 멸하라는 등 그 요구가 끊임없을 터이니 먼저 이에 대한 대응책을 논의하는 것이 순서라고 생각됩니다. 정작 그때에 이르면 대비할 틈이 없어 결국 수세에 몰리고, 원소와의 관계도 급속히 악화될 수 있습니다."

하지만 도웅은 쓴웃음을 지을 뿐 아무 대꾸도 하지 않고 그저 무염성만 응시하고 있었다. 이때 갑자기 도웅이 버럭 화를 내며 채찍으로 앞을 가리키고 소리쳤다.

"지금 해자를 메우는 사병들은 누구의 부대냐? 밥도 안 먹었느냐? 왜 이리 속도가 느리단 말이냐?"

이 서주 대오는 확실히 조조군의 화살 공격에 위축돼 적극적으로 앞으로 나아가지 못하고 소극적인 모습을 보이고 있었다. 이를 자세히 살펴보던 유엽이 아뢰었다.

"저들은 진의 장군의 부대입니다. 당장 진의 장군을 불러 불호령을 내리십시오."

"아니오. 내가 직접 가리다."

그러더니 도응은 말을 몰아 친히 해자 앞까지 가 군사들을 독려하려고 했다. 유엽과 순심 등은 깜짝 놀라 위험하니 속히 돌아오라고 다급하게 외쳤다. 하지만 도응은 전혀 말을 듣지 않고 빠른 속도로 앞으로 달려 나갔다. 때마침 도응의 친병들이 방패를 들고 보조를 맞추며 도응을 안전하게 호위했다.

도응은 무염성 궁노수의 사정권에 들어섰지만 전혀 두려운 기색 없이 친병의 보호 아래 해자 앞까지 다가갔다. 이어 채찍을 들고 무서워 앞으로 나아가지 못하는 병사들을 크게 꾸짖었다. 도응이 성 아래까지 이르자 감히 임무를 태만히 할 수 없었던 병사들은 의연히 일어나 비 오듯 쏟아지는 화살을 뚫고 돌과 흙을 나르기 시작했다.

"주공, 위험합니다. 속히 자리를 피하십시오!"

다른 쪽에서 군사들의 작업을 감독하던 진의는 도응이 직접 나온 것을 보고 놀라서 달려오며 외쳤다. 바로 그때였다. 도웅이 갑자기 외마디 비명을 지르더니 바닥에 고꾸라졌다. 도웅의 친병들의 낯빛이 하얗게 변해 도웅을 부축해 일으켜 세웠을 때, 도웅의 오른쪽 가슴에 화살 하나가 정통으로 박혀 있었다. 상처를 만지고 있는 도웅의 손가락 사이로 암홍색 선혈이 끊임없이 흘러나와 반쪽 가슴을 빨갛게 물들였다.

"주공이 화살에 맞았다! 주공이 적의 화살에 맞았다! 빨리 주공을 구하라!"

"빨리 주공을 후방으로 호송하라!"

진의와 도웅의 친병들은 울부짖듯 고함을 질러댔다. 친병들이 도웅을 둘러메고 신속히 후방으로 물러나자 성 아래에서 해자를 메우던 서주 사병들도 큰 혼란에 빠졌다. 이들은 멜대와 광주리, 일륜차 등을 그 자리에 던져 놓고 밀물처럼 뒤로 퇴각했다. 후방의 서주 문무 관원들은 대경실색해 속히 군사를 이끌고 도웅을 구하러 달려갔다.

무염성 안의 조조군은 깃발을 흔들며 환호성을 질렀고, 성벽에서 독전 중이던 차주는 성루에 올라 먼 곳을 살피며 기쁨에 겨운 목소리로 외쳤다.

"누가 화살에 맞은 것이냐? 대체 어떤 장수가 화살에 맞았길래 서주군이 저토록 허둥댄단 말이냐?"

조조군 사병 몇 명이 크게 흥분해 미친 듯이 소리를 질렀다.

"장군, 저들의 입에서 주공이 화살에 맞았다는 것으로 보아 아무래도 도응이 우리의 유시(流矢)에 맞은 것 같습니다!"

"뭐? 도응이 화살에 맞았다고?"

차주는 너무 기쁜 나머지 자신의 귀를 의심했다. 다시 한 번 자세히 살펴보니, 커다란 말을 탄 서주 문무 관원들이 일제히 한곳으로 달려가는 것으로 보아 도응이 화살에 맞은 모양새가 확실했다. 차주는 갑자기 바닥에 두 무릎을 꿇고 두 팔을 잔뜩 벌리며 세상을 다 얻은 것 같은 표정으로 하늘을 향해 광소를 터뜨렸다.

도응을 안전한 곳으로 옮겼을 때, 도응의 오른쪽 가슴에서 흐른 피는 이미 상반신 전체를 물들였고, 도응은 두 눈을 꼭 감은 채 꿈쩍도 하지 않았다. 서주 장사들은 모두 혼비백산이 돼 그저 눈물을 뿌리고 발만 동동 굴렸다.

가후와 유엽이 재빨리 다가와 도응의 상처를 자세히 살펴본 뒤, 가후가 도응의 코에 손을 대보고 큰 소리로 외쳤다.

"아직 호흡이 있다. 빨리 주공을 대영으로 모셔라! 그리고 전군은 즉시 철수해 대영으로 돌아간다!"

서주군이 다급히 대오를 조직해 도응을 보호하며 후방으로 철수하자, 무염성 안의 차주는 쾌재를 부르며 군사를 이끌고 성을 나와 추격에 나섰다. 이미 싸울 마음을 잃은 서주군은 일군을 후방에 배치해 적의 공격을 막게 하고 서둘러 영채로 돌아갔다. 차주도 혹시 복병이 있을까 염려해 감히 깊숙이 추격하지 못하고 서주군 후군을 격퇴한 뒤 성으로 돌아갔다.

서주군이 전부 대영으로 철수했을 때, 원소가 보낸 사신 진진이 마침 서주군 대영에 당도했다. 진진은 자신이 찾아온 이유를 설명할 새도 없이 분위기가 어수선해진 서주군의 입을 통해 도응이 화살에 맞았다는 사실을 듣게 되었다.

진진은 처음에는 이 사실을 믿지 않았다. 그러나 멀리서 피로 물든 도응의 가슴에 화살이 박혀 있는 것을 보고 발을 동동 구르며 탄성을 내질렀다.

"아, 하늘도 어찌 이리 무심하단 말인가! 도 사군처럼 충후(忠厚)하고 어진 군자가 어째서 화살에 맞았단 말인가! 하늘이 충성스럽고 선량한 사람을 보우하지 않는구나!"

두 눈이 충혈된 도기와 마충 등이 막사를 원천봉쇄한 가운데, 날이 완전히 어두워져서야 산발을 한 가후가 막사에서 나와 도응을 대신해 진진을 접견했다. 진진이 도응의 상태를 묻자 가후가 잠긴 목소리로 대답했다.

"피는 멎었습니다만 깨어나실 수 있을지는 의원도 확신하지 못하고 있습니다."

진진은 안절부절못하며 탄식한 뒤 물었다.

"그런데 도 사군은 어쩌다가 조조군의 화살에 맞았습니까?"

"아군과 귀군이 회합할 길을 열기 위해 급히 무염성을 공파하려다가 벌어진 일입니다."

가후는 이렇게 대답한 뒤 낮에 발생한 일을 대략적으로 설명했다. 물론 도응의 효심을 크게 포장해서 말이다. 진진은 이를 모두 듣고 찬탄해 마지않았다. 또한 도응이 불행히 화살에 맞은 일을 애석해했을 뿐 아니라 차마 도응에게 즉각 출병해 조조의 퇴로를 끊으라는 말을 꺼내지도 못했다. 그러자 가후가 먼저 짐짓 창정 전황을 묻고 기주군의 창정 대첩을 축하한 뒤 다시 물었다.

"효기 선생이 이곳에 온 이유는 원공의 명령을 전하기 위함 아닙니까? 지금 주공이 정신을 잃고 깨어나지 못해 군중에 주군이 없으니 괜찮다면 제가 주공을 대신해 답을 드리겠습니다."

"그게……."

후덕한 진진은 미안한 표정을 감추지 못하고 원소의 서신을 꺼내며 말했다.

"문화 선생, 이는 우리 주공께서 도 사군에게 전하는 편지입니다. 원래 사군에게 즉시 출병해 조조의 퇴로를 끊으라고 할 참이었는데… 지금 보니 불가능하겠구려."

가후는 서신을 펼쳐 본 후 유감스럽다는 표정을 짓고 대꾸했다.

"효기 선생이 오늘 일을 원공께 잘 말씀드려 주십시오. 주공이 깨어나는 대로 원공께 편지를 드리라고 하겠습니다."

"그거야 당연하죠. 당연하다마다요."

진진은 이렇게 대답한 후 조심스럽게 물었다.

"도 사군이 화살에 맞았는데, 이제 어쩔 생각이십니까?"

"내일 잠시 군대를 동평릉으로 물러 주공의 상처를 치료할 생각입니다. 하지만 원공께는 걱정하시지 말라고 전해주십시오. 아군이 책임지고 무염성의 조조군을 견제해 절대 원공이 측면에서 위협당하는 일은 없게 하겠습니다."

이 상황에서 진진이 무슨 말을 할 수 있겠는가. 그는 얌전히 가후에게 감사의 말을 전할 따름이었다.

"가 군사와 귀군의 협조에 감사드립니다. 그럼 저는 여기서 하룻밤 묵고 내일 창정으로 돌아가 주공께 이 일을 모두 아뢰겠습니다."

한편 무염성 안의 차주는 조조가 쾌마로 보낸 두 가지 명령을 받았다. 하나는 무염성을 버리고 속히 견성으로 철수해 주력군과 회합하라는 것이었고, 다른 하나는 서서를 함거에 실어 견성으로 압송하라는 것이었다. 차주는 기뻐서 덩실덩실 춤을 추며 환소를 터뜨렸다.

"하하, 승상께 직접 기쁜 소식을 전할 수 있게 됐구나. 이 엄청난 희소식을 말이야! 하하!"

*   *   *

"도웅이 화살에 맞았다고? 그게… 말이 되는가?!"

황하를 건너 다시 연주 땅을 밟고 기세등등하게 조조군 추격을 준비하던 원소는 뜻밖의 소식에 아연실색했다. 그러고는 다시 침울한 표정을 짓고 중얼거렸다.

"어찌 이리도 공교롭단 말인가? 아군이 막 황하를 건너 조조를 추격하려는데 도웅이 유시에 부상을 입다니……. 아, 불길하구나, 불길해."

원소의 모사들 역시 처음에는 경악을 금치 못했다. 하지만 시간이 점점 흐르면서 이들의 놀람은 의심으로 바뀌기 시작했다. 이때 갑자기 곽도가 앞으로 나와 진진에게 꼬치꼬치 캐물었다.

"도웅이 화살에 맞은 것을 확인했소? 혹시 도웅의 거짓 부상에 그대가 속은 것은 아니오? 어떻게 주공께서 도웅에게 조조의 퇴로를 끊으라고 명한 시점에 딱 맞춰 화살을 맞는단 말이오?"

원소도 의심스러운 시선으로 진진을 바라봤다. 진진은 불만이 가득한 표정을 드러내고 아주 불쾌한 듯 대답했다.

"도응이 화살에 맞은 상처를 이 두 눈으로 똑똑히 확인했소이다. 여기에 화살을 맞고 피를 많이 흘려 상반신이 온통 피투성이였고, 매우 위독한 상태였소. 내 말을 못 믿겠다면 수종들도 함께 봤으니 그들을 불러 물어보시오."

진진이 손가락으로 자신의 오른쪽 가슴을 가리키며 당당하게 외치자 곽도는 목을 쏙 집어넣고 아무 대꾸도 하지 못했다. 진진의 진중한 성격을 다들 아는지라 원소 이하 관원은 모두 고개를 끄덕이며 그의 말을 의심하지 않았다.

원소는 진진을 진정시키고 물었다.

"참, 도응의 부상 정도는 어떠했소? 정말 상처가 그리 심각한 것이오?"

"그렇습니다. 제가 서주 대영을 떠날 때까지도 도 사군은 혼수상태에 빠져 있었습니다. 의원 말로는 도 사군이 젊고 건강했기에 망정이지, 피를 너무 많이 흘려 몸이 조금만 약했으면 아마 살아남기 어려웠을 것이라고 했습니다. 그렇긴 해도 도 사군이 살아나는 건 그의 천명에 달려 있다고 했습니다."

원소가 우울한 표정을 짓고 아무 대꾸도 하지 않자 신비가 재빨리 나와 간했다.

"주공, 도응이 우리를 도우려 무염성을 공격하다가 이토록 중한 상처를 입었는데 왜 아군 가운데 명의를 골라 상처를 치료하러 보내지 않으십니까?"

최염이 즉각 이 의견에 반대했다.

"그건 불가하오. 서주군은 절대 외부인에게 도응의 치료를 맡길 리가 없소. 게다가 지금 우리가 의원을 보내면 서주군은 필시 우리가 도응의 부상을 의심한다고 여길 것이오. 그리 되면 아군과 서주군의 관계가 악화돼 조조를 멸하는 전쟁에 그들을 끌어들이기 어려워질 수 있소."

신비는 눈을 껌뻑거리며 대꾸했다.

"계규의 말이 일리가 있소만… 만약에 말이오. 만약에 도응이 정말 거짓으로 부상을 입은 척하는 것이라면 어쩔 것이오?"

그러자 저수가 노한 목소리로 추궁했다.

"기주와 서주의 연맹을 분열시키고 싶다면 도응을 의심하도록 계속 주공을 부추겨 보시구려. 지난번 그대들이 주공께 서주 사자를 베라고 사주하는 바람에 양군의 사이가 틀어지고 청주 태반을 잃지 않았소? 그런데 이제 조조를 멸할 절호의 기회마저 날려 버릴 셈이오?"

이 말에 가슴이 뜨끔한 원담이 펄쩍 뛰며 분노했다.

"무슨 뜻으로 그런 말을 하는 것이오? 도응이 부상을 입은 시점이 너무 절묘해 좌치가 의심을 품는 것도 당연하지 않소? 그대는 꼭 도응의 부상을 직접 본 것처럼 말하는구려."

이번에는 원상이 반발하고 나섰다.

"형님도 매부가 부상을 입지 않은 걸 직접 본 건 아니지 않습니까? 그런데 어찌 매부의 부상이 거짓이라고 단정하십니까?"

"입 닥쳐라!"

원소는 더 이상 듣지 못하고 책상을 치며 두 아들과 수하들의 말다툼을 제지한 뒤 큰 소리로 호통을 쳤다.

"대체 매번 이게 뭐 하는 짓들인가! 체통 없이 허구한 날 두 편으로 갈려 싸우는 모습에 이골이 날 지경이다! 다시 한 번 내 앞에서 쟁론을 벌이는 자가 있다면 그 자리에서 참하리다!"

원소가 격분해 노발대발하자 장중은 갑자기 쥐 죽은 듯 고요해졌다. 다들 꿀 먹은 벙어리가 돼 입을 닫고 있을 때, 곰곰이 생각에 잠겨 있던 원소가 마침내 입을 열었다.

"이렇게 하는 건 어떻겠소? 예주자사 음기(陰夔)에게 귀중한 약물을 가지고 도응을 문안하며 이번 출병의 공로를 표창하고, 그 김에 연주 토지를 어떻게 나눌지 협상하는 거요."

저수가 좋은 생각이라고 찬동하며 물었다.

"주공, 그럼 조조군 추격은 어떻게 하실 생각입니까?"

"도응이 중상을 입어 서주군에 우두머리가 없는 관계로 한동안 서주군의 도움을 바라기는 어렵게 됐구려."

원소는 시무룩한 표정을 지은 뒤 손을 휘젓고 말했다.

"하지만 상관없소이다. 아군의 힘만으로 충분히 조조군을 섬멸해 버릴 수 있지 않소? 고간은 2만 군사를 이끌고 동아와 제북 등 연주 북부 성지를 공격하고, 나는 친히 주력군을 거느리

고 견성과 동군으로 진격해 먼저 이 두 요충지를 손에 넣고 업
성과 연락로를 튼 다음 조조를 어찌 공파할지 다시 결정합시
다."

모사들이 모두 원소의 생각에 고개를 끄덕여 찬성하자 원소
는 즉각 명을 내렸다. 먼저 음기에게 도응을 병문안하라는 임
무를 맡긴 뒤, 군대를 두 길로 나눠 고간은 동아와 제북 등 연
주 성지를 취하러 출격하고, 자신은 친히 주력군을 이끌고 서진
해 견성으로 달아나는 조조군을 추격했다. 물론 몰래 음기를
불러 도응의 부상 상태를 두 눈으로 직접 확인하라고 당부하는
것도 잊지 않았다.

＊　　　　＊　　　　＊

차주가 무염성을 버리고 철수한 덕에 음기는 이틀도 안 돼
동평륙에 당도했다. 그는 자신이 찾아온 이유를 설명한 뒤 가
후와 유엽의 배석하에 중상을 입고 침상에 누워 있는 도응을
보러 갔다.

안타깝게도 도응은 피를 너무 많이 흘려 여전히 반혼수 상태
였고, 눈을 감은 채 무의식적으로 가끔씩 가는 신음만 내뱉을
뿐이었다. 음기는 과다 출혈로 인해 창백해진 도응의 안색을 확
인한 뒤, 가슴에 핏자국이 은은히 비치는 두꺼운 무명 붕대로

시선을 옮겼다. 그런데 상처가 제대로 보이지 않아 가후에게 붕대를 잠시 풀어달라고 요구할까 말까 망설이고 있었다. 괜히 이 말을 꺼냈다가 자신이 도응의 부상을 의심한다고 여길까 염려했기 때문이다.

바로 그때 시종 도응 곁을 지키던 의원이 심각한 표정으로 가후에게 말했다.

"군사, 주공의 맥박이 아주 불규칙합니다. 뛰었다 멈췄다가를 반복하고 있습니다."

가후는 낯빛이 변해 즉시 도응의 맥박을 짚어 보았다. 잠시 후 가후는 더욱 일그러진 표정으로 도응의 손을 놓고 길게 한숨을 내쉬었다.

"아, 하늘이 보우하사 제발 주공이 이 고비만 넘기게 해주십시오."

가만히 이를 지켜보던 음기가 재빨리 물었다.

"그렇게 심각합니까? 제가 의술을 좀 알고 있으니 사군의 맥을 짚어 봐도 되겠습니까?"

가후는 묵묵히 고개를 끄덕였다. 음기는 드디어 기회가 왔다고 여겨 속으로 쾌재를 불렀다. 음기가 도응의 손목을 잡고 중지와 식지, 무명지로 맥박을 짚어 보니, 과연 도응의 맥박은 너무 미약해 끊어졌다 이어졌다가를 반복했다. 이에 음기는 도응의 병세가 거짓이 아님을 확신하고 속으로 중얼거렸다.

'틀림없는 사실이야. 모든 걸 다 속일 수 있어도 맥박만은 절대 속일 수 없지.'

가후가 음기를 보고 물었다.

"그래, 우리 주공의 병세가 어떤지 고견을 말씀해 주시지요."

음기는 도응의 손목을 놓고 길게 탄식을 내뱉었다.

"아, 제가 무능하여 손쓸 방도가 없습니다. 착한 사람은 하늘이 돕는다고 하니, 이 고비만 잘 넘기길 하늘에 기도하는 수밖에요."

가후는 고개를 절레절레 흔들 뿐 아무 말도 없었다. 한참이 지나서야 가후는 손님 접대도 하지 않은 것을 깨달았고, 음기 역시 사양하지 않고 의원에게 몇 가지 당부의 말을 전한 후 가후를 따라 침소를 나갔다.

가후와 음기 등이 자리를 떠나고 한참 뒤, 갑자기 도응의 눈이 번쩍 떠졌다. 장시간 꼼짝 않고 누워만 있던 도응은 찌뿌등한 몸을 일으키고 한껏 기지개를 켠 뒤 맥소(脈所) 아래에 넣어둔 작은 나무 구슬을 의원에게 건넸다. 그는 낮은 목소리로 의원에게 옆방으로 가 휴식을 취하라고 명한 후 아무 일도 없는 사람처럼 책상 앞에 바로 앉았다.

화살에 정통으로 가슴을 맞은 도응이 어떻게 아무렇지도 않게 벌떡 일어났단 말인가.

도응은 창정 전투에서 원소가 승리한 뒤 자신에게 조조군을 추격하라고 요구하리라는 사실을 잘 알고 있었다. 물론 이 기회에 조조를 사지로 몰아넣는 것도 좋은 방법이었으나 세력이 방대해진 원소를 홀로 상대하기에는 시기상조라고 여겨 잠시 이 계획을 접기로 마음먹었다. 그리하여 도응은 원소의 요구를 거절할 핑계에 골몰하다가 바로 거짓으로 화살에 맞는 방법을 생각해 낸 것이다.

도응은 심복 친병에게 미리 살촉을 제거한 화살과 돼지 피를 준비시킨 다음 일부러 군사들을 독려하러 나갔다. 그리고는 자신을 호위하기 위해 달려온 친병들의 방패에 가려 보이지 않는 틈을 이용해 미리 구멍을 낸 갑옷에 그 화살을 박아 넣고 돼지 피를 옷 안에 넣어 화살에 맞은 것처럼 꾸몄다.

기상천외한 이 작전은 멋지게 들어맞았다. 원소의 사자 진진은 물론 원소군 전체를 속였으며, 마지막으로 음기까지 이를 사실로 믿게 되었다. 이로써 한숨을 돌릴 법도 했지만 도응에게는 또 한 가지 고민거리가 있었다.

"조조군 추격 건은 원소를 속여 다행히 잘 해결됐지만 문제가 하나 더 있단 말이야. 욕심 많은 원소는 내가 쓰러진 틈을 타 서주를 병탄할 마음을 품을 게 분명해. 그렇다고 두려울 건 없지만 이 시점에서 원소와 반목하는 건 우리의 전략적 이익과 부합하지 않아. 일단 원소를 진정시키고 그의 모든 역량을 조조를 공격하는 데 쏟아붓도록 유도해야 할 텐데……."

도응은 이 고민에 빠져 머리를 쥐어짜 보았지만 해결 방법이
쉽사리 떠오르지 않았다.

저녁 무렵, 가후와 유엽 등이 도응의 병상을 찾아와 음기가
제시한 연주 토지 분할 요구에 대해 보고했다. 원소는 도응에
게 이번에 서주군이 새로 손에 넣은 산양군을 취하고, 동평과
제국 두 군을 양보하라고 요구했다. 서주군 입장에서 이 정도
요구는 받아들일 수 있었으나 가후 등은 그 자리에서 응낙하지
않고, 도응이 깨어난 후 재가를 받고 결정하겠다고 대답했다.

도응은 고개를 끄덕거리며 말했다.

"원소의 요구를 들어주시오. 연주 토지는 야금야금 먹어 들
어가야지 한꺼번에 취하려다간 체하는 법이오. 하지만 성급하
게 수락하지는 마시고요. 참, 한 가지 중요한 문제가 있어서 그
대들의 의견을 들어볼까 하오."

이어 도응은 자신의 고민거리를 모두 털어놓은 후 모사들에게
계책을 물었다. 잠시 뒤 가후가 빙그레 미소를 짓고 대답했다.

"그 문제라면 저에게 좋은 방법이 하나 있습니다. 주공께서
허락하신다면 후 등이 나서서 원소에게 주공의 병환이 깊은 관
계로 만일의 사태에 대비해 주공의 영식(令息)이자 원소의 외손
인 도윤(陶允) 공자를 서주의 주인으로 옹립하겠다고 청하겠습

니다. 기주 관원을 서주로 보내 언제든지 주공의 장자를 서주목 겸 양주목에 책립해 주공의 기업을 계승하고, 정실인 원소의 딸에게 권력을 넘겨주겠다고 말하면 원소는 서주를 식은 죽 먹기로 취할 수 있다고 여겨 급하게 손을 쓰지 않을 것입니다."

도웅은 이 얘기를 듣고 십 년 묵은 체증이 내려간 듯 호쾌하게 웃고 고개를 크게 끄덕였다.

다음 날 가후 등은 단체로 음기에게 달려가 도웅의 변고에 대비해 원소의 외손인 도윤을 서주의 주인으로 옹립하겠다는 뜻을 알리고, 돌아가는 대로 원소에게 이 일을 맡을 기주 중신을 서주로 파견해 달라고 청했다.

이 틈을 타 가후는 동평군이 서주 후방과 너무 멀리 떨어져 양초 보급이 불편한 데다 도웅의 병세가 너무 깊으니 군대를 임성과 태산으로 철수하게 해달라고 요청했다.

가후 등의 얘기를 들은 음기는 너무 기쁜 나머지 연주 토지 획정에 대한 답변도 듣지 않고 즉각 원소에게 돌아가 도웅의 병세와 가후 등의 요청을 상세히 보고했다. 원소 역시 만면에 희색을 드러내고 가후 등의 요청을 접수하는 한편, 봉기와 음기에게 외손 도윤을 서주목에 책봉한다는 문서를 가지고 서주로 가서 원예를 만나 계획대로 일을 진행하라고 명했다.

원소는 부유하고 번화한 서주 5군이 곧 자신의 손에 들어온다는 생각에 절로 어깨춤을 추며 도웅의 병세가 악화되기만을 바랐다.

*　　　　*　　　　*

동평에서 부리나케 견성으로 퇴각한 차주는 숨 돌릴 틈도 없이 조조에게 도응이 화살에 맞았다는 기쁜 소식을 전했다. 그러나 중상을 받을 것이라는 차주의 기대도 무색하게 조조는 콧방귀를 뀌었다. 누구보다 도응을 잘 아는 조조는 이것이 원소의 명을 회피하려는 속임수임을 금세 눈치챘다. 조조는 도응의 영악함에 혀를 내두른 뒤 이내 냉소를 짓고 말했다.

"어찌 됐든 도응의 거짓 부상으로 인해 최소한 서주군의 공격은 면할 수 있게 됐소. 우리로서는 원소보다 서주의 대오가 상대하기 더 껄끄러웠으니 그나마 다행인지도 모르오."

모사들이 모두 고개를 끄덕여 동의를 표하자 조조가 장중을 향해 물었다.

"참, 원소의 추격병은 지금 어디까지 이르렀소?"

정욱이 대답했다.

"선봉인 한맹의 5천 기병이 현재 진정(秦亭)에 당도했습니다. 견성까지는 80리 거리입니다. 원소의 주력군은 어제 아침 일찍 서진에 나섰다고 하는데, 보기가 혼재해 있어서 행군 속도는 그다지 빠르지 않다고 합니다."

조조는 그나마 다행이라며 안도의 한숨을 내쉬고 차주에게
명했다.

"아군은 내일 복양으로 철수할 것이니, 너는 대오를 이끌고
후방을 책임지도록 하라. 무슨 일이 있어도 원소 기병의 추격을
막아내 아군이 퇴각할 수 있는 시간을 벌어야 한다!"

의연히 명을 받은 차주는 자리를 뜨려다가 도응이 화살에 맞
은 일 때문에 깜빡하고 있었던 보고를 올렸다.

"참, 승상의 명으로 서서를 압송해 왔는데 어찌 처리할까요?"

"내 호위대에게 인계하라. 나중에 내가 알아서 처리할 것이
다."

조조의 대답에 차주는 알겠다며 공수하고 물러났다. 이어 조
조가 호위 무사들을 둘러보고 명을 내렸다.

"각 부대로 속히 달려가 명을 전하라. 견성의 양초를 모조리
수레에 싣고 이틀 치 건량을 준비해 내일 복양으로 철수한다.
도중에 휴식을 취하지 않고, 불을 피워 밥도 지어 먹지 않을 것
이다."

호위 무사들이 명을 받고 나가자 곽가가 콜록대며 앞으로 나
와 말했다.

"승상, 아군이 비록 창정에서 참패했으나 아직 싸울 여력이
있으니 반격의 기회가 전혀 없는 것도 아닙니다. 따라서 일군
이 복양에 남아 성을 굳게 지키는 동시에 조인, 조홍, 종요, 임

준 등에게 속히 대오를 이끌고 관도로 오라고 명해 원소와 다시 한 번 관도에서 결전을 치르십시오."

하지만 조조는, 음, 하고 낮게 신음 소리를 낼 뿐 아무 대꾸도 하지 않았다. 한참 후 조조는 결심한 듯 말을 꺼냈다.

"관도는 원소군과 결전을 벌이기에 적합하지 않소."

이 말에 조조의 모사들은 서로 얼굴을 바라보다가 잇달아 진언했다.

"관도는 바로 원소가 허도로 진격하는 요해지인 데다 지난번 아군이 원소를 대파한 전장입니다. 지세가 험요하고 방어 시설이 견고해 지리적 이점이 클 뿐 아니라 심리적으로도 우위를 점할 수가 있습니다."

조조는 미간을 찌푸리며 대답했다.

"아군이 지난번 원소를 대파했다는 점 때문에 결전 장소로 적합하지 않다는 것이오. 아군은 원소의 급전이 두려운 것이 아니라 전진하는 곳마다 영채를 세우고 소모전을 벌이며 대치할까 두려운 거요. 관도는 지세가 험준한 데다 한 번 호되게 당한 경험이 있어서 원소는 함부로 공격에 나서지 않을 것이 분명하오. 하지만 만약 저들이 창정 때처럼 몇 달이고 소모전에 나선다면 아군은 정말 끝장나고 말 것이오."

모사들은 조조의 설명이 일리가 있다고 여겨 크게 수긍하는 빛을 띠었다. 이어 조조가 생각하고 있었던 계획을 밝혔다.

"그럼 이렇게 합시다. 결전은 반드시 사전에 준비해야 하오. 따라서 먼저 예주, 진류, 사례, 관중 등지의 병마를 모두 허도에 집결시킨 후 상황을 보아 어디서 결전을 벌일지 결정하기로 말이오."

모사들은 모두 예, 하고 대답한 후, 각지를 지키는 조조군 대오에게 속히 허도로 달려와 명을 기다리라는 편지를 쾌마로 보냈다.

이튿날 아침, 조조군은 연주 후방의 요지인 견성을 과감하게 버리고 가지고 갈 수 있는 모든 양초와 치중을 수레에 싣고서 전속력으로 복양으로 철수했다.

원소군의 선봉대장 한맹은 조조군의 움직임을 발견하고 즉각 추격에 나섰다. 하지만 후방에 남은 차주의 대오가 필사적으로 길을 막는 바람에 고전을 면치 못했다. 한맹의 기병은 적의 수급 천여 개를 베었지만 끝내 차주군의 방진을 뚫지 못했고, 혹여 조조의 원군이 나타날까 염려돼 하는 수 없이 징을 쳐 군대를 거두고 원소가 친히 거느린 주력군이 올 때까지 기다렸다.

第四章
허도로 퇴각하는 조조

　원소는 척후병으로부터 전방 소식을 들은 후, 곽도의 '병귀신
속(兵貴神速)' 건의에 따라 장자인 원담에게 5천 정예기를 이끌
고 한맹을 지원하라고 명했다. 하루가 지나 한맹의 대오와 합류
한 원담은 조조군 추격을 재개해 함성(咸城)에서 차주군과 격전
을 치렀다.

　차주는 3천 보병을 이끌고 만 명에 가까운 원소 기병과 사력
을 다해 맞서 싸웠지만 결국 군사들이 전멸하고, 본인도 난군
중에 원담의 칼에 맞아 전사했다. 이 틈을 타 조조군이 복양성
안으로 들어가자, 전원 기병으로 구성된 원소군은 성을 공격할

방법이 없어 어쩔 수 없이 복양성에서 동쪽으로 30리 떨어진 곳에 영채를 세우고 주력군이 오기만을 기다렸다.

복양성으로 철수한 조조는 한숨을 돌릴 여유도 없이 즉각 대장 하후돈과 동군태수 유연을 불러 단도직입적으로 말했다.

"우리 주력군이 철수하고 원군이 집결할 시간을 벌기 위해 복양성을 한 달 동안 사수해야 하는데, 너희들이 기꺼이 이 임무를 맡겠느냐?"

하후돈과 유연은 비장한 표정을 지으며 공수하고 한목소리로 대답했다.

"걱정 마십시오. 말장 등이 죽음으로 복양성을 지키며 적군 하나도 성에 발을 들여놓지 못하도록 막겠습니다."

그러자 조조가 갑자기 몸을 일으켜 예를 갖추고 엄숙하게 말했다.

"아군이 시간을 벌어 반격의 기회를 잡느냐의 여부는 모두 두 장군 손에 달렸소이다."

이 모습에 놀란 하후돈과 유연이 황망히 두 무릎을 꿇고 답례하자, 조조는 두 장수를 일으켜 세우고 강개한 어조로 말했다.

"복양 일대의 6천 군사를 모두 성안으로 소환하고, 여기에 2천 군사와 한 달 치 양초를 두고 가리다. 성을 끝까지 사수하다가

한 달이 되면 포위를 뚫고 달아나도 좋소. 하지만 그 기간 동안
은 어떤 지원도 해줄 수가 없소."

여기까지 말한 조조는 갑자기 코끝이 시큰해지며 목멘 소리
로 말했다.

"한 달 후 포위를 돌파하지 못해 그대들이 원소에게 투항한
다 해도 내 전혀 탓하지 않으리다. 허도에 있는 그대들의 가솔
은 내 잘 보살펴 주고……."

하후돈과 유연은 일제히 목 놓아 울며 조조 앞에 머리를 조
아리고 이구동성으로 외쳤다.

"말장이 어찌 승상의 은혜를 저버리고 원소에게 투항한단 말
입니까! 성을 굳게 지키다가 포위를 돌파한 가망이 없다면 승상
을 위해 하루라도 더 시간을 벌 수 있도록 끝까지 성을 사수하
겠습니다. 설령 분신쇄골한다 해도 그래야만 편히 눈을 감을 수
있습니다!"

폐부에서 우러나온 두 장수의 충심에 조조도 참지 못하고 방
성대곡하기 시작했다. 곁에 있던 관원들도 잇달아 눈물을 뿌리
며 두 장수를 위로했다. 어쩌면 이번 작별이 이승에서의 마지막
이별이 될지도 모르기 때문이었다.

원소가 친히 이끄는 기주군이 이미 복양 가까이까지 이르렀
다는 보고에, 조조는 이튿날 아침 하후돈 등과 눈물을 흘리며

작별한 뒤 3만 주력군을 이끌고 관도에 주둔 중인 조인의 부대와 회합하기 위해 전속력으로 철수했다.

원담은 조조군이 퇴각하는 것을 보고 공을 세우고 싶은 욕심에 즉각 뒤를 추격했다. 하지만 조조군 후방에 있는 장료에게 통렬한 공격을 받고, 하후돈마저 복양성 안에서 달려 나와 협공을 가하자 형세가 불리해진 원담은 다급히 퇴각해 조조군이 철수하는 모습을 빤히 눈뜬 채 지켜봐야 했다.

이틀 후, 10여만 대군을 이끌고 복양성 아래에 당도한 원소는 고립된 성을 물샐틈없이 포위했다. 이어 최염의 건의를 받아들여 사신을 성안으로 보내 고관후록으로 하후돈과 유연을 회유했다. 하지만 하후돈과 유연은 투항 권유 편지를 북북 찢어버리고, 기주 사신을 성 꼭대기로 끌고 가 기주군이 보는 앞에서 목을 베어 죽어도 항복할 뜻이 없음을 밝혔다. 원소는 이를 듣고 대로해 밤을 새워 공성 무기를 제작하라 명하고, 하후돈과 유연의 수급을 사신 앞에 바치겠다고 맹세했다.

수일에 걸쳐 원소군은 복양성에 집중포화를 퍼부었다. 원소의 세 아들이 돌아가며 맹렬히 성을 공격했으나 복양성의 성지 방어가 견고하고 수비군이 필사의 각오로 성을 지킨 탓에, 사흘간 연속된 원소군의 공격은 결국 무위로 돌아가고 심각한 피해만 초래하고 말았다.

조조가 친히 거느린 주력군은 하후돈의 완강한 저항 덕에 순조롭게 관도 대영으로 철수했다. 이로써 조조는 창정 전투의 참패를 딛고 양군 간의 새로운 대치 국면을 형성하게 되었다.

*　　　　　*　　　　　*

조조군과 원소군 간의 전황이 서주 군중에 전해졌을 때, 서주군은 이미 임성군 내로 철수한 뒤였다. 대외적으로 혼수상태에 있는 도응은 세작에게 자세한 보고를 받은 후, 심복을 시켜 가후, 유엽, 순심, 시의 네 모사를 침소로 불렀다. 이들은 함께 모여 복양과 관도의 전황에 대해 논의하고 후속 대책을 강구했다.

가후가 먼저 정곡을 찌르며 지적했다.

"복양은 조조가 시간을 벌기 위해 버리는 돌로 삼은 것이 분명합니다. 그리고 조조가 전처럼 마지막 병력을 집중해 관도 애구(隘口)를 지킨다면 이번 전쟁은 조조의 필패로 끝나게 될 것입니다. 따라서 아군은 잠시 연주 토지를 탐내지 말고 언제든지 원소와 개전할 수 있도록 철저히 대비해야 합니다."

이 말에 도응은 눈만 멀뚱멀뚱 뜨고 있다가 다급히 가후에게 물었다.

"조조가 다시 관도를 지키면 패한다니, 그게 대체 무슨 말이오? 관도는 지세가 험해 공격하기는 어려워도 지키기는 쉽소.

게다가 조조군은 관도에서 기주군을 대파한 적이 있어서 심리적으로 큰 우위를 점하고 있소. 그런데 어떻게 조조가 도리어 필패한다고 장담하는 것이오?"

가후는 슬며시 미소를 보이며 설명했다.

"그 이유를 지금부터 말씀드리겠습니다. 지난번에 원소가 참패한 건 첫째, 양초가 모두 불탔고, 둘째, 초기에 적을 너무 얕봐 함부로 공격에 나섰으며, 셋째, 후반에는 외려 지나치게 신중해 군대를 나누지 않았기 때문입니다. 그때 원소가 만약 오소의 식량 창고를 중시하고, 초기에 함부로 적진 깊숙이 쳐들어가지 않으며, 나중에 과감하게 군대를 나눠 허도를 기습했다면, 즉 이 세 가지 실수 중 한 가지만 줄였다면 관도 대전의 패자는 원소가 아니라 조조가 됐을 것입니다."

가후는 잠시 목을 축이고 말을 이었다.

"원소도 실패의 교훈을 받아들일 줄 아는 사람입니다. 이번 창정 전투가 바로 좋은 증거죠. 속으로는 원치 않을지 몰라도 어쨌든 저수와 최염의 건의를 듣고 안전한 방법을 택했습니다. 속전속결에 나서지 않고 꾹 참고 기다리다가 마침내 아군의 도움으로 대승을 취하지 않았습니까?"

이어 도웅을 똑바로 응시하며 말했다.

"그래서 조조가 관도 요해지에 집착한다면 패배가 정해져 있다고 말씀드리는 것입니다. 관도에서 된통 당한 적 있는 원소는 신중에 신중을 기해 공격에 나설 것이 확실합니다. 양식 창고 보호를 강화하는 것은 기본이고, 창정 전투 때처럼 병력과 전량의 우세를 이용해 소모전을 펼치며, 후방을 돌아보기 어려운 조조의 약점을 찔러 과감하게 한 번쯤 허도로 쳐들어가 후원을 어지럽힌다면 조조로서는 가만히 앉아 죽음을 기다릴 수밖에 없습니다."

도응은 잠자코 가후의 말만 경청하고 있었다. 그러면서 이토록 무서운 자를 적으로 만나지 않은 데 대해 가슴을 쓸어내리며 감사했다. 유엽과 순심, 시의도 절로 고개를 숙이며 가후의 식견에 찬탄해 마지않았다. 이어 유엽이 가후에게 물었다.

"그럼 이번 조조와 원소의 결전은 조조에게 전혀 희망이 없단 말입니까?"

"아니오. 당연히 있고말고요. 조조가 스스로 관도를 버리고 허도로 퇴각해 원소를 유인하는 것이 조조에게 남은 유일한 희망이오."

"허도에서 결전을 벌이는 것이 조조에게 남은 유일한 희망이라고요?"

가후의 말에 도응은 다시 한 번 어리둥절한 표정을 지었다. 그러고는 눈을 감고 가만히 생각에 잠겨 있다가 한참 뒤에야 눈을 번쩍 뜨고 큰 소리로 외쳤다.

"그렇구려. 내가 조조라면 허도에서의 결전을 택하겠소! 첫째, 군사를 나눠 양도와 허도를 지킬 필요 없이 병력을 한곳에 집중시킬 수가 있소. 둘째, 더 이상 물러날 곳이 없어진 장사들을 일당십의 용사로 변모시킬 수 있소. 셋째, 허도는 조조군 최후의 보루여서 승리를 눈앞에 둔 원소의 마음을 나태하게 만들 수 있소. 이로 인해 약점이 노출되면 그 틈을 이용하는 것이 용이해질 것이오!"

가후는 고개를 끄덕이며 대답했다.

"바로 그렇습니다. 그래서 말인데, 조조가 일단 허도로 후퇴하고 원소도 끝까지 뒤를 추격하는 것이 확인되면 아군도 즉각 사수와 제수를 따라 서진해 제음군 전역을 점령해 버리십시오."

도응은 또 한 번 놀란 눈을 하고 황급히 물었다.

"네? 어디를 공격하라고요? 그건 또 대체 무슨 의도인 거요?"

시종 침착한 표정을 유지하던 가후가 입꼬리를 살짝 올리며 대답했다.

"당연히 이유가 있습니다. 그때에 이르러 만약 원소가 조조를 대파하고 허도를 손에 넣는다면 아군의 제음 출병은 주공께서 부상도 돌보지 않고 효심을 보이기 위해 출격한 것이니, 면목이 서는 것은 물론 연주 토지 귀속 문제를 담판 지을 때 좀더 유리한 위치에 설 수 있습니다."

그러고는 눈을 살짝 치켜뜨고 음흉한 미소를 드러내며 말을 이었다.

"조조가 승리할 경우에는 말입니다. 이때는 조조가 반격에 성공하더라도 필시 피해가 막심하고 군사들도 피로에 지칠 것입니다. 양초와 치중도 당연히 고갈되겠죠. 이 틈을 타 제음을 점령한 아군이 진류를 손에 넣고 곧장 허도로 쳐들어간다면 천자를 용흥지지(龍興之地:왕업이 이루어질 조짐이 있는 곳)에 모실 수가 있습니다."

가후의 말에 도옹 등은 처음에는 어안이 벙벙한 표정을 지었지만 이내 침소가 쩌렁쩌렁 울리도록 통쾌하게 웃음을 터뜨렸다.

*   *   *

그 시각, 관도 영중에서는 장수교위(長水校尉) 겸 전농중랑장인 임준이 명을 받고 중군 대영으로 조조를 만나러 왔다. 조조는 임준을 보자마자 명을 내렸다.

"그대는 왕후(王垕) 등을 데리고 가 양초와 치중을 빠짐없이 점검한 후, 꼭 필요한 한 달 치 양초만 남겨놓고 나머지는 모두 허도로 운반하시오. 그리고 운반 도중에는 반드시 열 겹으로 진용을 이루고 행군해 양초의 안전을 꼭 확보해야만 하오."

이 말에 임준이 깜짝 놀라 펄쩍 뛰며 소리를 질렀다.

"네? 허도로 양초를 운반한다고요? 승상, 농담이 지나치십니다. 관도는 원소군의 허도 진격을 막는 요해처입니다. 양식을 대량으로 비축해도 모자란 판에 무슨 가당치도 않은 말씀을 하십니까?"

임준은 조조군의 전량과 금전을 책임지고 있었기에 조조 앞에서 스스럼없이 진언을 올렸다. 물론 조조도 임준의 쓴소리를 전혀 탓하지 않고 목소리를 낮춰 일렀다.

"당연히 농담이 아니오. 관도가 비록 요해지라고 하나 결전 장소로는 이미 적합하지 않소. 그래서 아군이 원소군과 결전을 치를 장소로 다름 아닌 허도를 택했소이다!"

*　　　　*　　　　*

석탄과 화살이 어지럽게 날아가는 가운데 원소군은 동료들의 시체를 밟고 복양성을 향해 돌진했다. 이들은 병력의 우세를 앞세워 끊임없이 성벽을 기어올랐으나 하후돈과 유연의 지휘 아래 완강하게 저항하는 조조군에 막혀 성안에 발을 딛기가 쉽지 않았다. 간혹 성벽 진지를 점령하기도 했지만 어느 샌가 달려온 조조군의 칼 앞에 난도질당하고 말았다.

이날도 예외가 아니었다. 고립된 복양성을 포위한 지 스무엿새 동안 여덟 차례나 맹공을 가했으나 결국 이번 공격도 실패로 돌아가고 4천이 넘는 병력 손실을 입었다. 연속된 좌절에 원소는 벽력같이 노해 아홉 번째 공격에서 성을 부수지 못하면 절대 군대를 거두지 않겠다고 벼락불을 내렸다.

원소가 자신의 친병대를 보내 뒤로 물러서는 자는 지위 고하를 막론하고 베어버리라고 명하자, 이래 죽나 저래 죽나 마찬가지인 원소군은 살기 위해 벌 떼처럼 성안으로 달려들었다. 퇴로가 없는 복양의 수비군 역시 필사적으로 성벽을 사수하면서, 협소한 성벽 진지에서는 죽음을 각오한 양군 간의 피 튀기는 혈전이 펼쳐졌다.

지난 여덟 차례 공격에서 다수의 사상자가 발생했다고 하나 원소군 병력은 여전히 복양 수비군의 수십 배에 달했다. 반면 8천 명이 전부인 조조군 병력은 이제 3천 명으로 줄고 태반이 부상을 입은 데다 수성 무기까지 거의 소모해 화살마저도 얼마 남지 않았다. 하후돈과 유연이 친병대를 이끌고 직접 적의 침공을 막았지만 수성 역량이 현저하게 약화된지라 개미처럼 쉬지 않고 성벽을 기어오르는 적군을 막기에는 역부족이었다. 결국 성벽 위로 오른 원소군이 갈수록 늘어나면서 성벽 진지는 차례차례 원소군 손에 넘어가고 말았다.

이 와중에 거대한 운제 두 개가 한창 격전 중인 복양성 성벽에 걸쳐졌다. 하후돈은 즉각 불을 놓아 이를 불살라 버리라고 명했으나 수성 무기가 이미 다 소진돼 적의 운제를 파괴할 방법이 없었다. 이에 하후돈은 눈이 벌겋게 충혈돼 성 밖으로 나가

운제를 부술 결사대를 조직했다. 그런데 저편에 있던 유연이 한 발 앞서 친병들을 성벽으로 파견했다. 유연의 친병 수십 명은 운제 계단을 밟고 내려가며 용감하게 적을 살상하고, 도끼로 운제의 약한 부위를 힘껏 내려쳤다. 하지만 결국 적군 수백 명에게 둘러싸여 어지럽게 휘두르는 칼에 난도질을 당했다.

먼저 보낸 수하들이 전멸하자 유연은 다시 용사 80여 명을 이끌고 친히 성 밖으로 나가 운제거로 돌진했다. 그리고 동시에 하후돈에게 사람을 보내 마지막 말을 남겼다.

"나는 먼저 가겠소. 복양성을 잘 부탁하외다."

하후돈이 소리 내 울부짖으며 바라보는 가운데, 유연의 대오는 죽을힘을 다해 운제거 하나를 부쉈으나 곧 원소군에게 겹겹이 포위당했다. 악전고투를 펼쳤지만 결국 중과부적으로 인해 포위를 뚫지 못하고 유연을 마지막으로 모두 전사하고 말았다.

이 광경을 지켜본 하후돈은 목 놓아 방성대곡하며 발을 동동 굴렀고, 조조군 모두 눈물을 뿌리며 유연 대오의 충절에 탄식을 지었다.

아침부터 시작된 전투는 날이 저물 때까지 처절하게 이어졌다. 베도 베도 끝이 없는 원소군의 물결은 마침내 성벽 진지를 넘어섰다. 남문 주전장이 원소군에게 거의 대부분 점령당하자, 죽음이 두려웠던 일부 조조군이 복양성 동문을 열고 성을 나와 적에게 투항했다.

동문 공격을 책임진 원담은 이를 보고 함성을 지르며 동문을 향해 곧장 짓쳐 들어갔다. 동문을 지키는 수비군이 화살을 날리며 사력을 다해 적의 진격을 막았지만 겨우 3백 명밖에 남지 않은 군사로 대군을 당해내기에는 역부족이었다. 원담의 대오가 길을 막는 조조군을 모두 베고 그대로 성안으로 진입해 복양성 동문을 완전히 접수함으로써 마침내 원소군이 성안으로 들어갈 수 있는 진로를 열었다.

동문을 잃었다는 소식이 주전장인 남문에 전해지자, 하후돈은 대경실색했지만 손쓸 방도가 없었다. 원소군이 성 내부로 돌진해 닥치는 대로 사람을 죽이고 불을 놓으며, 서문과 북문이 잇달아 함락되는 광경을 빤히 지켜볼 뿐이었다. 눈에 쌍심지를 켠 하후돈은 곁에 남은 군사 수십 명을 이끌고 적에게 돌격하며 큰 소리로 울부짖었다.

"맹덕, 미안하외다! 나흘, 겨우 나흘을 더 버티지 못했소이다!"

전투가 끝난 후 원소군이 시체 더미에서 하후돈을 찾아냈을 때, 그의 시체에는 크고 작은 상처가 무려 60곳 넘게 나 있었고, 손은 그가 목 졸라 죽인 원소군 병사의 목을 놓지 않고 꼭 쥐고 있었다!

사상자가 얼마나 났든 복양성을 함락함으로써 원소군은 마침내 기주 후방과 직접 연락이 가능한 성지를 손에 넣게 되었다. 이리하여 양초와 군수의 원활한 공급로가 확보되자 원소는 이번 전투에서 수만 명의 사상자를 낸 것도 잊은 채 희색이 만면한 표정으로 전공을 세운 장수들에게 큰 상을 내렸다.

복양성이 함락되고 하후돈과 유연이 전사했다는 소식이 관도에 전해지자, 조조는 바닥을 치며 통곡하다가 그대로 혼절해 버렸다. 하지만 조조는 모사들의 권유에 슬퍼할 겨를도 없이 즉각 관도를 버리고 허도로 철수하라는 명을 내렸다.

조조가 요해지인 관도를 사수하면 어찌할까 노심초사하던 원소는 이 소식을 듣고 조조가 벌써 겁을 집어먹었다며 광소를 터뜨렸다. 이어 차남 원희에게 조조군이 버리고 간 관도 영지를 접수하라고 명했다.

전쟁이 예상 외로 순조롭게 진행되자 원소는 소모전을 벌여 승리했던 창정 전투의 기억을 모두 잊고, 속전속결로 더 이상 물러날 곳이 없는 조조를 일격에 격퇴하고자 마음먹었다. 이에 문무 관원을 대영으로 소집해 곧장 허도로 진격하겠다고 선포했다.

원소군 무장들은 일제히 환호성을 지르며 허도 진격에 찬동하고, 자신이 조조를 사로잡겠다고 앞 다퉈 구호를 외쳤다. 그런데 이때 대열 가운데서 최염이 앞으로 나와 공수하고 진언했다.

"주공, 서둘러 허도로 출병할 필요가 없습니다. 이공자에게 관도 요해지를 지키게만 하면 몇 달 안 돼 조조는 저절로 무너질 것입니다."

원소가 고개를 갸웃하며 그 이유를 묻자 최염이 차분히 대답했다.

"조조는 창정 참패 이후 진류, 여남, 관중, 사례 등지의 군대를 급히 허도로 불러들여 아군과 건곤일척의 결전을 준비하고 있다고 합니다. 이로써 조조군은 큰 약점을 노출하게 되었습니다. 바로 각 지방을 통제할 능력을 상실하게 된 것이죠."

최염은 침을 꿀꺽 삼킨 후 말을 이었다.

"이 상황에서 아군이 오히려 관도를 사수한다면 조조의 결전 의지를 꺾을 수 있을 뿐 아니라 조조는 아군의 침공이 두려워 함부로 군대를 주둔지로 돌려보내기 어려워집니다. 그리하면 석 달도 안 돼 황건 잔당이 판치는 예주 내지에서 난리가 일어나고, 서량의 마등이 필시 관중으로 쳐들어오며, 형주의 유표도 반격을 개시해 조조에게 빼앗긴 남양 북부를 되찾으려 할 것입니다. 조조에게 아무리 날고 기는 재주가 있다 해도 이를 모두 막아내기는 어려우므로 아군은 병졸 하나 출동시키지 않고도 조조를 격파할 수가 있습니다."

저수도 최염의 말을 거들었다.

"계규의 말이 심히 옳습니다. 조조를 멸하는 것은 이제 시간 문제일 뿐입니다. 주공께서는 관도를 굳게 지키며 조조의 북상을 막는 한편으로 유표, 마등, 유비, 장수 등에게 토지와 관직을 미끼로 조조를 공격하게 하십시오. 또한 서주에도 사람을 보내 사수를 따라 서진해 제음, 진류를 공격하게 하면 주공께서는 수 개월이 지나지 않아 중원 땅을 호령할 수 있습니다."

귀가 얇은 원소는 소모전을 통해 승리한 창정 전투가 문득 생각나며 최염과 저수의 건의에 마음이 약간 흔들렸다. 하지만 원소가 고민할 틈도 없이 원담이 곧장 앞으로 나와 당당히 외쳤다.

"부친, 허도는 관도나 복양과 달리 주변 지세가 드넓어 아군 철기가 작전을 펼치기 매우 적합한 장소입니다. 허도에서 결전을 벌이는 것이 아군에게 절대적으로 유리한데, 이런 쉬운 방법을 놔두고 굳이 시간과 군수, 양초를 낭비할 필요가 있겠습니까?"

곽도가 원담을 거들며 원소의 비위를 맞추었다.

"외부인의 손을 빌려 조조를 멸하게 되면 일이 성사되더라도 다른 제후들의 도움으로 조조를 제거했다느니 뒷말이 무성해집니다. 또한 약속을 지켜 토지를 할양해야 하므로 손해가 막심합니다. 그러느니 차라리 아군 혼자 힘으로 조조를 격파해 당당하게 허도로 입성하십시오. 주공께서는 충분히 그럴 능력을 갖추시질 않았습니까?"

신평도 장황한 설명을 늘어놓으며 저들의 의견에 동조했다.

"주공, 절대 조조에게 한숨 돌릴 여유를 줘서는 안 됩니다. 조조군이 창정 대패 후 잇달아 요해지를 버리고 달아났다는 것은 이미 저들이 싸울 마음을 잃었음을 증명합니다. 이때가 바로 조조군을 격퇴할 적기입니다. 만약 시간을 질질 끌며 세월을 허송하다가 조조군이 대오를 재정비하고 사기를 진작시키게 되면 단번에 저들을 무찌르기 어려워집니다."

조조군이 싸울 마음을 잃었다는 말에 저수가 눈썹을 꿈틀거리며 복양의 고전을 예로 들어 신평의 말에 반박하려고 했다. 그런데 이보다 앞서 원상이 앞으로 튀어나와 원소 앞에 무릎을 꿇고 진언했다.

"부친, 당장 허도로 진격해야 마땅합니다. 지금 출병해야 속히 승리를 거두고 원씨의 명망을 만천하에 떨칠 수 있습니다. 만약 관도를 지키며 관망하다간 전기를 잃게 될 뿐 아니라 천하 사람에게 조조가 두려워 진격하지 못한다는 조롱을 받게 됩니다. 아무리 희생이 크다 해도 승리만 취하면 중원이 손 안에 들어오는데, 이런 호기를 놓쳐서야 되겠습니까?"

"상이의 말이 내 뜻과 꼭 부합한다."

원소는 가장 총애하는 아들이 이렇게 말하자 손뼉을 치며 당장 허도 진격을 준비하라고 명했다. 저수는 제 성미를 이기지 못하고 입에서 나오는 대로 떠들었다.

"두 공자는 말을 함부로 하십니다그려. 아군은 병력이 많고
양초가 풍족하여 천천히 싸우는 것이 무조건 이롭습니다. 조조
군이 허도로 돌아가 더 이상 물러설 곳이 없어 전군이 필시 목
숨을 걸고 싸울 텐데, 이때 출병하면 손바닥 뒤집듯 조조군을
격파할 수 있다고요? 정말 웃기는 소리입니다!"

저수의 이 말에 원소는 물론 원담, 원상까지 눈을 부라리며
잡아먹을 듯 저수를 노려보았다. 곁에 있던 최염은 사태가 심상
치 않음을 깨닫고 급히 끼어들어 해명했다.

"주공, 저수의 말이 과격하긴 하나 다 주공에 대한 충심에서
우러나온 것이니 이해해 주십시오. 그리고 아군이 출병한 지도
기왕 넉 달이 넘었는데 조금만 더 기다렸다가 출격한다고 무슨
문제가 되겠습니까? 게다가 지금은 벼가 모두 익은 8월이라 양
초 걱정이 없으므로 굳게 지키는 것이 훨씬 이롭습니다."

최염의 말을 기화로 막사 안에서는 곧장 허도로 진격하자는
쪽과 관도를 지키자는 쪽으로 갈려 갑론을박이 이어졌다. 설전
이 도무지 끝날 기미를 보이지 않자 원소는 얼굴을 점점 일그러
뜨리며 당장에라도 불호령을 내릴 태세를 보였다.

이때 갑자기 막사 밖에서 호위병 하나가 뛰어 들어와 문무
관원들의 격렬한 쟁론을 중지시켰다. 알고 보니 도응이 점차 병
세가 호전돼 원소에게 서신을 보낸 것이었다. 원소는 마음을 가

라앉히고 찬찬히 편지를 읽다가 돌연 큰 소리로 웃음을 터뜨렸다.

"하하, 사위의 효심이 아주 지극하구나. 이제 막 병상에서 일어났는데도 아픈 몸을 이끌고 서진해 정도와 진류를 차례로 취한 후 아군과 관도에서 회합해 함께 조조를 멸하자고 청해왔구나. 하하하!"

그런데 웃음을 짓고 다시 편지를 읽어 내려가던 원소의 얼굴이 순식간에 돌변하고 말았다.

이어진 도응의 편지 내용은 이러했다.

악부가 창정에서 대승을 거뒀다고 하나 절대 경솔하게 진격하지 마십시오. 조맹덕은 용병에 속임수가 많고, 병사들이 일당십의 용맹을 갖추고 있어서 함부로 공격에 나섰다간 조조에게 반드시 패하고 맙니다. 잠시 예봉을 억제하고 이 사위가 갈 때까지 기다렸다가 함께 조조를 공격해야만 승산이 있습니다…….

"도응, 어린놈이 감히 날 이리도 희롱한단 말이냐!"

방금 전만 해도 희희낙락하던 원소의 얼굴이 돌연 분노로 붉게 달아오르자 장중의 관원들은 무슨 일인지 몰라 어리둥절한 표정을 지었다. 원담은 도응이 분명 부친의 심기를 건드리는 말을 했을 것이라 여겨 급히 앞으로 나와 물었다.

"부친, 대체 무슨 일인데 갑자기 노기를 드러내십니까?"

"도응 놈이 자신이 없으면 내가 조조의 상대가 되지 않는다고 망발을 지껄였다!"

그러더니 원소는 편지를 원담 앞에 툭 던졌다. 원담은 이를 쭉 읽어보고 나서 속으로 쾌재를 부르고, 도응의 불경죄를 성토하며 원소의 비위를 맞추었다. 저수와 최염은 속으로 쓴웃음을 지으며 비록 틀린 말은 아니지만 굳이 이를 대놓고 얘기할 필요가 있었냐며 도응을 원망했다. 이어 최염이 미간을 찌푸리며 간했다.

"도응이 병중에 구술한 서신이라 실언이 나온 모양이니 너그러이 용서해 주십시오. 하지만 이 말도 전혀 얼토당토않지는 않습니다. 아군이 창정에서 대승을 거둔 이유는 도응이 제때 회군해……."

"뭣이라?"

원소는 냉랭하게 최염의 말을 끊고, 험상궂은 표정으로 노려보며 다그쳤다.

"그 말은 도응의 도움이 없었다면 내가 조조를 이기지 못했을 것이라는 뜻이오? 그러니까 창정의 승리가 모두 도응의 공이란 얘길 하고 싶은 게요?"

원소의 추궁에 최염은 식은땀을 흘리며 바닥에 납작 엎드려 연신 머리를 조아렸다.

"제가 말실수를 했습니다. 용서해 주십시오. 전혀 그런 의도가 아니었으니 너그러이 용서해 주십시오!"

원소는 흥, 하고 코웃음을 친 뒤 책상을 치며 노호성을 터뜨렸다.

"내 뜻은 이미 결정됐다. 대군은 즉각 허도로 남하해 조조와 결전을 벌인다. 다시 한 번 둔병을 권하는 자가 있다면 그 자리에서 목을 벨 것이다!"

관도에서 주둔하며 휴식을 취한 뒤 출병할지 아니면 곧장 허도로 쳐들어갈지 결정을 내리지 못하던 원소는 도옹의 도발에 화를 참지 못해 친히 대군을 거느리고 남하했다. 원소는 일단 관도에서 원희와 회합한 후 원담을 선봉으로 삼아 원릉(苑陵), 장사(長社), 언릉(鄢陵) 등지를 거쳐 조조의 근거지이자 현재 명목상 한의 도읍인 허도로 기세등등하게 진격했다.

第五章
허도 전투

　원소의 진격 소식이 허도에 전해지자 원소가 출병하지 않으면 어쩌나 노심초사하던 조조는 안도의 한숨을 내쉬었다. 물론 그렇다고 조조가 완전히 마음을 놓을 수 있는 형편은 아니었다. 현재 양군의 병력은 현격한 차이를 보이는 데다 조조 앞에는 난제들이 산적해 있었기 때문이다.

　허도는 삼면이 숭산(嵩山), 복우산(伏牛山), 대별산맥으로 둘러싸여 있었지만 성지는 오히려 지세가 넓은 평원에 건설되었고, 동쪽으로는 일망무제(一望無際)한 화북평원이 자리했다. 그래서 공격하는 쪽은 사면팔방으로 어디에서든 진공이 가능한 반면,

수비군은 성벽을 일일이 돌봐야 해 수성이 여간 까다롭지 않았다.

게다가 탁 트인 지세는 기병이 많은 기주군이 기동력을 발휘하는 데 아주 유리했다. 이 밖에도 허도의 규모가 그리 크지 않은 관계로 조조군이 모두 성안에 진주하기 어려워 일부 군대는 성 밖에 주둔해야 했기 때문에 원소군이 각개격파에 나서기 용이했다.

병력 면으로 보자면, 조조가 창정 전선에서 이끌고 온 2만여 주력군 외에 관도에서 동원한 조인의 1만 5천 부대와 남양과 사례에서 동원한 조홍의 만여 부대, 여남에서 차출한 5천 군사, 허도에 있던 만 명을 합쳐 총 6만이 넘는 병력을 보유했다.

그러나 여기저기서 끌어모은 대오의 전투력은 들쭉날쭉했고 먼 길을 오느라 피로에 지쳤으며 주력군도 3~4할은 부상을 입고 있었다. 이에 병력 수는 6만이었지만 실제 전투력은 창정 때보다 현저히 떨어졌고, 관도 대전 때에도 미치지 못했다.

원소군을 보면 일부 병력이 연주 각지를 점령하기 위해 차출되고, 복양 전투에서 대량의 병력 손실을 입었지만 원소를 따라 남하한 군사 수는 14만을 상회해 조조군보다 배나 많았다. 그 중 3만 이상을 점유한 기병은 조조군의 다섯 배에 달했다. 따라서 지세가 개활한 평원에서 전투가 벌어지면 승기를 잡기에 유리했다.

　이에 순욱은 만 명의 군사만 허도 성지를 지키고 나머지는 모두 허도 북쪽에 주둔시켜 원소군에게 각개격파할 기회를 주지 말자고 건의했다. 하지만 조조는 이 제의를 거절하고 나머지 군사를 지세가 광활한 동문 밖에 배치해 원소군과 결전을 벌이기로 결정했다.

　이에 순욱이 의아한 표정을 지으며 이유를 묻자 조조가 침착하게 대답했다.

　"그야 물론 원소군에게 되도록 빨리 결전을 유도해 내기 위함이오. 아군은 여러 곳에서 군사를 차출한지라 시간이 길어지면 이들 사이에 필시 말썽이 생기게 돼 있소. 게다가 유표, 도응, 유비, 장수 등도 이 틈을 타 우리 영토를 노릴 것이므로 시간이 늦어질수록 그만큼 위험을 초래하게 되오."

　조조의 말이 떨어지기 무섭게 조홍을 대신해 남양을 지키는 위충이 사람을 보내 급보를 알렸다. 유표가 유비의 건의를 받아들여 유비, 장수에게 3만 군사를 내주고 남양을 향해 진격하라고 명했다는 것이다. 목표는 남양 수복이겠지만 상황에 따라 허도로 북상할 가능성을 배제할 수 없었다.

　"귀 큰 도적놈이 후안무치하기 짝이 없구나!"

　조조는 연거푸 욕을 퍼부은 뒤 이를 갈며 외쳤다.

　"위충에게 완성을 사수하라고 명하라. 만약 완성을 고수하기 어렵다면 섭현(葉縣)으로 물러나 시간을 끌도록 하라. 내 원소를 격파한 후 당장 군대를 돌려 유비, 유표 놈과 결판을 보고 말리다!"

물론 기쁜 소식도 있었다. 이 기간에 창읍을 잃은 하후연이 각지를 전전하다가 마침내 허도로 돌아왔다. 하후연은 조조 앞에 꿇어 엎드려 죄를 청했지만 조조는 오히려 그를 따뜻이 위무하고 한 등급 강직 처분만 내리고서 공을 세워 속죄하라고 일렀다.

하지만 뒤이어 나쁜 소식이 연이어 날아들었다. 여남의 도적인 구공(瞿恭), 장적(張赤) 등이 거리낌 없이 반란을 일으키고 사방에서 전화가 끊이지 않았지만 여남태수 만총은 진압할 군대가 없어 하는 수 없이 평여(平輿)를 사수하며 조조의 원군이 돌아오기만 기다렸다.

관중 쪽에서도 급보가 전해졌다. 서량의 마등이 조조군이 창정에서 참패했다는 소식을 듣고 의대조를 받들어 조조 토벌 기치를 내걸고 관중으로 진격하고 있었다. 관중은 허도와 거리가 너무 먼 관계로 다행히 조조가 군대를 부르지 않아 종요와 배무가 어느 정도 버티는 것이 가능했다.

이 밖에 하내군에서도 골치 아픈 일이 벌어졌다. 원소가 점령한 병주군이 하내로 쳐들어오자 군사가 많지 않았던 하내군 수장 단외가 아예 병주군에게 투항해 버린 것이다. 따라서 병

주군이 황하를 건너 원소 주력군을 지원하는 건 이미 시간문제
가 되었다.

하지만 무엇보다 조조의 가장 큰 걱정거리는 바로 서주군이
었다. 서주군은 군대를 창읍으로 물린 뒤 서주로 돌아가지 않
고 사수와 제수를 따라 서진해 정도와 진류로 쳐들어오고 있
었다.

순욱은 이런 정황들을 보고 조조가 왜 동문에 군사를 배치
하는 고육지책을 썼는지 마침내 깨달았다. 조조군이 허도 동문
밖에 영채를 다 차렸을 때, 원소군도 허도에 당도해 허도 동북
쪽 20리 지점에 대영을 세웠다. 식량 창고는 언릉성에 배치하고
저곡을 시켜 철통같이 방어하라고 명했다.

건안 5년 8월 스무아흐레 날, 원소군이 허도에 당도한 지 사
흘째 되는 날이었다. 영채가 채 완성되지도 않았는데 원소는 원
담을 보내 조조군의 영채 밖에서 싸움을 걸게 했다. 이에 맞서
조조는 조인을 출전시키며 싸우는 척하다가 일부러 패퇴하라
고 명했다. 조인은 명에 따라 원담과 몇 합 겨루지도 않고 짐짓
힘에 부친 척하며 영채로 퇴각했다. 신이 난 원담은 군사를 휘
몰아 뒤를 추격했지만 조조군이 모두 영중으로 들어간 데다 방
어 시설이 자못 견고하여 하는 수 없이 군대를 거두어 영채로
돌아갔다.

원담이 개선가를 울리며 돌아오자 원상은 마음속으로 불만이 가득해 이튿날 원소에게 출전을 자청했다. 원상이 노기등등해 조조군의 영채 밖에서 싸움을 걸어오자 조조는 환한 미소를 드러냈다. 이어 곧장 장료를 불러 3천 군사를 거느리고 응전하게 하며 명을 내렸다.

"이번 교전에서는 반드시 원상을 물리쳐라. 다만 그의 목숨을 절대 거두지 않도록 유의하라!"

장료는 명을 받자마자 곧장 영채 밖으로 달려 나가 원상을 강하게 밀어붙였다. 또한 원상을 사로잡거나 찌를 기회가 있었지만 손 속에 사정을 두고 단지 패퇴하도록 만들었다. 이 틈을 타 원상군의 뒤를 추격하며 다수의 적군을 벤 장료는 원소가 친히 군사를 이끌고 응전하는 것을 보고서야 군대를 거두어 대영으로 돌아왔다.

원소군이 영채로 돌아온 후 원상은 풀이 죽어 고개를 푹 떨구었다. 이를 본 원담은 예의 거만한 표정으로 짐짓 아우를 다독이며 당장 복수에 나서자고 목소리를 높였다. 이로써 조조는 두 차례의 소규모 전투에서 원담과 원상 간의 갈등을 격화시키는 데 성공했다.

9월 초하루, 조조는 심사숙고 끝에 결연히 3만 군사를 이끌고 먼저 원소군의 영채로 가 싸움을 걸었다. 조조의 예측대로 원소는 경솔히 적과 대적하지 말라는 저수와 최염의 권고를 무시한 채, 친히 6만 군사를 거느리고 영채를 나와 드넓은 평원에서 조조군과 대치했다.

이때 조조는 고의로 원소에게 왜 서주군과 함께 허도로 진격하지 않았느냐고 물은 뒤, 창정 전투는 도응의 도움으로 요행히 승리를 거둔 것뿐, 원소는 절대 자신의 적수가 되지 않으니 얼른 무기를 버리고 투항하라며 비웃었다. 조조의 도발에 원소는 길길이 날뛰며 화를 주체하지 못하고 즉각 군대를 휘몰아 조조군에게 맹공을 가했다.

이미 물러날 곳이 없어진 조조군은 과연 놀랄 만한 전투력을 발휘했다. 쏟아지는 원소군의 돌격에도 대열이 전혀 흐트러지지 않고 전투 대형에 의지해 분연히 맞서 싸웠다. 생각보다 조조군이 완강하게 저항하자 원소는 병력을 계속 더 증원했지만 끝내 조조군 대오를 무너뜨리지 못하고 오히려 사상자만 갈수록 늘어났다. 오후에 이르러 조조는 원소군의 사기가 이미 다한 것을 보고 전위에게 3천 정예병을 이끌고서 적진을 돌파하라고 명했다.

마침내 조조 군중에서 북소리가 울리며 조조군이 맹호처럼 적진으로 곧장 뛰어들었다. 전위가 쌍극을 휘두를 때마다 적장이 잇달아 말에서 떨어지고 앞을 막는 적군은 무 베듯 목이 잘려 나갔다. 그 기세에 원소군은 얼굴에 두려운 빛이 가득해 몸을 돌려 달아나기 시작했다. 원소가 이들을 베며 사력을 다해 군사를 독려했지만 조수처럼 밀려드는 패잔병 물결에 도리어 원소군 대열이 붕괴하고 말았다.

결정적 기회가 왔다고 여긴 조조는 즉시 총공격 명을 발동했다. 3만 조조군이 일제히 둑을 무너뜨리는 물처럼 거세게 몰아치자 원소군은 대패해 달아나기 바빴다. 조조군은 놓치지 않고 바싹 뒤쫓아 가며 미친 듯이 적군을 살상했다.

원소군이 패주하는 것을 본 원상은 지난 실패를 만회하기 위해 즉각 군사를 이끌고 접응했다. 측면에서부터 조조군을 시살해 들어가며 부친을 도우려고 했으나 전의에 불타는 조조군에게 도리어 통렬한 반격을 당하고 말았다. 조조는 원소군 대영 앞까지 쳐들어갔다가 원담이 대군을 이끌고 나오는 것을 보고 그제야 징을 쳐 군사를 거두었다.

이번 전투에서 조조군은 사상자가 천 명이 넘지 않은 반면, 원소군은 무려 6천 명이 전사하고 목숨을 잃은 장수도 스무 명이 넘었다. 그 결과 조조군의 사기는 크게 진작되고 원소군의 사기는 크게 떨어졌지만 벽력같이 노한 원소는 이에 아랑곳하지 않고 다음날 결전을 준비하라며 군사들을 다그쳤다.

　　　　　*　　　　　*　　　　　*

화가 머리끝까지 치밀고 자존심이 크게 상한 원소는 이어진 며칠 동안 두 차례나 대규모 공격을 감행했다. 그러나 퇴로가 없는 조조군의 결사전에 막혀 수많은 사상자만 낸 채 연전연패하고 말았다. 원소는 피가 거꾸로 솟아 미쳐 날뛰었지만 조조군을 어찌해 볼 도리가 없어 발만 동동 구를 뿐이었다.

그렇다고 조조군 쪽도 여유로운 형편은 아니었다. 연이은 격전으로 인해 군사들의 피로가 극에 달하고 사망자가 급속도로 늘어 총 만 명에 가까운 병력 손실을 입었다. 창정에서 퇴각한 주력군과 지방에서 급하게 동원된 군사들이 얼마 쉬지도 못하고 대적을 맞이했으니, 힘에 부치는 것도 당연했다.

상황의 심각성을 깨달은 순욱은 한밤중에 허도성을 나와 조조를 찾아가 권했다.

"승상, 이대로 가다간 위험합니다. 아군의 체력이 심각하게 저하돼 원소군과 계속 정면 대결을 펼친다면 조만간 병력 열세를 이기지 못하게 됩니다. 상대의 허를 찌르는 방법을 채택해야 국면을 되돌릴 희망이 있습니다."

조조 역시 종일 군사들을 독려하느라 피곤에 절어 눈꺼풀이 반쯤 감긴 채 물었다.

"그 점은 나도 물론 알고 있소. 하지만 어떻게 적의 허를 찌른단 말이오? 문약이 일부러 찾아온 걸 보니 적을 깨뜨릴 계책이 있는 것 아니오?"

순욱이 대답했다.

"허도의 여러 조신(朝臣)이 승상의 권력 독점에 불만을 품고 원소와 암암리에 왕래한다는 사실을 잘 아실 겁니다. 기왕 그렇다면 왜 복황후의 부친 복완(伏完)을 이용하지 않으십니까? 복완을 시켜 자신이 몰래 조정 대신들과 결탁해 허도에서 반란을 준비하고 있으니, 내일 삼경 때 허도를 급습하면 북문을 열어 접응하겠다고 하십시오. 원소는 이를 듣고 필시 크게 기뻐하며 친히 성을 공격하러 올 것입니다. 이때 성안에 매복을 설치한다면 적을 쉽게 격파할 수 있습니다."

조조는 눈이 번쩍 떠지며 책상을 치고 외쳤다.

"오, 그거 아주 절묘하구려! 원소가 요 며칠 연전연패해 몸이 달아 있는 터라 이런 절호의 기회를 놓치려 하지 않을 것이오. 분명 누구의 권유도 듣지 않고 친히 군사를 이끌고 쳐들어올 것이 확실하오!"

이어 조조는 순욱에게 서둘러 명을 내렸다.

"문약은 속히 성안으로 돌아가 복완을 협박해서라도 편지를 받아내시오. 그리고 즉시 사람을 원소 대영에 보내 그 편지를 전하시오."

그러자 순욱은 얼굴에 미소를 드러내고 품속에서 편지 한 통을 꺼내 바치며 말했다.

"편지는 이미 준비돼 있습니다. 복완이 당연히 내켜하지 않았지만 의대조 사건을 철저히 조사하겠다고 을렀더니 바로 써주더군요. 여기에 원소에게 보낼 복완의 심복까지 대령해 두었습니다. 그의 가솔을 모두 옥에 가두고 만약 이 일을 실토한다면 삼족을 멸하겠다고 엄포를 놓아 원소에게 발각될 걱정은 전혀 없습니다."

"하하하!"

조조는 큰 소리로 웃음을 터뜨린 뒤 입에 침이 마르도록 순욱의 철두철미한 준비를 칭찬했다.

조조군으로 변장한 복완의 심복은 제일선에서 순라를 돌던 원소군 사병에게 붙잡혔다. 그가 원소군에게 자신의 신분과 찾아온 이유를 설명하자, 원소군 사졸은 감히 임무를 태만히 할 수 없어 즉시 그를 대영으로 압송했다.

이날 밤 영채 순시 임무를 맡은 원담은 복완이 사람을 보내 편지를 전했다는 보고를 듣자마자 분명 좋은 소식일 것이라는 생각에 그 길로 원소를 찾아갔다. 졸린 눈을 비비며 침상에 일어난 원소는 이 보고에 잠이 확 달아났다. 그는 화색이 가득한 얼굴로 복완의 심복을 즉시 안으로 들이라고 명했다.

조조군의 완강한 저항 때문에 성을 무너뜨릴 방법이 없어 고심하던 원소는 복완의 친필 편지를 보자 미친 듯이 웃음을 터뜨리고 박수를 치며 외쳤다.

"하늘이 나를 돕는구나. 하늘이 나를 도와 조조를 멸하려는구나! 복완이 돕기만 한다면 조조의 소굴을 소탕하기는 손바닥 뒤집는 것보다 쉬울 것이다!"

원담도 기쁘기는 마찬가지였지만 살짝 걱정이 돼 권했다.

"조조에게는 속임수가 많아 신중을 기할 필요가 있습니다. 흉계에 대비하기 위해 허도에 잠입했던 아군 세작이나 복완과 가까운 관원을 불러 이 사신이 정말 복완의 사람인지 밝혀내는 것이 순서라고 사료됩니다."

원소 역시 조조가 협사에 매우 능하다는 사실을 잘 알았기에 고개를 끄덕이고 장남의 말에 따랐다. 이어 그 복완의 심복에게 말했다.

"내 너를 믿지 못해서가 아니다. 조조가 자못 간사하여 이 같은 대사일수록 신중을 기해야 하기 때문이다. 만약 네가 정말 복완의 심복으로 확인되면 큰 상을 내리겠다."

복완의 심복은 가슴 걱정에 연신 머리를 조아리며 '예' 하고 대답할 따름이었다.

잠시 후, 복완과 사이가 가까운 관원은 물론 허도에 사신으로 갔던 자, 세작까지 이 사신은 복완의 심복이 틀림없다고 증언했다. 이에 원소는 크게 기뻐 그 자리에서 복완의 심복에게 중상을 내리고, 속히 허도로 돌아가 복완의 계획에 따르겠다는 말을 전하라고 명했다.

한편 원소는 이 계획이 자칫 조조군에게 새어 나갈 수 있으므로 되도록 비밀을 유지하라는 원담의 권유를 받아들였다. 그래서 이튿날 일부러 군중에 이 기쁜 소식을 알리지 않고, 또 재차 조조군 영채 공격에 나서지도 않은 채 군사들에게 최대한 휴식을 취하라고 명했다.

그날 밤 초경이 가까워지자 원소는 비로소 주요 관원들을 막사로 소집해 복완이 조정 중신들과 함께 내응을 자청했다는 기쁜 소식을 발표했다. 그런 다음 자신이 직접 1만 5천 정예병을 이끌고 문추를 선봉으로 삼아 허도를 기습하겠다고 선포했다.

원소의 결정이 떨어지자마자 저수와 최염은 대경실색해 즉시 앞으로 튀어나왔다. 저수가 먼저 간했다.

"주공, 이는 경솔하게 결정할 문제가 아닙니다. 조조는 간사하기 짝이 없고 그의 수하에는 지략이 뛰어난 자들이 수두룩합니다. 만약 그 사신이 조조가 몰래 보낸 자라면 상상하지 못할 결과를 빚을까 두렵습니다."

최염 역시 강력하게 반대하고 나섰다.

"절대로 모험을 감행해서는 안 됩니다! 조조는 속임수에 아주 능한 자입니다. 고작 편지 한 통과 사신만 믿고 험지로 나아갔다가 조조의 계략에 떨어지는 날에는 호랑이 굴에 빠지는 결과를 초래하게 됩니다."

일부 문무 관원들도 저수와 최염의 견해에 찬동하며 원소의 친정을 극구 반대했다. 하지만 원소는 손을 내저으며 말했다.

"무엇을 염려하는지 내 다 알고 있소. 그래서 나도 철저히 조사해 봤는데, 그 사신은 분명 복완의 심복으로 밝혀졌소. 지난번 관도 대전 때 조조가 친히 5천 경기병을 이끌고 오소를 급습한 것처럼 이번에 나도 직접 허도를 기습해 지난 치욕을 씻고야 말겠소."

원소가 고집스럽게 자기의 생각을 고수하자 최염은 어쩔 수 없다는 표정으로 간했다.

"주공께서 기어이 허도를 기습하겠다면 말리지 않겠습니다. 다만 직접 위험을 무릅쓰지 마시고 상장을 보내시길 청합니다. 친히 대군을 이끌고 후방에 계시다가 복완이 정말 성문을 열어 접응하면 그때 군사를 휘몰아 성으로 돌격하십시오. 그래야 계략에 떨어지더라도 무사할 수 있습니다."

이 말에 원소는 대로해 호통을 쳤다.

"시끄럽소! 조조의 주력군이 지척인 허도 동문 밖에 주둔하고 있는데 복완이 호응한 걸 확인하고서야 출병하는 게 말이 된다고 생각하시오? 그리고 내가 직접 선두에 서지 않으면 누가 기꺼이 목숨을 걸고 싸우려 들겠소?"

이어 원소는 책상을 치며 결연히 명했다.

"내 생각은 이미 정해졌으니 더 이상 왈가왈부하지 마시오! 내가 출발한 후 대영은 원담과 곽도가 지키고, 마연, 장의거, 한맹, 여광 네 장수는 각기 3천 병마를 이끌고 대영 좌우에 매복해 있다가 조조가 만약 영채를 기습하러 오면 사방에서 달려나와 조조군을 격퇴하라! 상이와 희는 2만 정예병을 거느리고 후방에서 기다리다가 허도에서 불이 일어나면 즉각 출병해 호응하라!"

미리 모든 구상을 끝낸 듯 원소가 세세하게 명을 내리자 문무 관원들은 감히 더 이상 간하지 못했다. 다들 일제히 공수하고 마음속에 걱정거리를 안고서 명을 집행하러 막사를 나갔다.

초경이 절반쯤 지났을 때, 만무일실(萬無一失)의 대비를 갖췄다고 여긴 원소는 지난 치욕을 씻고 위용을 과시하려는 마음이 간절하여 서둘러 군사를 이끌고 출격했다. 저수와 최염은 더는 원소를 막을 수 없다고 여겨 상의 끝에 최염은 군영에 남아 만일의 사태에 대비하고, 저수는 원소를 따라 종군해 계책을 내기로 결정했다. 원소는 저수와 함께 가는 것이 껄끄러웠지만 간청을 물리치기도 어려워 결국 출정을 허락했다.

적에게 들키지 않으려고 조심스럽게 허도 북문 아래에 당도했을 때, 시각은 이미 삼경에 가까워졌다. 성 위에는 햇불과 깃발이 많지 않았고, 순라를 도는 병사도 매우 적었다. 원소는 속으로 쾌재를 부르며 어두운 곳에 군대를 매복하고 언제든지 출격할 준비를 갖추었다.

적정을 유심히 살펴보던 저수는 왠지 불길한 예감이 들어 원소에게 건의했다.

"주공, 지난번 창정 때처럼 아군 좌우에 경기병을 보내 조조의 복병이 있는지 수색하는 것이 좋겠습니다."

이 말에 원소가 버럭 화를 냈다.

"지금 제정신이오? 우리는 성지를 급습하러 왔지, 조조군 패잔병을 쫓으러 온 것이 아니란 말이오. 사방에 수색대를 보냈다가 들키기라도 하면 어쩔 거요? 모사라는 사람이 어찌 그런 명료한 이치도 모른단 말이오?"

저수는 아무 대꾸도 하지 않고 물러나면서 속으로 제발 이것이 조조의 함정이 아니라 정말 복완이 아군과 접응하는 것이기를 기도했다.

숨을 죽이며 참고 기다리는 사이, 마침내 성안에서 삼경을 알리는 딱따기가 울렸다. 이와 동시에 허도성 사방에서 돌연 불길이 치솟고 함성 소리가 천지를 진동하자, 바닥에 쭈그리고 앉아 있던 원소가 벌떡 일어나 채찍을 들고 외쳤다.

"복완이 움직였다! 다들 자리에서 일어나고 말에 올라 횃불과 비교, 인화물을 준비하라! 선봉의 문추에게는 성문이 열리는 즉시 성안으로 돌진하라고 명하라!"

일찌감치 명을 기다리고 있던 원소군은 일사불란하게 대오를 이루고 출격 준비를 서둘렀다. 허도 북문에서 2백 보가량 떨어져 있던 문추도 성문이 열리기만 고대하고 있었다.

함성 소리가 점점 가까워지며 성벽에서는 칼과 창이 부딪히는 소리와 비명이 어우러지고, 횃불이 어지럽게 날아다니는 가운데, 갑자기 쿵 하는 굉음과 함께 조교가 바닥에 그대로 떨어졌다. 이어 굳게 닫힌 성문이 활짝 열리면서 옹성에서는 더 많은 횃불과 사람 그림자가 어지럽게 움직이고 있었다.

이를 본 원소는 환호성을 질렀고, 문추도 주저 없이 말을 몰아 옹성을 향해 돌격해 들어갔다. 뒤따르는 원소군 철기도 함성을 지르며 줄 지어 성안으로 진입했다.

원소는 하늘을 향해 광소를 터뜨리며 얼른 성안으로 들어가 조조군을 몰살하라고 소리를 질러댔다.

그런데 바로 그때였다.

쾅쾅!! 쾅쾅!!

연이어 들려온 엄청난 소리에 원소의 광소가 뚝 끊어졌다. 이어서 옹성 안에서는 원소와 저수를 혼비백산하게 하는 비명 소리가 터져 나왔다.

"계략에 떨어졌다! 아군이 계략에 빠졌다—!"

문추의 대오가 막 옹성을 뚫고 허도성 안으로 진입하려고 할 때, 옹성 앞뒤 출입구 꼭대기에서 갑자기 천 근이나 나가는 철문이 떨어졌다. 마침 옹성 안으로 들어가려던 수많은 원소군이 철문에 깔려 그 자리에서 즉사했고, 문추와 원소군의 정예 철기 수백 기는 앞뒤로 길이 막혀 꼼짝없이 옹성 안에 갇히고 말았다.

이어 옹성 성벽의 사방에서 무수한 조조군이 나타나 독 안의 든 쥐를 향해 어지럽게 화살을 날려댔다. 캄캄한 밤중이라 적군의 모습도 제대로 보이지 않는 가운데, 문추는 얼굴과 가슴에 화살을 연달아 두 방이나 맞았다. 문추가 고통을 참으며 빠져나갈 곳을 찾으려 애썼지만 모두 허사로 돌아갔다. 가련하게도 하북 맹장 문추와 그의 정예 철기는 비 오듯 쏟아지는 시석 앞에 비참한 최후를 맞이했다.

"죽여라—!"

이와 동시에 허도성 밖에 있는 원소군의 좌우 어두운 곳에서도 벽력같은 함성 소리가 울리며 조조군이 횃불을 들고 벌떼처럼 튀어나왔다. 계략에 떨어졌음을 깨달은 원소군 장사들은 하나같이 싸울 마음을 잃었고, 원소 역시 문추의 생사를 돌볼 겨를이 없어 말 머리를 돌리고 즉각 철수 명령을 내렸다. 원소군이 서로 먼저 도망치려고 다투는 통에 대오는 점점 혼란에 빠지기 시작했다.

그런데 이때 또다시 새로운 함성이 울려 퍼지며 어느샌가 조조군이 나타나 달아나는 원소군의 퇴로를 끊었다. 횃불을 비춰보니 앞에는 금빛 투구를 쓰고 홍포를 입은 인물이 칼로 원소를 가리키며 앙천대소하고 있었다.

"하하하! 본초야, 계략에 빠진 걸 이제야 알았느냐! 당장 말에서 내려 투항한다면 옛 정분을 보아 특별히 목숨만은 살려주겠다!"

"조! 아! 만!"

원소는 두 눈이 시뻘겋게 충혈돼 이를 바득바득 갈며 자기 앞에 마주한 자의 이름을 또박또박 불렀다. 그러고는 뒤를 돌아보고 미친 듯이 악을 썼다.

"누가 저 조적 놈을 죽이겠느냐? 저놈을 죽이는 자는 한 주의 자사로 봉하겠다!"

이 명에 고무된 몇몇 원소군 장수가 용감하게 조조를 향해 달려들었다. 그러나 이들을 맞이한 건 바로 전위와 하후연 양원 맹장이었다. 전위와 하후연이 호통을 지르며 동시에 달려 나와 연달아 세 장수를 말에서 떨어뜨리자, 나머지 원소군 장수들은 깜짝 놀라 모두 머리를 싸안고 달아나 버렸다. 전위와 하후연은 그 기세를 몰아 적장의 뒤를 바짝 쫓으며 원소를 향해 곧장 시살해 들어갔다. 원소는 두려움에 손발을 벌벌 떨더니 허둥지둥 병사들 틈 사이로 숨어들었다. 이로 인해 원소군 진영은 더욱 큰 혼란에 빠져 버렸다.

승기를 잡은 조조는 이 기회를 놓칠세라 말을 몰아 앞으로 달려가 친히 검을 휘둘러 원소군 병사의 목을 베고 외쳤다.

"원소를 사로잡는 자가 바로 기주의 주인이다!"

조조의 외침에 흥분한 조조군 장사들은 고함을 내지르며 삼면에서 일제히 원소군을 포위 공격했다. 여기에 옹성에서 문추 대오를 몰살한 임준까지 가세해 사방에서 공격을 퍼붓자, 원소군 진영은 속수무책으로 무너지며 장수나 사졸 할 것 없이 달아나기에 급급했다. 아무리 발버둥을 쳐도 포위를 벗어날 길이 없자 원소군의 사상자는 기하급수적으로 늘어났다. 바닥에는 온통 원소군 시체가 널린 가운데, 원소를 사로잡자는 구호가 전장에 메아리치듯 울려 퍼졌다.

한편 원희와 원상은 허도성 안에서 불길이 치솟는 것을 보고 즉시 2만 군사를 이끌고 허도를 향해 짓쳐 들어갔다. 그런데 채 10리도 못 가 좌우에서 조조군이 갑자기 뛰쳐나왔다. 왼편에는 장료, 오른편에는 조홍이 이끄는 1만 군사가 불시에 들이닥쳐 원소군의 허리를 끊자, 원희와 원상의 대오는 큰 혼란에 빠지고 말았다. 상황이 심상치 않은 것을 본 원희는 급히 군사 하나를 대영으로 보내 원담과 곽도에게 이 사실을 알리고 즉각 접응할 것을 요구했다.

원희가 보낸 쾌마가 쏜살같이 대영으로 달려와 원담에게 현재 전황을 알리고, 원희의 요구를 전달했다. 이에 원담은 대영 사방에 매복하고 있던 복병을 불러 허도로 출격하라는 명을 내리려고 했다. 이때 곽도가 원담의 소매를 끌어당기고 전령에게 말했다.

"너는 잠시 돌아가 쉬고 있어라. 출병 문제는 대공자와 상의한 후 결정할 것이다."

전령이 명을 받고 나가자 원담이 고개를 갸웃거리며 곽도에게 물었다.

"둘째와 원상이 조조군의 기습을 만난 걸로 보아 부친 쪽도 위험에 처한 것이 분명하오. 그런데 뭘 더 상의한단 말이오?"

곽도는 음흉한 웃음을 지으며 또박또박 설명했다.

"대공자, 이것이 얼마나 좋은 기회인지 아직 모르신단 말입니까? 원상이 불행한 일을 당하고, 주공까지 만약… 기주, 유주, 병주, 청주가 누구 손에 들어오겠습니까?"

원담은 그제야 퍼뜩 깨닫고 자신의 이마를 세게 쳤다. 음침한 얼굴에 곧 미소가 드러나더니 고개를 끄덕이고 말했다.

"공칙의 말이 옳소. 조조는 꾀가 많아 언제 우리 대영을 급습할지 모르니 복병을 절대 움직여서는 아니 되오. 잠벽에게 영중에 있는 8천 군사를 이끌고 속히 허도로 가 부친을 도우라고 이르시오."

원담은 이 명을 내리면서 '속히'라는 두 글자를 특히 강조했고, 입꼬리가 저절로 위로 계속 올라갔다. 곁에 있는 곽도 역시 기쁜 표정을 숨기지 못했다.

이때 소식을 들은 최염이 총총히 막사 안으로 들어와 전군을 동원해 허도에 증원군을 파견하라고 요구했다. 하지만 원담과 곽도는 조조군의 기습에 대비해야 한다는 이유를 들어 최염의 요구를 일언지하에 거절했다. 최염이 극구 반대했으나 수중에 권력이 없는 그로서는 어찌할 도리가 없어 발만 동동 구르며 원담을 노려볼 뿐이었다.

잠벽이 군사를 그러모아 허도 전장으로 달려갔을 때, 원소의 1만 5천 군사는 조조의 정예군에게 추풍낙엽처럼 나가떨어지고 있었다. 사실 조조는 마지막이 될지도 모르는 이번 반격 기회를 놓치지 않기 위해 대영에 있는 군사를 모두 이끌고 출전했다. 이에 영중에는 늙고 약하거나 부상 중인 병사만 남아 대영을 지키고 있었다. 원소가 만약 소수의 군대라도 조조군 대영 쪽에 나눠 파견했다면 조조군 영채를 쑥밭으로 만들 가능성이 높았다. 하지만 원소에게는 그럴 여력이나 여유가 전혀 없었다.

파부침주의 각오로 조조부터 일반 사병에 이르기까지 하나 같이 목숨을 걸고 달려들자 원소군으로서는 이들의 공세를 도무지 당해낼 재간이 없었다. 대오가 하나하나씩 조조군의 공격에 무너지고 흩어져, 나중에는 아예 싸울 마음을 잃고 오로지 도망칠 틈만 노리게 되었다.

상황이 다급해지자 저수는 말안장 뒤에 있는 보따리를 풀어 미리 준비해 둔 일반 사병의 의복을 꺼냈다. 그가 원소에게 달려가 이를 건네자 원소는 불같이 화를 내며 소리쳤다.

"지금 뭐 하는 거요? 나더러 이 옷을 입으라고 주는 것이오?"

저수가 울상을 지으며 간곡히 청했다.

"주공, 빨리 이 옷으로 갈아입으십시오. 그래야만 포위를 뚫고 나갈 희망이 있습니다. 그래야 영중으로 되돌아가 병마를 재정돈해 복수에 나설 것 아닙니까?"

하지만 원소는 한사코 이를 거부했다.

"그럴 수는 없소. 사세삼공의 후예인 내가 아무리 궁지에 몰렸다고 일반 사병의 옷을 입는다면 무슨 면목으로 조상들의 얼굴을 뵙는단 말이오? 썩 꺼지시오! 내 손으로 쫓아내기……."

"주공, 조심하십시오!"

원소의 포효가 채 끝나기도 전에 저수는 원소를 향해 몸을 날렸다. 이어서 씽 하는 쇳소리와 함께 화살 한 발이 저수의 등에 그대로 박혔다. 저수가 몸을 던지지 않았다면 이 화살은 원소의 가슴에 정통으로 꽂혔을 것이다.

혼비백산이 된 원소가 고개를 숙여 저수를 살펴보니, 살촉은 이미 그의 가슴을 뚫고 나와 있었다. 원소는 어찌할 바를 몰라 저수를 부축하고 어루만지며 눈물을 떨구었다. 저수는 고통에 신음하면서도 손에 꼭 쥔 피로 물든 군복을 원소에게 건네며 힘겹게 입을 열었다.

"주공, 제발 옷을 갈아입으……."

"아!"

원소는 하늘을 향해 장탄식을 내뱉더니 크게 소리쳤다.

"여봐라, 얼른 저 감군을 말에서 내려라!"

호위 대장 도승(陶升)은 호위병들을 시켜 저수를 부축해 말에서 내리고 바닥에 눕혔다. 원소도 말에서 내려 조조군이 아직 가까이 쳐들어오지 않은 틈을 타 아무 말 없이 일반 사병 군복으로 갈아입었다. 원소가 옷을 다 갈아입었을 때쯤, 도승이 다급한 목소리로 외쳤다.

"주공, 저 감군이 숨을 쉬지 않습니다!"

깜짝 놀란 원소가 황급히 달려가 저수의 목을 끌어안았다. 하지만 저수의 입에서 선혈이 쉬지 않고 흘러나올 뿐 아무런 반응도 없었다. 원소는 목 놓아 울며 저수를 마구 흔들어 깨웠다.

"저수, 저수, 얼른 일어나시오. 이대로 죽어선 아니 되오! 내 그대를 꼭 데리고 돌아가리다. 그리고 이후로는 그대의 말을 꼭 들으리다!"

원소가 너무 세게 흔든 것 때문인지 저수는 죽기 직전 회광반조(回光返照) 현상이 나타나 잠깐 정신을 차렸다. 입술이 가느다랗게 실룩거리는 것으로 보아 뭔가 할 말이 있는 듯했다. 원소가 급히 귀를 대자 저수는 마지막 힘을 다해 입을 열었다.

"주공, 전 이제 틀렸습니다. 지금까지 받은 은혜에 죽어도 여한은 없습니다. 다만 두 가지 일이 걱정이니 꼭 가슴에 새겨주십시오……."

원소는 비 오듯 눈물을 뿌리며 힘껏 고개를 끄덕였다. 저수의 목소리는 점점 더 가늘어졌다.

"첫째로 폐장입유는 난리의 근본입니다. 주공께서 원상 공자를 끔찍이 아끼시긴 하나 그를 절대 후계자로 삼아서는 안 됩니다. 대공자… 대공자가 비록 도량이 좁고 충동… 충동적이며 성마르지만 그를 후계자로 삼아야 기주가 안… 안정될 수 있습니다."

힘겹게 말을 잇던 저수는 거친 숨을 몰아쉬며 곧 숨이 끊어질 듯했다. 하지만 그는 안간힘을 쓰며 마지막 말을 이었다.

"둘째는 도… 도응을 조심하십시오. 그… 그는 조조보다… 더 위험하고 더… 무서운 자입니다. 제발 그… 그를 조심하시고… 절대 충동… 충동적으로 행… 행동하지… 윽… 윽…….”

저수는 채 말을 마치지 못하고 고개를 옆으로 떨구더니 그대로 숨을 거두었다. 원소는 하늘을 우러러 큰 소리로 울부짖으며 저수의 시체를 안고서 대성통곡했다.

“저수! 저수! 나를 대신해 그대가 죽었구려!”

저수가 원소를 대신해 죽었지만 원소의 위기가 사라진 것은 아니었다. 원소의 대오가 계속 궤멸되는 가운데, 조조군은 포위망을 좁혀오며 눈에 불을 켜고 원소의 행방을 찾고 있었다. 상황이 매우 위급해지자 도승은 하는 수 없이 원소를 강제로 저수에게서 떼어내고 말에 태웠다. 원소도 발버둥을 멈추고 얌전히 말에 올라 목이 메도록 통곡했다. 왜 저수의 충언을 듣지 않았는지, 그리고 왜 그토록 그에게 모질게 대했는지 뼈저리게 후회가 되었다.

원소를 말에 태운 도승은 호위병 하나를 골라 원소가 벗어놓은 의갑을 빨리 입으라고 명했다. 그러고는 호위대를 두 부대로 나눠 하나는 자신이 직접 이끌고, 다른 한 부대에게 당부했다.

“나는 주공을 호위해 서쪽으로 포위를 뚫을 테니, 너희들은 가짜 주공을 보호해 동쪽으로 가라. 길에서 만나는 아군과 함께 주공을 보호하며 조조군의 시선을 끌어야 한다. 이는 주공의 목숨이 달린 중요한 일이다. 부탁한다, 형제들이여.”

         *   *   *

　가짜 원소는 물론 그를 호위하는 병사들까지 비장한 얼굴로
도승의 명을 받고 곧장 동쪽으로 달려갔다. 원소도 도승 등의
호위 아래 말 머리를 돌려 반대 방향으로 포위를 뚫고 나갔다.

　한밤중 혼전 속에서도 가짜 원소의 금빛 투구와 금포(錦袍)
는 군사들 눈에 확 띄었다. 원소군이 잇달아 가짜 원소에게 모
여든 것을 물론, 조조군도 원소를 사로잡자는 함성을 지르며
벌 떼처럼 가짜 원소에게 달려들었다. 가짜 원소가 이렇게 군사
들의 시선을 끄는 사이, 원소는 야음을 틈타 서쪽을 향해 필사
적으로 달아났다.

　가짜 원소의 호위병들은 진상을 모르는 동료들과 함께 원소
가 도망갈 시간을 벌기 위해 목숨을 걸고 싸웠다. 그러나 눈에
불을 켜고 맹렬히 달려드는 조조군의 공격에 채 일각도 안 돼
원소군이 모두 전사하고, 가짜 원소와 그를 지키는 마지막 호위
병은 조조군 손에 사로잡히고 말았다.

　조조군 병사들은 환호성을 지르며 당장 이들을 포박해 조조
앞으로 끌고 갔다. 그런데 큰 상을 기대했던 조조군은 조조의
뜻밖의 반응에 어리둥절한 표정을 지었다.

　"너는 누구냐?"

조조는 전혀 기쁜 내색을 하지 않고 오히려 담담한 어조로 이들에게 물었다.

"원소는 어디로 갔느냐? 솔직히 말한다면 목숨을 살려주겠다."

그러나 가짜 원소와 호위병은 바닥에 침을 퉤 뱉고 조조를 노려보며 소리쳤다.

"우리 주공은 벌써 대영으로 돌아가셨다! 네놈을 죽이지 못해 한스러울 따름이다!"

조조 곁에 있던 하후연은 이 말을 듣고 불같이 노해 조조가 말릴 틈도 없이 칼로 이들의 목을 베어버렸다. 조조는 하후연의 경솔한 행동을 꾸짖더니 고개를 들어 탄식했다.

"무명소졸이 이토록 충의롭다니, 하북에는 의사(義士)도 많구나! 원소가 인재를 잘 부렸다면 내 어찌 하북을 엿보고, 또 오늘 승리를 거둘 수 있었겠는가!"

탄식을 마친 조조는 이내 검을 빼 들고 북쪽을 가리키며 크게 외쳤다.

"원소군 대영을 향해 진격한다. 우리 앞을 가로막는 자는 모조리 죽여라! 자, 출격하라!"

주변의 장사들은 우렁차게 대답하고 전고를 울리며 각 군에 이 명을 전했다. 조조의 장수기가 바람에 나부끼는 가운데, 3만여 조조군은 기세등등하게 북쪽으로 진격했다.

사기가 크게 진작된 조조군은 잠벽의 구원병을 손쉽게 궤멸한 뒤, 장료와 조홍이 협공하고 있는 원희와 원상 부대까지 물리치고 파죽지세로 원소군 대영을 향해 달아나는 이들의 뒤를 바짝 추살해 들어갔다.

그런데 이때 조조는 급히 악진과 이전을 불러 명했다.

"원소는 허도를 기습하면서 아군의 공격에 대비해 필시 대영 주변에 복병을 설치해 두었을 것이다. 너희 둘은 본부 병마를 이끌고 원소군 대영 좌우로 우회하라. 원소군 복병이 뛰어나올 때를 기다렸다가 다시 이들의 뒤를 급습하면 대승을 거둘 수 있다."

이전과 악진은 공수하고 명을 받은 후 서둘러 병마를 이끌고 원소군 대영 좌우로 돌아갔다.

오경이 반쯤 흘렀을 때, 조조군에게 쫓긴 원소군 패잔병이 대영 앞까지 이르렀다. 깜짝 놀란 원담과 곽도는 영문을 열어 패잔병을 대영 안으로 들이는 동시에 좌우의 복병을 출격시켜 조조군의 진공 속도를 늦추라고 명했다.

대영 양편의 원소군 복병이 '와' 하고 함성을 지르며 조조군에게 달려들었으나 조조군은 이미 대비를 마친 상태였다. 조인, 조홍, 하후연, 장료가 기다렸다는 듯 이들의 공격을 막아내고, 이전과 악진의 부대는 배후에서 이들을 협공했다. 예상치 못한 협공에 크게 당황한 원소군은 싸울 마음을 잃고 뿔뿔이 흩어져 달아났다. 또한 한맹과 장의거는 각각 장료와 하후연의 칼에 목숨을 잃고 말았다.

원소군 패잔병은 물론 복병까지 한꺼번에 좁은 영문으로 몰리면서 높다란 영문이 쿵 하는 굉음과 함께 바닥으로 무너져 내렸다. 이로 인해 조조군까지 손쉽게 대영 안으로 진입해 사방에 불을 지르고 닥치는 대로 원소군을 베었다.

사태가 점점 위급하게 흘러가자 원담은 일군을 조직해 조조군을 대영 밖으로 쫓아내라고 명했다. 하지만 이미 호랑이 등에 올라탄 조조군의 기세를 어찌 당해낼 수 있으랴. 원소군은 조조군의 맹공에 한마디로 추풍낙엽처럼 나가떨어졌다. 여기저기서 함성과 비명 소리가 섞여 울려 퍼지고, 사방은 맹렬한 불길에 휩싸여 대영이 무너지는 건 시간문제였다.

후영까지 밀린 원담은 더 이상 버티기 어렵다고 여겨 영문을 열고 북쪽으로 무작정 달아났다. 원소군도 황급히 그의 뒤를 따라 도망치자 조조는 끝까지 적의 뒤를 추격해 모조리 죽이라고 명을 내렸다.

사실 이때 조조군은 몇 시진 동안 쉴 새 없이 원소군을 몰아친 탓에 체력이 거의 바닥을 드러내고 있었다. 적군을 대파하고 적의 대영을 쑥대밭으로 만들어 군사들에게 휴식을 줄 법도 했건만 조조가 공세를 늦추지 않은 데는 그만한 이유가 있었다.

원소군 대영 뒤에는 여전히 네 개의 영채가 더 있었고, 또 식량 창고인 언릉성에 일부 군대가 주둔하고 있어서 행방불명된 원소가 이들을 규합해 다시 공격에 나서는 날에는 전쟁 결과를 예측할 수 없었기 때문이다. 이에 조조는 군사들의 사기가 크게 오른 이 기회를 이용해 적에게 숨 돌릴 틈도 주지 않고 공격에 나선 것이다.

조조의 이 작전은 크게 주효했다. 미친 듯이 돌진하는 조조군의 공세에 원담은 물론 장수들까지 이미 간담이 서늘해져 적의 공격을 막아내기는커녕 달아나는 데 급급했다. 날이 밝아올 때쯤, 원소군 영채는 주력군이 참패했다는 소식을 듣고 싸우지도 않은 채 잇달아 영채를 버리고 달아났다.

그렇게 세 번째 영채까지 무너지고 언릉성과 인접한 네 번째 영채에 이르렀을 때에야 조조군은 수비군의 완강한 저항에 부딪혔다. 체력이 다한 조조군은 더 이상 공격에 나서기 어려워 하는 수 없이 진공을 멈추고 잠시 휴식을 취했다. 이 틈을 타 원소군 패잔병은 비교적 안전한 언릉성으로 재빨리 피신했다.

식량 창고인 언릉성을 지키는 장수는 저수의 아들 저곡이었고, 원소군 최후의 보루인 네 번째 영채를 지키는 장수는 바로 학소(郝昭)였다. 학소의 자는 백도(伯道)로 병주 태원(太原) 사람이었다. 병주자사 고간을 따라 이번 전쟁에 참전했으며, 얼마

전 전투에서 크게 용맹을 떨쳐 최염과 저수의 추천으로 보병사마에 임명되었다. 저수는 그의 성격이 침착하고 진중한 것을 보고 원소에게 이곳에 주둔하며 저곡과 함께 언릉의 식량을 지키게 하라고 건의했다.

처음에 조조는 이 젊은 소장을 안중에도 두지 않았다. 그러나 영채 공격을 개시한 후 자신이 이 학소를 얼마나 과소평가했는지 깨달았다. 학소는 자신이 지키는 영지를 그야말로 개미 새끼 한 마리 통과할 수 없는 철옹성으로 만들었다.

영채 앞에 참호를 무려 세 개나 팠고, 녹각 차단물 같은 방어 시설도 아주 견고하게 설치해 조조군은 두 차례 공격에서 아예 영채 근처도 가지 못했다. 도리어 학소가 배치한 궁노수에게 반격을 당해 수많은 사상자를 냈고, 영채로 돌격을 강행하던 조조군은 그가 설계한 판량교(板梁橋)가 갑자기 옆으로 기울면서 잇달아 참호에 빠져 그 안에 세워져 있는 날카롭고 뾰족한 나무 장대에 꿰어 비참하게 죽음을 맞았다.

이에 조조는 체력이 다한 군사들로는 더 이상 공격이 어렵다고 여겨 즉각 철군 명령을 내렸다. 조조군이 철수를 시작하자 혈기왕성한 학소는 당장 군사를 이끌고 적의 뒤를 추격하고자 했다. 이때 얼마 전 합류한 최염이 학소를 만류하며 말했다.

"서두르지 말게. 지금 조조군은 사기가 아직 다 떨어지지 않았고 우리의 추격을 경계하고 있기 때문에 승리를 취하기 쉽지 않네. 따라서 아군의 추격이 없음을 알고 적군의 마음이 풀어졌을 때 출격하면 필시 대승을 거둘 수 있네."

최염의 예상대로 조조군은 철군을 시작할 때 원소군이 추격에 나설까 염려해 긴장을 늦추지 않았다. 그러나 적군이 추격에 나서지 않는 것을 확인한 순간 긴장이 풀려 체력이 고갈된 조조군은 발걸음이 제대로 떨어지지 않았고, 몸에 입은 크고 작은 상처에서 극심한 통증이 몰려와 여기저기서 신음 소리가 끊이지 않았다.

망루에서 이를 지켜보던 최염은 손뼉을 치며 군사를 집결해 미리 대기하고 있던 학소에게 큰 소리로 외쳤다.

"백도 장군, 지금이 바로 전사한 아군 장사들을 위해 복수할 기회네!"

전고가 울리자 학소는 3천 군사를 거느리고 열 배나 되는 조조군을 향해 곧장 짓쳐 들어갔다. 이를 본 조조는 크게 노해 이전에게 적을 영격하라고 명했다. 그러나 이미 다리에 힘이 풀린 이전의 대오는 기세가 오른 학소군의 돌격을 막아내기에 역부족이었다.

혼전 중에 학소가 단창에 이전을 말에서 떨어뜨리자 조조군은 대경실색해 대오가 금방 붕괴하고 말았다. 조조는 이 보고를 받고 더욱 노해 전군에 행군을 멈추고 겁 없이 날뛰는 학소군과 싸우라고 명했다.

하지만 얼마 되지 않아 조조는 퇴각 명령을 내리지 않은 데 대해 크게 후회했다. 학소의 3천 군사는 체력의 우세를 앞세워 3만여 조조군을 압도해 나갔다. 학소는 마치 무인지경처럼 조조군 진영을 헤집고 다니며 닥치는 대로 적군을 베고 찔렀다. 전위와 장료, 장합 등이 사력을 다해 응전하지 않았다면 학소는 어쩌면 조조에게까지 달려들었을지도 몰랐다. 어쨌든 조조군은 가까스로 적의 공격을 방어하며 한 걸음씩 뒤로 물러났다.

방금 전까지만 해도 수세에 몰렸던 전세가 완전히 뒤바뀌자, 저곡까지 일군을 이끌고 언릉성에서 나와 조조군에게 맹공을 퍼부었다. 조조는 더 이상 싸울 마음을 잃고 전군에 퇴각 명령을 내렸다. 이때 마침 임준이 군사를 거느리고 전장에 당도해 저곡과 학소의 추격군을 막아서고서야 조조군은 안전하게 허도로 철수할 수 있었다. 녹초가 된 조조군은 반나절 만에야 40여 리 떨어진 허도성으로 돌아왔고, 군사들은 성안으로 들어서는 순간 모두 바닥에 그대로 나가떨어졌다.

하루가 지난 후, 전쟁 결과를 보고받은 조조는 울상이 돼 눈만 껌뻑껌뻑하고 있었다. 이번 전투에서 조조군은 원소군을 대파하고, 원소군 대영과 영지 세 곳을 무너뜨리는 전과를 올렸다. 그러나 악전고투 속에서 조조군의 피해는 보기만 해도 처참할 정도였다. 대장 이전을 잃은 것은 물론 사망한 군사가 8천 명이 넘었고, 중상을 입은 자가 5천 명을 상회했다. 여기에 장수와 병사들 태반이 부상을 입어 전체적인 군사력은 심각할 정도로 약화되었다.

"어쨌든 다행이야. 원소군의 피해는 우리보다 훨씬 클 테니 더 이상 허도를 넘보지는 못하겠지."

위기를 맞은 순간에도 조조는 스스로를 위로하며 중얼거렸다.

"종요와 배무가 서량의 마등에게 장안을 빼앗겨도 문제 될 건 없어. 천험의 요지인 동관만 사수한다면 아군은 충분히 휴식을 취하고 군대를 정비를 시간을 벌 수 있으니까. 그리고 형주의 유표와 유비, 장수가 남양 북부를 손에 넣는다 해도 허도로 쳐들어올 배짱은 없을 거야. 뭐, 설사 공격에 나선다고 해서 오합지졸인 그놈들을 걱정할 정도는 아니니까. 도응은……."

자기 위안에 빠져 있던 조조는 문득 도응이 떠오르자 마음이 조마조마해지기 시작했다. 그는 안절부절못하며 마음속으로 몰래 기도했다.

'아군이 군대를 재정비하고 양초를 모을 때까지 제발 도응 놈이 허도로 쳐들어오지 않아야 할 텐데……. 제발…….'

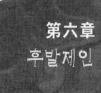

第六章
후발제인

　허도 대전은 결국 조조군의 승리로 막을 내렸다. 조조군의
피해가 막심하다고 하나 어디 원소군에게 비할 바가 되겠는가.
하룻밤 사이에 사망하거나 실종된 원소군의 수는 6만을 넘었
고, 대영과 세 개의 영채 및 셀 수 없이 많은 병기와 치중, 거마
를 잃었다.

　이번 전투에서 원소가 이끌고 온 14만 기주군 중 현재 남은
군사는 5만이 되지 않았고, 저수와 문추, 문무를 대표하는 두
인재를 잃었을 뿐 아니라 주력 부대가 전멸을 면치 못했다. 남
은 병사들마저 태반이 부상에 신음했으니, 북방 패자를 자처하

는 원소의 위망(威望)과 사기는 크게 떨어졌다.

원소는 도승 등의 호위로 언릉성에 돌아왔을 때, 사방에 널린 시체와 만신창이가 된 장사들을 보고 부끄럽고 비통한 마음을 금치 못했다. 그는 세 아들과 부둥켜안고 한바탕 통곡하다가 슬픔을 이기지 못하고 바닥에 그대로 혼절해 버렸다. 관원들의 간호로 깨어난 원소는 다시 피를 토하더니 하늘을 우러러 길게 탄식했다.

"내가 북방을 휩쓸며 크고 작은 전투를 수없이 치렀지만 오늘 같은 패배는 처음이구나! 아, 하늘이 날 버렸단 말인가!"

원소의 탄식에 원상도 감정이 북받쳐 원소 앞에 무릎을 꿇고 대성통곡하며 말했다.

"부친, 너무 상심하지 마십시오. 북방에는 아직 수십만 대군이 건재합니다. 먼저 옥체를 보존하시고 기주로 돌아가 병마를 정돈한 후 다시 복수에 나서십시오!"

원소가 눈물을 흘리며 고개를 끄덕이고 퇴병을 명하려는데 최염이 불쑥 앞으로 나와 외쳤다.

"철병은 불가합니다! 아군이 비록 패했다고 하나 여전히 수만 군사가 남아 있고 언릉의 식량도 잃지 않아 일전을 치를 만합니다. 조조군은 이미 힘이 쇠약해지고 피로가 극에 달했으므로 병마를 정돈해 허도로 쳐들어가면 성을 취하지 못하더라도 최소한 조조군을 대파해 어제의 치욕을 씻을 수 있습니다."

그러자 곽도가 펄쩍 뛰며 노한 표정으로 소리쳤다.

"계규, 지금 제정신이오? 아군이 대패해 사기가 크게 떨어졌는데 계속 허도를 공격한다고요? 주공의 퇴군을 보호할 병마까지 몽땅 잃어버릴 작정이오?"

최염도 큰 소리로 대꾸했다.

"아군이 참패한 건 맞지만 아직 싸울 힘이 남아 있단 말이오! 학소 휘하의 5천 군사와 저곡 휘하의 1만 군사는 이번 전투에 출전하지 않아 힘이 떨어진 조조군을 충분히 상대할 수 있소. 학소가 3천 군사를 이끌고 조조 주력군을 대파한 것이 명백한 증거 아니오!"

두 모사가 서로를 잔뜩 노려보며 기 싸움을 벌일 때, 몸에 여러 군데 상처를 입고 전의를 상실한 대다수 문무 관원은 더 이상 전투는 무리라며 일제히 원소에게 퇴병을 간청했다. 원소 역시 이들의 의견에 찬동하고 가쁜 숨을 몰아쉬며 말했다.

"내 지금 마음이 몹시 산란하고 몸이 아파 전투를 지휘할 힘이 없소. 그러니 저곡과 학소를 후방에 배치하고 관도로 철수한 뒤 다음 작전을 논의합시다."

최염이 바닥에 꿇어 엎드려 희생된 장사들을 위해 복수할 기회를 놓쳐서는 안 된다고 애걸했다. 하지만 원소는 한참 동안 침묵하다가 아무 대꾸 없이 아들들의 부축을 받고 대당을 나갔다. 원소의 관원들도 그 뒤를 따라 총총히 자리를 떴다. 대당에 홀로 남은 최염은 그 자리에 꼼짝 않고 꿇어앉아 큰 소리로 탄식을 내뱉었다.

"아, 수만 기주 영령은 죽어서도 눈을 감지 못하는구나!"

하루가 지난 건안 5년 9월 열하루 날, 반격의 희망이 있음에도 원소군은 관도로 철수를 시작했다. 부상병이 너무 많은 관계로 운반이 불가능한 양초와 치중은 모두 불태워 버렸다.

이 소식이 허도에 전해지자 혹여 원소가 쳐들어오면 어찌할까 안절부절못하던 조조는 하늘을 향해 안도의 광소를 터뜨렸다. 이어 원소가 중간에 마음을 바꾸지 못하도록 기주군을 계속 으를 생각에 허도성 안에 있던 생생한 3천 군사와 대영의 노약한 7천 군사를 그러모아 억지로 1만을 맞춘 후 조인에게 주고 퇴각하는 원소군을 추격하라고 명했다. 그러면서 몰래 조인에게 당부했다.

"교전을 피하고 단지 멀리서 쫓으며 저들의 철군을 감시만 하라. 그리고 만약 원소가 관도를 버리고 북방으로 퇴병한다면 즉각 관도를 접수해 요해지를 틀어쥐어라."

원소는 언릉성에서 퇴각하자마자 조조가 군사를 보내 추격한다는 보고를 받고 크게 당황해 전군에 속히 철수하라는 명을 내렸다. 이미 전의를 잃고 두려움에 떨던 원소군 장사들은 나는 듯 발걸음을 재촉해 하루에 70리씩 강행군을 했다. 조인은 일정한 거리를 유지하며 원소군의 뒤를 쫓아가기만 했다.

사흘 후, 원소군은 2백여 리 떨어진 관도 요해지로 철수했다. 조조군의 추격이 두려웠던 원소는 곽도의 건의에 따라 아예 관도 영지를 버리고 복양으로 퇴각하라는 명을 내렸다. 조인은 뛸 듯이 기뻐하며 곧장 관도 대영으로 달려가 힘 하나 들이지 않고 원소군 남하의 요지를 다시 수복했다. 조조는 이 보고를 받은 후 만면에 희색을 띠고 임준에게 관도로 보낼 군량을 가능한 한 많이 준비하라고 명했다.

하지만 이날 오후에 나쁜 소식도 함께 전해졌다. 남양의 위충이 보낸 쾌마에 따르면, 자신이 장수의 대오를 맞아 완성을 사수하는 사이에 유표와 유비의 연합군이 완성을 돌아 북쪽으로 진격 중이니 이에 얼른 대비하라는 것이었다. 원소의 철병으로 기고만장해진 조조는 흥, 하고 코웃음을 친 뒤 조홍에게 1만 군사를 이끌고 섭현으로 가 유표, 유비 연합군의 북상 길을 끊으라고 명했다.

이때 순욱이 앞으로 나와 진언했다.

"승상, 지금은 함부로 분병할 때가 아닙니다. 우리 주력군이 연전을 치른 탓에 장사 중 일고여덟은 부상 중이라 휴양생식이 절실합니다. 다시 고생스럽게 전투에 나서는 건 마땅치 않습니다. 유표는 문 지키는 개에 불과하고, 유비는 비록 지략이 있다 하나 수중에 병력과 양초가 많지 않아 유표에게 빌붙고 있는 상황이어서 그다지 큰 위협이 되지 않습니다. 게다가 위충의 군대가 언제 후방을 끊을까 걱정돼 조만간 알아서 군대를 무를 가능성이 높습니다."

조조는 턱에 손을 괴고 곰곰이 생각애 잠겼다가 순욱의 말을 옳다 여기고 파병 명령을 철회했다. 이어 조조는 순욱을 보고 다시 명을 내렸다.

"문약은 당장 입궐해 천자를 배알하고 내일 황궁 서남쪽 육수대(毓秀臺)에서 하늘에 공로를 치하하는 제사를 드리겠다고 전하시오. 내가 원소를 격파한 공로를 표창하는 자리이니 만조백관(滿朝百官)이 꼭 참석해야 한다고도 이르시오."

"육수대라면 천자께서 천지에 제사를 지내는 곳인데……."

순욱이 주저하며 말을 얼버무리자 조조는 냉소를 짓고 대꾸했다.

"내가 천하의 반적 원소를 대파했는데 육수대에서 의식을 거행할 자격도 안 된단 말이오? 아군이 어렵게 전승한 만큼 이번 대례(大禮)는 성대하게 치러야 하오. 그리하여 전사한 아군 장사들의 영령을 위로하고, 또 유표와 마등 같은 반적에게도 함부로 날뛰다간 어떤 결말을 맺게 되는지 똑똑히 알릴 것이오!"

조조가 강경하게 자신의 의사를 밝히자 참월(僭越)만큼은 지지하지 않았던 순욱은 어쩔 수 없이 공수하고 물러나와 헌제를 찾아갔다. 헌제는 순욱의 상주를 받고 조조의 참람(僭濫)된 행동에 화가 치밀어 두 주먹을 불끈 쥐었다. 하지만 힘이 없는 그가 무엇을 할 수 있으랴. 그저 힘없이 고개를 끄덕이며 이를 윤허할 뿐이었다. 한의 문무 관원들 역시 조조의 횡포와 기군망상에 치를 떨었지만 결국 조조의 말에 순응해 의식에 참가하겠다고 대답했다.

이튿날 정오, 조조군의 공로를 치하하는 의식이 육수대에서 정식으로 거행되었다. 연주 소리가 요란한 가운데 조조는 금빛 투구와 갑옷을 입고 홍포를 걸치고서 면류관과 면복(冕服)을 입은 헌제와 함께 육수대에 올랐다. 만일의 사태에 대비해 계단 양쪽과 그 아래에는 조조의 심복 장수들이 늘어서 있었고, 문무백관은 멀리서 이를 바라보고 있었다.

이 의식에서는 본래 조조가 헌제의 뒤를 따라야 마땅했건만 조조는 고의로 두 차례나 걸음을 빨리해 헌제와 어깨를 나란히 하고 나아갔다. 이를 지켜보던 한실의 중신들은 깜짝 놀라 얼굴이 하얗게 질렸다. 하지만 감히 누구도 입을 열지는 못했다.

헌제는 조조의 핍박 아래 육수대에 올라가 먼저 천지에 제사를 올리고 조조의 공로를 표창한 후, 조조에게 봉상(封賞)을 더해주고 장수의 공에 따라 상을 내리도록 전권을 이임한다는 성지를 반포했다. 조조는 무릎을 꿇고 세 번 고두한 뒤 상을 받았다. 이어 조서를 받고 이번 전투에서 공을 세우고 전사한 장사들을 일일이 호명하며 상을 내렸다. 마지막으로 연주 소리가 다시 울리면서 번잡하고 지루한 의식이 마침내 끝이 났다.

그런데 조조가 헌제와 함께 육수대를 내려왔을 때, 주부 사마랑이 다급히 조조에게 달려와 귓속말을 했다. 조조는 이 말을 듣고 조서를 바닥에 떨어뜨리며 얼굴색이 창백하게 변하고 말았다.

이를 본 헌제는 불안한 마음에 떨리는 목소리로 물었다.

"조 애경(愛卿), 무슨 일이오? 무슨 큰일이길래 이리도 안색이 좋지 않은 것이오?"

사람들의 이목이 집중된 가운데 조조는 멍하니 서서 한참 동안 아무 말도 하지 않았다. 헌제와 관원들은 대체 무슨 일인지 몰라 숨을 죽이고 조조의 반응을 기다렸다. 다시 한참의 시간이 흐른 뒤에야 조조는 신경질적으로 소리를 질렀다.

"유대와 진교(陳矯)는 대체 뭐 하는 놈들이란 말이냐! 도응 놈이 이미 진류성을 손에 넣었는데 이제야 보고가 들어왔다고?"

도응이 진류성을 점령했다는 말에 헌제는 말할 것도 없고 한실의 관료와 조조의 수하 모두 입에서 악 소리가 절로 나왔다. 진류성은 허도와 고작 2백 리밖에 떨어지지 않은 곳이 아닌가. 조조의 수하들은 당연히 대경실색해 내지른 소리였고, 헌제와 한실 관료들의 경악에는 기쁨의 뜻이 담겨 있었다. 물론 이를 전혀 내색하지 않았지만 말이다.

조조의 다그침에 사마랑은 전전긍긍하면서도 소상하게 전황을 설명했다.

"도응이 창읍으로 회군한 뒤 돌연 하택(荷澤)에 경기병을 보내 이곳을 수비하던 아군 병사들을 사로잡은 다음 거금으로 이들을 매수해 야간에 정도성 성문을 열게 하고 일거에 정도를 손에 넣고 유대를 사로잡았습니다. 이어 도응은 유대까지 회유해 같은 방법으로 진류성 성문을 열게 한 뒤 성안으로 침입해 진교를 죽이고 진류성마저 점령했습니다. 그러고는 길목마다 군사를 보내 아군 척후병의 진로를 막아 제때 위급한 상황을 알리지 못한 것입니다."

조조는 식은땀을 줄줄 흘리고 몸을 벌벌 떨며 연이어 욕을 퍼부었다.

"간적 놈이 아군을 매수하고 기습을 감행하다니! 뻔뻔스러운 짓을 어찌 이리도 서슴지 않는단 말이냐!"

이때 헌제가 기쁨을 감추지 못하고 저도 모르게 피식 웃음을 터뜨렸다. 이 소리를 들은 조조는 눈에 쌍심지를 켜고 헌제를 노려보았다. 그 눈빛에 헌제는 오금이 저려 감히 조조를 제대로 쳐다보지 못했다. 조조는 노기를 억지로 눌러 참고 이를 바드득 갈며 말했다.

"폐하, 서주로 가면 지금보다 낫다고 생각하시지요? 하지만 그건 큰 착각입니다. 단언컨대 폐하께서 도응의 수중에 들어가면 저를 그리워하시게 될 겁니다."

이어 조조는 옷을 떨치고 성큼성큼 밖으로 나와 큰 소리로 명을 내렸다.

"천자를 궁으로 모시고 어림군을 다수 파견해 감시하라! 교위 이상의 관원들을 승상부로 모두 소집하고, 전군은 즉각 전투태세를 갖추어라! 도응 놈이 곧 허도로 쳐들어올 것이니 전쟁 준비에 만전을 기하라!"

*　　　　*　　　　*

도응이 진류성을 접수한 후 이틀간 휴식을 취하는 사이에 후발 부대가 진류성에 당도했다. 군자군과 서황의 기병으로 조직된 선봉대는 즉각 서남쪽으로 출발해 위씨(尉氏), 언릉을 거쳐 곧장 허도로 진격했다. 도응이 친히 이끄는 주력군은 하루에 50리씩 유유히 허도를 향해 나아갔다.

이번 허도 출격에 나선 서주군의 병력은 총 5만 명으로 그리 많은 편은 아니었지만 정예롭기가 천하제일에 부끄럽지 않았다. 허저, 조운, 위연, 서황, 진도, 국의, 태사자, 고순, 마충 등 쟁쟁한 명장은 물론 군자군, 함진영, 선등영, 풍우군 외에 병주와 서량의 철기까지 말이 필요 없는 정예병이 총출동했다.

이처럼 위험하고 두려운 적을 맞이해 원기가 크게 상한 조조와 그의 모사들은 머리를 쥐어짜 봤지만 도웅을 물리칠 방법이 도무지 떠오르지 않았다. 이에 조조에게 남은 유일한 길은 모든 병력을 집중해 허도 성지를 사수하며 변수가 생기길 바라는 것뿐이었다. 동시에 조조는 가용 병력을 최대한 확보하기 위해 조인의 3천 정예병을 급히 소환하고, 궁여지책으로 노약한 군대에게 관도를 지키도록 했다.

나흘 만에 허도 전장에 도착한 도웅은 양초를 모두 언릉성에 안치한 후, 주력군 영채를 허도성에서 불과 동북쪽으로 10리 떨어진 지점에 설치했다.

서주군이 허도에 도착한 날 밤, 서주군이 먼 길을 와 아직 영채가 안정되지 않은 틈을 타 조조는 장료에게 3천 군사를 주고 시험 삼아 적진을 공격하라고 명했다. 하지만 장료가 성을 막 나가자마자 어두컴컴한 곳에서 징이 어지럽게 울리며 미리 대기하고 있던 조운의 기병대가 기세 좋게 장료의 부대에게 달려들었다. 양군이 어둠속에서 혼전을 벌이는 사이, 이번에서 태사자가 군사를 휘몰아 대영 밖에 진을 치고 임전 태세를 갖추었다. 장료는 서주군이 이미 만반의 태세를 갖춘 것을 보고 하는 수 없이 군사를 물려 성안으로 돌아갔다.

다음 날 이른 아침부터 서주군은 나무를 베어 영채를 세우는 데 여념이 없었다. 도응은 유엽과 시의, 고순, 서황 등에게 대영에 남아 영채 건설을 서두르라 명하고, 자신은 가후, 순심 및 대규모 정예병과 함께 정도와 진류에서 잡은 포로 천여 명을 이끌고 허도성 동문을 향해 기세등등하게 나아갔다.

며칠 동안 승상부에 틀어박혀 대책을 골몰하던 조조는 이 소식을 듣고 즉각 일부 심복들과 함께 동문 성루에 올라 사대문 경계를 삼엄히 강화하라고 이른 후 도응을 기다렸다.

얼마 지나지 않아 도응의 대군이 허도성 아래에 이르러 대열을 정비하고 포로들을 모두 앞으로 밀어놓았다. 이어 도응은 두 마리 말이 끄는 마차를 타고 출진하고, 좌우로는 허저, 조운, 위연, 태사자가 뒤를 따랐다. 이를 본 조조가 성 위에서 도응을 가리키며 욕을 퍼부었다.

"이 파렴치한 간적 놈아! 아군이 궁지에 몰린 틈을 타 공격을 감행한 비열한 놈이 무슨 낯짝으로 날 찾아왔느냐!"

"조 승상, 우리 주공께서 부상을 당해 큰 소리로 대답하실 수 없으니 내가 대신 말을 전달하리다."

이때 곁에 있던 허저가 괄괄한 목소리로 대답했다.

"주공께서는 의대조를 받들어 반적을 토벌하고, 또 악부를 위해 설욕에 나선 것이 왜 파렴치하고 비열한 짓인지 물으십니다!"

이 말에 노기등등하던 조조는 큰 소리로 웃음을 터뜨리고 비꼬듯 말했다.

"부상을 당한 놈이 천 리 길도 마다않고 내 땅 정도와 진류를 공격했다더냐? 지나가는 개가 웃을 일이다!"

"비록 부상을 입었지만 국사가 사사(私事)보다 중요하고, 나라의 원한이 집안의 원한보다 중한 법인데 어찌 편히 누워 쉴 수 있으리오!"

허저의 전언에 조조는 다시 한 번 도응의 뻔뻔함을 크게 꾸짖었다.

이때 허저가 칼로 조조를 가리키며 큰 소리로 외쳤다.

"조적은 들어라! 네놈이 처한 상황은 이미 훤히 알고 있다. 얼마 전 전투에서 속임수로 승리를 취했다고 하나 네놈 부대도 심각한 타격을 입어 군사 수가 크게 감소하고 태반이 부상을 입지 않았느냐! 오늘 우리 대군이 천자의 조서를 받들어 네놈을 토벌하려 왔는데 이제 어쩔 심산이냐?"

그러자 조조가 냉소를 지으며 대꾸했다.

"내 생각을 묻는 이유가 무엇이냐? 내게 투항이라도 권유하겠다는 뜻이냐?"

"바로 맞혔소! 그대에게는 두 가지 선택이 있소. 첫째, 천자와 조정의 문무백관 그리고 내 형장을 성에 남겨놓고, 그대를 따르려는 사람만 데리고 허도를 떠나시오. 절대 그대의 뒤를 쫓지 않으리다. 또한 수년간 어가를 보호한 공로를 참작해 천자께 그대의 죄를 사하여 달라고 청하겠소. 물론 사면 여부는 천자의 성재(聖裁)에 달려 있지만 말이오."

도웅이 지금껏 한 번도 식언한 적이 없었기에 조조는 이 조건을 듣고 살짝 마음이 동요했다. 하지만 아무리 궁지에 몰렸다고 애써 쌓은 기업을 송두리째 도웅에게 가져다 바칠 수는 없는 일. 조조는 이내 정신을 차리고 절대 이를 수락할 수 없다고 고래고래 소리쳤다.

그러자 침묵을 지키던 도웅이 마침내 입을 열고 외쳤다.

"내가 제시한 첫 번째 조건은 예전 날 살려준 은혜에 보답하려는 것이오. 그런데 맹덕 공이 기어이 이런 호의를 거절한다면 선택은 단 하나밖에 남지 않았소. 내 형님을 맞이하는 대로 허도로 쳐들어가 성을 쑥대밭으로 만들고 공과 공의 대오를 모조리 섬멸할 것이오!"

조조도 대로해 맞받아쳤다.

"얼마든지 와라. 네놈을 두려워할 줄 아느냐! 내 아들을 돌려보내 인질을 교환한 후 마음 놓고 결사전을 벌여보자꾸나!"

"조앙 공자는 데려오지 않았소. 하지만 안심하시오. 이번 전투에서 설사 맹덕 공이 사망한다 해도 공자를 잘 보살펴 조가의 대를 이을 수 있도록 하리다. 물론 이에 앞서 내 형님이 무사히 돌아와야겠지요."

"도상은 안전하게 잘 지내니 걱정 마라. 그가 보고 싶다면 허도를 공파해야 할 텐데, 과연 네게 그럴 능력이 있는지 모르겠구나."

조조의 거만한 말투에도 도응은 흔들리지 않고 차분하게 대꾸했다.

"확실히 허도성은 견고해 보이는군요. 하지만 성을 격파하기는 그리 어렵지 않소이다. 맹덕 공이 한 번도 본 적 없는 공성 전술을 시전할 텐데, 과연 막아낼 수 있을까요?"

"홍, 무엇인지 들어나 보자꾸나."

조조는 코웃음을 치며 무시하는 표정을 지었지만 속으로는 저놈이 또 무슨 꿍꿍이를 벌이려는지 몰라 바짝 경계의 태도를 취했다.

역시나 도응은 조조를 실망시키지 않았다.

"이 포로들이 보이십니까? 저들은 창읍과 정도, 진류에서 잡힌 포로들입니다. 맹덕 공에 대한 충성심이 강해 투항하고 아군에 들어오라는 권유를 거절하더군요. 저 또한 저들을 죽이지 않았습니다. 왠지 아십니까? 고래부터 전해온 공성 전술, 칼과 채찍으로 저들을 위협하고 허도성 주변의 백성들을 잡아 아군 돌격의 선봉으로 삼기 위해서입니다. 공의 대오가 차마 저들에게 손을 쓰지 못하는 틈을 노려 일거에 허도성을 무너뜨릴 생각입니다."

이 말에 조조는 물론 그 곁의 문무 관원들 모두 낯빛이 하얗게 변하고 말았다. 순욱은 분을 참지 못하고 앞으로 달려 나가 외쳤다.

"도응 네 이놈, 이런 금수만도 못한 짓을 저지른다면 하늘이 절대 용서치 않으리다!"

하지만 도응은 도리어 코웃음을 치며 대꾸했다.

"문약 선생, 그대들이 날 금수라고 욕할 자격이 있다고 생각하시오? 나는 단지 포로를 몰아 성을 공격하려는 것뿐이오. 전에 서주에서 잔인무도한 악행을 저지른 그대들과 비교한다면 누가 더 금수에 가깝단 말이오?"

순간 순욱은 말문이 턱 막혔고, 조조의 얼굴도 더욱 어두워졌다. 도응의 말은 계속 이어졌다.

"하지만 너무 걱정 마시오. 조맹덕이 금수 같은 짓을 저질렀다고 해서 내 이를 따라하지는 않을 테니까. 이에 성을 도륙하지도, 투항을 거부한 병사들을 핍박해 공격에 나서지도 않을 생각이오. 내가 이들을 여기까지 데려온 이유는 잠시 후 아군이 철군할 때 모두 풀어주기 위해서요."

조조가 믿지 못하겠다는 듯 물었다.

"너 같은 간적 놈이 이런 호의를 보인다고?"

"서주의 도 사군이 언제 식언한 적이 있었소이까?"

도응은 미소를 짓고 반문한 뒤 곁에 있는 허저에게 몇 마디 말을 전했다. 허저는 앞으로 나와 목청을 가다듬고 우레와 같은 목소리로 포효했다.

"허도성 안의 조조군은 들어라. 우리 주공께서 인의를 베푸시어 한 가지 명을 내리셨다. 교전 중 포로로 잡힌 자는 누구를 막론하고 모두 후대할 것이며, 전쟁이 끝난 후 스스로 살길을 선택해 투항을 원하는 자는 아군에 편입하고, 원하지 않는 자는 여비를 주어 고향으로 돌려보낼 것이다!"

원소군과 연전을 치르느라 녹초가 된 조조군 사병들은 이말에 크게 술렁이기 시작했다. 조조와 순욱 등은 도웅의 의도를 알아채고 한목소리로 도웅을 꾸짖었다.

"어디서 감히 아군의 군심을 흐트러뜨리려 하느냐!"

이에 도웅은 엄숙하게 대꾸했다.

"그대 군사들의 군심을 흐트러뜨리려는 것이 아니라 내 진심으로 허도성 안의 장사들을 불쌍히 여기기 때문이오. 내 예측이 틀리지 않다면 공은 필시 전군에 아군이 성을 공파하게 되면 지난 원수를 갚기 위해 성을 모조리 도륙할 것이라는 유언비어를 퍼뜨렸을 것이오. 그래서 지금 이 군령을 선포하고, 또 포로들을 풀어주려는 것이오. 허도성 안의 모든 한의 백성은 들으시오. 내 절대 함부로 그대들의 목숨을 빼앗지 않겠소. 우리 서주의 원수는 오직 하나, 바로 서주 도륙을 지시한 저 조맹덕뿐이오!"

이 말에 조조의 얼굴은 아예 철색으로 굳어버렸다. 이것이 조조군의 마지막 발악을 저지하려는 교활한 심리전임을 잘 알았지만 어찌 대응할 방도가 없었다. 이때 도응이 하품을 하며 말했다.

"부상이 완쾌되지 않아 더는 말벗이 되어주기 어렵겠소이다. 생각할 시간을 드릴 터이니 내가 제시한 첫 번째 길을 선택했다면 언제든지 허도성을 떠나도 좋소. 그리고 아군의 대문은 활짝 열려 있으니 아무 때나 사신을 보내시오."

말을 마친 도응은 손을 크게 휘젓고 명했다.

"군사를 거두어라. 조조군의 포로들은 모두 놓아준다."

서주의 문무 관원들은 일제히 예, 하고 대답한 후 일부는 도응의 마차를 호위해 철수하고, 일부는 조조군 포로 천여 명을 풀어주며 알아서 갈 길을 가도록 했다.

서주군이 후방 경계도 하지 않은 채 거들먹거리며 철군했지만 이미 원기가 상할 대로 상한 조조군은 감히 뒤를 쫓지 못했다. 전위와 하후연 등 맹장마저도 조조에게 출전을 청할 엄두를 내지 못하고 멀어져 가는 서주군의 뒷모습을 멍하니 바라볼 뿐이었다.

하지만 조조군의 포로들은 서주군이 정말로 자신들을 풀어주자 기쁨에 들떠 열화같이 환호성을 내질렀다. 이들은 곧장 허도성 아래로 달려가 성문을 열어달라고 고래고래 소리를 질렀다.

동문을 수비하는 조인이 조조에게 물었다.

"승상, 저들이 성안으로 들어오려고 아우성인데 어떻게 할까요?"

몇몇 관원은 혹시 저 안에 서주군 세작이 숨겨져 있을지 모른다며 조심하라고 권유했다. 정욱도 이들의 말에 찬동하며 조조를 일깨웠다.

"포로들을 성안으로 들여 새롭게 군중에 편제하면 군심이 더욱 위태로워집니다. 아군의 군사력이 서주군만 못한 상황에서 저들의 입을 통해 도응이 포로를 후대한다는 말이 퍼진다면 군사들의 사기가 크게 떨어져 반격의 기회를 영영 놓치게 됩니다."

순욱이 이 말에 강력하게 반대하고 나섰다.

"저들을 꼭 성안으로 들여야 합니다! 이 포로들은 주공께 충성을 다해 도응의 투항 권유를 거절한 자들입니다. 이들을 우리가 거부한다면 저들은 물론 성안의 사졸들이 어찌 생각하겠습니까? 그리하면 아군의 사기에 치명적인 타격을 입고 맙니다. 서주군 세작이 걱정되면 포로들을 성안으로 들이면서 시간이 걸리더라도 신분을 조사하면 그만입니다."

잠자코 있던 조조가 담담하게 명을 내렸다.

"성문을 열어 충용(忠勇)한 전사들을 안으로 들이시오. 또 그들이 입성한 뒤 신분을 조사할 필요도 없고 바로 대오에 편제해 수성 임무를 맡기시오."

"그랬다가 만에 하나 서주군 세작이라도 섞여 들어오면 어찌합니까?"

순욱이 깜짝 놀라 묻자 조조가 쓴웃음을 지으며 대꾸했다.

"세작이 섞여 들어오더라도 군심을 모두 잃는 것보다는 낫소. 도응의 회유에도 굴하지 않고 내게 충성한 자들이 다시 돌아왔는데, 엄격한 조사를 거치고 혹시 도응에게 몰래 투항한 건 아닌지 심문한다면 저들에게 이보다 더 큰 모욕이 어디 있겠소?"

순욱 등은 아무 말도 하지 못했다. 조인은 명을 받고 성 밖으로 나가 귀환한 포로들을 모두 안으로 맞아들였다.

이때 성 밖을 바라보던 순욱이 의아한 표정으로 말했다.

"어? 저기 오고 있는 서주군 두 명은 대체 누구지?"

조조 등이 고개를 들어보니 과연 멀리서 서주 기병 둘이 힘차게 말을 몰아 달려오고 있었다. 이들은 성 가까이에 이르러 잇달아 큰 소리로 외쳤다.

"조홍 장군, 잠시만 나와 보십시오! 드릴 말씀이 있습니다!"

조홍은 무슨 영문인지 몰라 어리둥절한 표정을 지으며 대꾸했다.

"내가 조홍이다. 그런데 무슨 일이냐?"

그중 몸집이 약간 뚱뚱한 병사가 대답했다.

"방금 전 서둘러 철군하느라 우리 대인이 깜빡하고 묻지 못한 일이 있었습니다. 자렴 장군의 저택은 허도성 어디에 위치해 있습니까?"

"성 남쪽에 있다만 그걸 왜 묻는 게냐?"

조홍이 고개를 갸웃하며 대답하고 반문하자 이번에는 머리가 반쯤 벗겨진 중년 남자가 대꾸했다.

"아, 그렇군요. 감사합니다, 장군. 소인의 이름은 고랑으로 서주 장사 양굉 대인의 수종입니다. 우리 대인은 조홍 장군의 집에 돈이 가장 많다는 얘기를 듣고 장군 저택의 위치를 물어보라며 저희를 보냈습니다. 그래야 허도성을 공파한 즉시 장군 집에 사람을 보내 가산을 몰수할 수 있다면서……."

고랑의 말이 채 끝나기도 전에 조홍은 화가 머리끝까지 치밀어 이미 화살을 메기고 있었다. 이를 눈치챈 고랑은 재빨리 말머리를 돌려 달아나면서 외쳤다.

"하지만 걱정 마십시오. 장군 저택에는 누구도 발을 들이지 못하게 하고, 장군 가솔들의 안전도 보장하겠습니다요!"

조홍이 연방 화살을 날렸지만 고랑 등은 벌써 멀찍이 달아난 뒤였다. 웃을 수도 울 수도 없는 장면에 조조와 그의 수하들은 허탈한 웃음만 지을 뿐이었다. 조홍이 길길이 날뛰는 가운데, 요즘 잠을 못 이뤄 얼굴이 초췌해진 조조는 속으로 중얼거렸다.

'아, 이제는 저런 일반 병사들까지 자신감에 넘쳐 우리를 우

습게 보는구나……:

이때 순욱이 조조에게 다가와 나지막하게 얘기했다.

"승상, 아무래도 서주군이 우리를 심히 얕보는 듯합니다. 포로 석방이 아군의 사기를 흐트러뜨리기 위함이라고 하나 그만큼 이번 전투에 필승의 확신이 있다는 방증이기도 합니다. 또 양굉 수하의 우쭐한 태도를 통해서도 이번 전투에 임하는 서주 관원들의 전반적인 심리를 읽어낼 수 있습니다. 이로써 보건대, 적군의 해이해진 심사를 잘 이용한다면 반격의 기회를 찾는 것도 어렵지는 않아 보입니다."

조조는 삼각 눈을 번뜩이며 천천히 고개를 끄덕거렸다.

*   *   *

도응이 대영으로 돌아오자 가후가 단독으로 면담을 청했다.

"주공, 양굉을 시켜 조홍을 도발한 건 적에게 일부러 허점을 드러내고 경적하는 모습을 보여 조조를 성 밖으로 유인해 내려는 작전이 아닌지요?"

"하하, 문화 선생의 눈은 속일 수가 없소이다."

도응은 크게 웃음을 터뜨린 뒤 말을 이었다.

"방금 허도성을 살펴보니 실로 견고하더구려. 성벽 높이는 네 길이나 되고 해자 너비도 세 길에 사대문에 모두 옹성이 있어서, 무력으로 성을 공파하다간 시간이 오래 걸릴뿐더러 아군의 손실도 만만치 않을 것으로 보였소. 그래서 적이 성 밖으로 나오도록 유도해 보면 어떨까 하는 생각이 들었소."

가후가 고개를 끄덕이며 대답했다.

"저 역시 주공과 같은 생각입니다. 허도성은 조조의 근거지라 방어 시설이 튼튼하고 물자가 풍부해 조조가 농성에 돌입하면 단시일 내에 성을 무너뜨리기 어렵습니다. 최후의 순간이 아니라면 정면 공격은 되도록 피하는 것이 상책입니다."

"문화 선생이 이미 내 계획을 훤히 꿰고 있으니 조조를 밖으로 유인해 낼 묘계가 있으면 알려주시구려."

"지금은 없고, 이후에도 아마 없을 듯합니다."

도응은 예상치 못한 가후의 대답에 당황하는 기색이 역력했다. 가후는 이에 전혀 아랑곳하지 않고 경고했다.

"주공, 조조를 성 밖으로 유인해 내 속전속결을 벌이려는 생각은 가능한 한 버리십시오. 이는 불가능합니다. 조조는 간사하고 의심이 많으며 주공의 용병을 훤히 꿰고 있습니다. 주공의 일거수일투족을 경계하는 그에게 계략을 쓰려다간 성공은커녕 도리어 역이용당하고 맙니다."

도응은 잠시 멍하니 있다가 씁쓸한 표정을 지으며 말했다.

"문화 선생의 말이 옳소. 나와 조조는 출기제승을 좋아하고 계략으로 적을 물리치는 데 능하오. 내가 먼저 손을 쓴다면 필시 조조의 눈을 속이기 어려울 것이오. 하지만 조조를 성 밖으로 유인해 내지 못하면 결국 남은 건 강공밖에 없지 않소?"

가후가 엷게 미소를 지으며 대답했다.

"오해하지 마십시오. 저는 주공께 먼저 손을 쓰지 말라고 건의했지, 적을 유인해 낼 방법이 없다고 말하지는 않았습니다. '선발제인(先發制人), 후발제어인(後發制於人)', 이는 병가의 지당한 이치입니다. 하지만 모든 상황에 적용되는 것은 아닙니다. 때로는 나중에 움직여야 남을 제압하고, 먼저 움직이면 남에게 제압당하기도 합니다."

이 말에 도응은 눈알을 굴리며 곰곰이 생각에 잠겨 있다가 갑자기 무릎을 치며 소리쳤다.

"아, 무슨 말인지 알겠소! '후발제인(後發制人), 선발제어인(先發制於人)'을 얘기하는 것이구려. 내가 먼저 손을 쓰다간 조조에게 장계취계의 기회를 줄 수 있으니, 조조가 먼저 행동에 들어간 연후 상황에 따라 기민하게 움직여 주도권을 잡으라는 말이구려."

가후가 말이 통하는 지기의 대답에 연신 고개를 끄덕일 때, 도응이 다급히 물었다.

"그럼 조조가 먼저 움직이게 할 좋은 방도가 없겠소?"

가후가 대답했다.

"지금까지 해온 대로 계속 적을 경시하는 태도를 견지하기만

하면 됩니다. 몰래 공성 무기를 대량으로 준비하면서 대영은 일부러 허술하게 설치하십시오. 대영 바깥의 참호는 하나만 파고, 목책과 녹각 차단물도 한 겹만 세워 적이 감히 성을 나오지 못할 테니 영채 건설에 굳이 시간 낭비할 필요가 없다는 모습을 보여주는 겁니다."

가후는 잠시 숨을 고르고 말을 이었다.

"그리고 군자군을 주요 길목마다 배치해 적의 척후병을 사로잡은 다음, 대수롭지 않게 그날로 모두 풀어주십시오. 그리하면 조조는 아군의 경적하는 태도를 보고 며칠 안에 필시 움직임을 보일 것입니다."

도응은 크게 기뻐하며 당장 이를 실행에 옮겼다. 먼저 영지 건설을 책임진 유엽을 불러 적이 영채를 기습할 기회를 노리도록 외곽 방어 시설과 영문을 엉성하게 설치하라고 명한 데 이어 도기에게는 군자군을 거느리고 가 조조군 척후병을 소탕하고 생포한 적은 바로 풀어주라고 명했다.

이렇게 되자 서주군 정탐에 나선 조조군 척후병은 운수가 사납게도 가는 곳마다 군자군을 만나 적의 화살에 맞거나 포로로 잡히는 신세가 되고 말았다.

그날 밤, 정탐 임무를 맡은 조조의 조카 조휴(曹休)가 헐레벌떡 조조에게 달려와 보고했다.

"승상, 오늘 총 일곱 척후 부대가 기습을 당해 52명이 죽고

24명이 포로로 잡혔습니다. 그런데 군자군이 이 포로들을 동문 아래에서 모두 풀어주고 돌아갔습니다."

보고를 받은 조조가 두 주먹을 불끈 쥐고 아무 말 없이 분노를 삭이고 있을 때, 정욱이 미간을 찌푸리며 말했다.

"승상, 그런데 서주군 최고의 정예 부대가 그깟 척후병이나 쫓고 있는 게 아무래도 수상합니다. 뭔가 이유가 있지 않을까요?"

조조가 침울한 표정으로 입을 열었다.

"이유는 무슨? 다 우리를 무시해서 그런 거요. 아군의 힘이 다하고 원군도 기대할 수 없음을 알고 일부러 척후병을 잡았다 놓아주어 군사들의 사기가 동요하길 바라고 있는 것이오. 이 간적 놈의 심리전이 참으로 사악하기 그지없소. 일단 저들이 영채를 세운 후 어찌 나오는지 보고 대응책을 결정합시다."

며칠간 서주군은 공성에 전혀 뜻이 없는 듯 별다른 움직임이 없고, 오로지 척후병 잡는 데만 혈안이 돼 있었다. 조조가 일부러 척후병을 더 많이 증파했지만 오히려 사상자만 늘고, 군자군의 압박에 정탐 범위는 갈수록 줄어들었다.

그 사이 용케 적진을 정탐하고 돌아온 군사가 서주군의 방어 태세에 대해 조조에게 소상히 보고했다. 서주군이 허도성 동북쪽 10리 밖에 대영을 건설 중인데, 목책은 달랑 한 겹이어서 부실하기 짝이 없고 참호의 너비도 여덟 자에 불과하며 참호와 울타리 사이의 녹각 차단물도 형식적으로 얼마 설치하지 않아 공격에 나서면 손쉽게 영채 안까지 진입이 가능하다는 것이었다.

조조는 이 얘기를 듣고 만면에 희색이 가득했다. 그는 즉각 심복 모사들을 소집해 서주 군영의 상황을 대략적으로 설명하고 말했다.

"모든 정황을 종합해 볼 때, 도응은 아군의 실력을 무시하고 승리를 확신하는 것으로 보이오. 이때 기병(奇兵)을 출격시켜 적진을 기습한다면 반격의 기회가 전혀 없는 것도 아니라고 생각하는데, 여러분의 의견은 어떻소?"

그런데 조조의 기대와 달리 모사들은 모두 반대 의사를 표명했다.

"승상, 불가합니다! 아군이 원소군과 악전을 치르느라 원기가 크게 상해 성을 지키기에도 매우 벅찬 상황입니다. 이런 때에 위험하게 출격했다가 만에 하나 실수가 생긴다면 상상하고 싶지 않은 결과를 초래할 수 있습니다."

조조는 답답하다는 듯 가슴을 치며 말했다.

"가만히 앉아서 성을 사수하는 것도 끝장나기는 마찬가지요. 허도성 안에 3만 5천 군사가 있다지만 태반이 부상을 입었소. 도응이 일단 공성에 나서면 이런 군사들로 과연 얼마나 버틸 수 있다고 보시오? 그러니 차라리 일전을 치를 힘이 남아 있는 지금, 도응과 건곤일척의 승부를 벌이는 것이 더 낫다고 생각하오. 이 도박에 성공하기만 하면 아군은 베개를 높이 베고 편히 잘 수 있을 것이오."

순유가 물었다.

"승상의 말씀이 일리가 있습니다. 하지만 상대는 꾀가 많은 도응입니다. 겉으로 아군을 우습게 보는 것이 만약 우리를 꾀어내려는 수작이라면 어찌합니까?"

이 말에 조조는 아무 대꾸도 하지 못했다. 그 역시 지금 상황에서 가장 우려가 되는 점이었기 때문이다. 이때 순욱이 조심스럽게 입을 열었다.

"승상, 도응이 천자를 내주고 허도에서 물러나면 아군을 놓아주겠다는 조건에 대해 정말 한 번도 고려해 보시지 않았습니까?"

"문약은 우리가 후퇴를 선택해야 한다고 보시오?"

조조의 질문에 순욱이 고개를 가로저으며 대답했다.

"그건 아닙니다. 저는 단지 승상의 의견을 여쭤봤을 따름입니다. 어쨌든 잠시 치욕을 감내하고 도응이 제시한 조건을 받아들이는 것도 결코 나쁜 선택은 아닙니다. 가장 위험하면서도 두려운 적을 피해 다른 곳으로 일단 물러난다면 훗날 반드시 권토중래할 기회가 찾아올 것입니다."

여기까지 말한 순욱은 고개를 들어 조조의 안색을 살피고 말을 이었다.

"하지만 승상께서 도응에게 고개를 숙이길 원치 않고 꼭 일전을 불사해야겠다면 저에게 한 가지 계책이 있습니다. 이를 통해 도응의 군사력을 약화시킨다면 결사전의 승산을 조금 더 높일 수 있습니다."

조조는 귀가 번쩍 뜨여 다급히 말했다.

"오, 무슨 묘책인지 얼른 들어봅시다."

第七章
두 간웅의 대결

"방법은 아주 간단합니다. 먼저 승상께서 아군과 유비가 동맹을 맺고 도응에 대항한다는 거짓 맹약서를 쓰십시오. 그런 다음 심복 병사에게 오늘 밤 이를 가지고 몰래 나가 허도 서남쪽에 잠복하고 있다가 내일 성으로 돌아오면서 일부러 서주군에게 붙잡히라고 하십시오. 이어 도응 앞에서 유비가 이미 아군과 동맹을 체결하고 섭현에 이르러 이곳의 수장 위충과 협력해 머지않아 허도로 구원을 올 것이라고 고하게 하십시오. 만약 도응이 계략에 떨어져 여수로 군대를 보내 유비를 막는다면 아군의 승산은 그만큼 올라갈 수 있습니다."

여기까지 말한 순욱은 잠시 주저하다가 말을 이었다.

"하지만 주의할 것이 있습니다. 도응과 가후는 꾀가 많기로 이름나 이 계책이 성공할지 솔직히 자신이 없습니다."

만약 다른 사람에게 이 계책을 쓴다면 조조는 분명 눈도 깜빡하지 않고 응했을 것이다. 하지만 상대는 다름 아니라 여우보다 교활한 도응 아닌가. 이에 조조는 쉽사리 결정을 내리지 못하고 고민에 잠겨 있었다. 이때 곽가가 앞으로 나와 진언했다.

"승상, 한번 시도해 봐도 무리는 없어 보입니다. 도응이 이 계책을 간파한들 아군의 손실은 전혀 없으며, 설사 그가 장계취계를 써서 아군을 함정에 빠뜨리려 복병을 배치한다 해도 이곳 지형을 속속들이 아는 아군의 눈을 속이기는 어렵습니다."

순유도 이에 찬동하며 말했다.

"군자군이 기를 쓰고 아군 척후병을 추살해 현재 서주군의 일거일동을 손금 보듯 훤히 알지는 못합니다. 하지만 10리 밖의 서주 영채에서 꾸미는 꿍꿍이야 실마리가 쉽게 드러나므로 적시에 대처하기는 전혀 어렵지 않습니다."

조조는 천천히 고개를 끄덕거리며 입을 열었다.

"좋소. 그럼 한번 시도해 봅시다. 도응이 가능한 한 계략에 떨어질 수 있게 다들 머리를 맞대고 지혜를 모아 문약의 묘책을 보완해 주시오."

모사들은 일제히 읍하고 조조의 명을 받았다. 잠시 후 조조가 다시 분부를 내렸다.

"참, 조휴에게 서주군의 아침 식사와 저녁 식사 시간을 유심히 살펴보라고 이르시오. 서주군이 며칠 동안 언제 아침을 먹고, 언제 저녁을 먹는지 정확히 조사해 보고하라고 하시오."

모사들이 의아한 표정으로 이유를 묻자 조조가 대답했다.

"며칠 후면 자연히 이유를 알게 될 것이오."

순욱의 조호이산(調虎離山) 계책을 시행하기로 결정했지만 한 가지 중요한 문제가 더 남아 있었다. 바로 누구에게 이 임무를 맡기느냐는 것이었다. 교활한 도응을 속이려면 목숨을 버릴 각오가 돼 있는 것은 물론 분병을 유도해 낼 기지까지 필요했기 때문이었다.

조조가 누구를 보내야 할지 고심하고 있을 때, 한 젊은 장수가 불쑥 앞으로 나와 공수하고 말했다.

"부친, 소자가 가겠습니다."

그는 바로 조조의 양자 조진(曹眞)이었다. 그런데 조조는 아들의 기개를 자랑스러워하기는커녕 오히려 안타까운 눈으로 말없이 바라보기만 했다. 조조의 침묵에 조진은 바닥에 두 무릎을 꿇고 간절하게 간했다.

"소자가 반드시 임무를 완수해 부친의 길러주신 은혜에 보답코자 합니다!"

주저하던 조조는 한숨을 내쉬며 입을 열었다.

"진아, 이번에 가면 살아서 돌아오기 어렵다. 중간에 변고가 생겨도 이 아비가 널 구할 수 없단 말이다. 네 친부인 조소(曹邵)도 날 위해 목숨을 버렸는데 너마저 잃는다면 내 무슨 면목으로 네 친부를 본단 말이냐……."

조진은 어깨를 펴고 당당하게 대답했다.

"만약 소자가 돌아오지 못한다면 절 대신해 둘째 조빈(曹彬)과 셋째 조번(曹璠)을 잘 돌봐주십시오. 소자는 어려서 친부를 잃고 부친의 태산 같은 은혜를 입고 자랐습니다. 지금 아군이 절체절명의 위기에 놓여 있는데, 소자가 이 임무를 맡지 않으면 누가 맡는단 말입니까?"

하지만 조조는 차마 조진을 사지로 보낼 수 없어 그의 간청을 물리쳤다. 그러자 조진은 칼로 자신의 목을 겨누고 눈물을 뿌리며 이 임무를 맡겨 달라고 다시 한 번 간곡히 청했다. 조조는 조진의 결연한 태도를 보고 탄사를 연발한 뒤 결국 고개를 끄덕여 조진의 모수자천(毛遂自薦)을 수락했다.

이날 밤 달빛이 어둡고 별이 드문드문한 사경 때쯤에 조조는 허도성 서문에서 친히 조진을 전송했다. 두 부자는 뜨거운 눈물을 흘리며 이별의 정을 나누었고, 조조군의 문무 관원도 모두 눈물을 뿌리며 조진의 기개에 경의를 표했다. 조진은 마지막으로 조조에게 길게 읍한 후 말에 올라 뒤도 돌아보지 않고 서남쪽을 향해 달려갔다.

다음 날 오전, 영수(穎水) 강가에 몇 시진 동안 잠복해 있던 조진은 다시 허도로 말을 돌렸다. 도중에 눈에 잘 띄는 관도를 따라 북상했고, 서주군 척후병에게 발각된 뒤에는 부러 당황해 도망치는 모습을 보였다. 서주군이 수상한 낌새를 채고 전력을 다해 추격해 오자 이번에는 무기를 빼 들고 서주 병사 하나를 찔러 중상을 입혔다. 격노한 서주군이 자신을 포위 공격하도록 유도한 조진은 한바탕 격전을 벌이다가 이 정도면 됐다는 생각에 고의로 무기를 떨어뜨리고 적에게 사로잡혔다.

조진을 생포한 서주군은 그의 품에서 괴이한 문서를 발견하고 도응에게 이 사실을 알리기 위해 즉각 그를 대영으로 압송했다. 이때 조진은 자신이 불행히 서주군에게 사로잡혔다고 믿게 할 목적으로 일부러 탈출을 시도했다가 결국 격분한 서주군의 몽둥이에 맞아 다리가 부러지고 말았다. 전마에 묶여 서주 대영으로 끌려가는 조진은 극심한 통증 속에서도 마음속으로 몰래 미소를 지었다. 자신의 고육계에 도응이 틀림없이 속아 넘어가리라고 확신했기 때문이다.

유비가 암암리에 조조와 손잡고 자신에게 대항하기로 했다는 편지를 보자, 도응은 발연대로해 책상을 치며 조진에게 다그쳐 물었다.

"너는 대체 누구냐? 그리고 유비의 병마가 어디쯤 이르렀고, 언제 허도에 도착하며, 병력은 얼마나 되느냐? 솔직히 말한다면 목숨을 살려주고 다리도 치료해 주겠다!"

하지만 조진은 바닥에 퉤 하고 침을 뱉고 도응을 잡아먹을 듯 노려보았다. 도응 곁의 호위병이 불손한 조진의 태도에 격노해 그를 마구 때리고 부러진 다리를 있는 힘껏 짓밟았다. 조진은 고통스러운 비명을 지르면서도 악에 받쳐 큰 소리로 외쳤다.

"간적 놈아, 얼른 나를 죽여라! 내가 부친을 배신하리라고 생각했다면 꿈 깨라!"

도응은 '부친'이라는 말에 의아한 표정으로 물었다.

"누가 네 부친이냐? 유비냐 아니면 조맹덕이냐?"

"시끄럽다! 당장 날 죽여라! 부친이 날 위해 꼭 복수해 줄 것이다!"

조진은 도응의 물음에 대꾸하지 않고 고래고래 소리만 지를 뿐이었다.

도응이 즉시 투항한 조조군 관원들을 불러 누군지 알겠느냐고 묻자, 그중 몇 명이 조진을 알아보고 깜짝 놀라 말했다.

"주공, 저자는 조진이라고 합니다. 틀림없는 조조의 양자 조진입니다."

"맞다. 본 공자는 바로 한의 승상의 양자 조진이다!"

자신의 신분이 탄로 나자 조진도 더 이상 이를 숨기지 않고 도응을 크게 꾸짖었다.

"비열한 간적 놈아, 너도 사내라면 당장 나를 죽여라! 유비의 병마가 곧 이르러 네놈을 황천길로 보내고 날 위해 복수할 것이다!"

"당연히 너를 죽이겠지만 지금은 때가 아니다."

도응은 음흉한 미소를 짓더니 갑자기 목청을 높여 소리쳤다.

"여봐라, 조진을 하옥하고 모질게 고문해 귀 큰 도적놈이 언제 허도에 도착하고 병마가 얼마나 되는지 자백을 받아내라!"

호위병들이 일제히 예, 하고 대답하고 조진을 끌고 나가려는데, 돌연 조진의 얼굴이 심하게 경련을 일으켰다. 무사들이 급히 손을 쓰려 했지만 이미 때는 늦고 말았다. 조진의 입에서 선혈이 뿜어져 나오며 반쯤 잘린 혀가 덜렁거리고 있었다. 무사들이 깜짝 놀라 소리쳤다.

"주공, 이자가 혀를 깨물어 자진했습니다!"

도응이 갑자기 벌떡 일어나 성큼성큼 조진 앞으로 다가가 살펴보니, 입에서는 피가 그치지 않았고 혀는 태반이 잘려 나간 상태였다. 이를 본 도응의 얼굴에 절로 실망하는 기색이 드러나자 조진은 고통으로 안색이 창백해졌으면서도 미소를 지으며 속으로 중얼거렸다.

'부친, 소자는 이제 임무를 완수하고 갑니다.'

하지만 조진은 편히 눈을 감을 새도 없이 낯빛이 돌변했다. 왜냐하면 도응이 탄식을 내쉬고 환한 얼굴로 이렇게 얘기했기 때문이다.

"자단(子丹) 공자, 설마 조조가 혀를 깨물고 자진하라고 명하진 않았겠지요? 조조가 아무리 악독하고 잔학하다 해도 자식을 생죽음으로 내몰 정도는 아닐 테니까요."

조진이 망연자실한 표정을 짓고 있을 때, 도응이 다시 한 번 탄식을 내뱉고 말을 이었다.

"굳이 이럴 필요까지는 없었는데……. 조조가 가짜 편지를 이용해 아군의 분병을 유도하려 한다는 사실을 내 미리 알고 있었소. 그대에게 혹형을 가하라고 명한 건 단지 내가 계략에 떨어진 것처럼 보이게 한 뒤 장계취계를 써서 조조군을 대파하기 위함이었소. 그런데 뜻밖에 그대가 유비가 정말로 구원에 나섰다고 믿게 할 목적으로 혀를 깨물지는 몰랐소이다."

도응이 모든 사실을 알고 있었다는 말에 조진은 끝을 알 수 없는 심연에 빠진 듯 몸이 얼어붙고 말았다. 그는 허탈한 표정을 짓더니 이내 몸이 축 처지며 고개를 아래로 떨구었다.

도응은 병사들에게 조진의 시체를 내가라고 하면서 이렇게 명했다.

"자단 공자를 후히 장사 지내고 시신을 관에 잘 보관했다가 다음에 조조에게 돌려주어라."

조진의 충정에 혀를 내두른 도웅은 가후에게 고개를 돌려 말했다.

"모든 것이 문화 선생의 예상대로구려. 조조가 과연 참지 못하고 먼저 움직였으니 우리도 슬슬 손을 쓸 때가 되었소. 생각해 둔 묘계가 있으면 일러주시구려."

하지만 가후는 이마를 찡그리며 대답했다.

"이 편지로 조조의 조호이산 계책이 확실히 드러났지만 반격을 가하기가 쉽지 않습니다. 계략에 떨어진 것처럼 거짓으로 분병했다간 적에게 금방 들키기 때문이죠. 허도 주변은 지세가 탁 트인 데다가 이곳은 저들의 근거지라 적의 눈을 속이기 어렵습니다."

도웅 역시 가후의 견해에 수긍하고 입술을 지그시 깨물었다. 이곳은 적지라 확실히 운신의 폭이 좁을 수밖에 없었다. 막사를 서성거리며 고민에 잠겨 있던 도웅은 돌연 발걸음을 멈추고 소리쳤다.

"그럼 거짓이 아니라 진짜로 분병을 합시다. 2만 군사를 여수의 양성(襄城)으로 보내 유비와 위충의 연합군을 막는 겁니다!"

이 말에 가후의 눈썹이 꿈틀거렸다.

"진짜로 분병을 한다고요? 그건 너무 위험합니다. 여수로 보내는 2만 군사 외에 대영과 언릉성의 양초를 보호하려면 적어도 1만 군사가 필요합니다. 그럼 남는 군사가 고작 2만인데, 이 병력으로 조조군을 당해낼 수 있겠습니까?"

도응은 결심한 듯 이를 악물고 대답했다.

"조조는 교활하기 짝이 없어 정말로 분병하지 않으면 성 밖으로 유인해 낼 수 없소. 그러니 모험을 한번 해봅시다. 병력 수는 뒤질지 몰라도 아군이 적보다 월등히 정예로우니 야전에서 충분히 결전을 치를 수 있소."

가후는 도응의 결심이 확고한 것을 보고 고개를 끄덕이며 말했다.

"주공의 결심이 이토록 확고하니 더는 만류하지 않겠습니다. 다만 조조가 확실히 계략에 떨어질 수 있도록 한 가지만 건의하겠습니다. 저녁 무렵에 분병할 때 일부러 허도성을 돌아 서진하라고 명하십시오. 그러면 조조는 아군이 정말로 분병하는 것일까 의심해 서남쪽으로 탐마를 더욱 많이 보내 아군의 동정을 감시할 것입니다. 그리하여 조조가 아군의 분병을 확신하게 된다면 성에서 나올 확률도 그만큼 높아집니다."

*   *   *

도응은 가후의 말에 동의하고 양성으로 가 조조와 유비 연합군을 막을 군대를 소집했다. 서황을 대장으로 임명해 조운, 국의, 윤례와 함께 2만 군사를 거느리고 출격하라 명하고, 순심을 종군 참모로 삼았다.

한편 도응은 장수들의 반대가 염려돼 자신의 계획을 그들에게 사실대로 알리지 않았다. 다만 유비와 조조 연합군이 허도를 구하러 달려온다는 세작의 보고에 부득이하게 군대를 나눠 조조 구원병을 저지하는 것이라고 설명했다.

그럼에도 도응의 이 결정은 장수들의 격렬한 반대에 부딪혔다. 지나치게 많은 군사를 파견하면 조조가 이 틈을 타 성을 나와 결전에 나설 수 있으므로 1만 명만 보내 조조군 구원병의 길을 끊자고 건의했다.

도응은 장수들을 안심시키며 말했다.

"너무 걱정 마시오. 아군 세작이 조조 구원병의 행군 노선과 진격 속도를 정확히 알려온 덕에 나와 문화 선생이 이에 맞춰 적을 물리칠 계책을 세워둔 것이오. 아군이 닷새 안에 전투를 끝내고 돌아올 텐데, 설마 이 주공이 그동안 대영 하나 지켜내지 못하겠소?"

도응의 대답에 서주 장수들은 그제야 마음을 놓고 웃음을 지었다. 이어 조운이 도응에게 건의했다.

"주공의 뜻이 이미 결정되었으니 말장 등은 마땅히 명에 따르겠습니다. 다만 한 가지, 아군 대영의 방어 시설이 완벽히 갖춰지지 않았으니 저희들이 출발한 후 만일의 사태에 대비해 즉각 대영 수리에 나서기 바랍니다."

지자천려필유일실(智者千慮必有一失)이라고 했던가. 조운의 말에 도응과 가후는 서로 눈짓을 교환하며 조조를 유인하기 위해 꼭 필요한 이 조치를 깜빡했음을 깨달았다. 도응은 고개를 끄덕거리며 대답했다.

"자룡의 세심한 지적 고맙소. 내 꼭 그리하리라."

이어 그는 서황을 불러 밀봉된 금낭(錦囊)을 주며 당부했다.

"공명, 이 금낭을 잘 보관하고 있다가 양성에 도착한 후 적이 성을 굳게 지키는 것과 상관없이 즉시 이를 열어 적힌 대로 행하시오."

서황은 우렁차게 대답하고 금낭을 건네받아 품속에 조심스레 감추었다. 그제야 도응은 해산 명령을 내리고 장수들에게 막사로 돌아가 출격을 준비하도록 했다. 이어 도응은 몰래 유엽을 불러 방어 시설을 서둘러 수리하라고 명한 뒤 물었다.

"우리의 비밀 무기는 얼마나 준비됐소?"

"서른 대입니다. 더 필요하다고 하시면 몇 대 더 제작이 가능합니다."

이에 도응은 흡족한 미소를 띠고 대답했다.

"이번에는 야전을 치를 예정이라 비밀 무기는 그 정도면 충분하오."

유엽이 공수하고 명을 받은 후 막 물러가려는데, 도응이 갑자기 벌떡 일어나서 말했다.

"아 참, 내가 중요한 일 하나를 깜빡했구려. 꼭 전달해야 할 명이 있으니 시의를 비롯한 각 군의 감군들을 속히 이리로 불러주시오."

그날 오후, 서주군은 미친 듯이 조조군 척후병 색출에 열을 올렸다. 군자군은 부대를 열로 나눠 개활지의 탐마를 소탕했고, 단양병은 군자군의 범위가 미치지 않는 숲 속을 수색하며 적의 척후병을 찾아내 죽였다. 이리하여 척후병이 허도성 가까이로 계속 물러나면서 조조군의 정탐 활동 범위는 점점 더 줄어들 수밖에 없었다.

이 소식이 허도성에 전해지자 서주군의 만행에 화가 머리 꼭대기까지 치민 조조군 장수들은 잇달아 조조에게 달려가 출전을 요청했다.

"승상, 군자군과 단양병이 여러 부대로 나뉜 이 기회에 돌연 기습을 가해 저들의 오만한 기세를 반드시 꺾어놓고야 말겠습니다."

하지만 이것이 도응의 유인책일지 모른다고 염려한 조조는 단호히 장수들의 요청을 거부했다. 이어 척후병들을 성안으로 불러들이고 서주군의 발호에 어떤 대응도 하지 말라고 명했다.

"이상해… 도응이 왜 이토록 척후전에 매달리는 거지?"

조조가 비록 장수들에게 경거망동하지 말라고 명하긴 했지만 속으로는 의혹을 지울 길이 없었다. 왜 자꾸 자기 군사들의 정탐 범위를 축소시키는 데 힘을 낭비하는 걸까?

"설마?"

조조가 한 가지 가능성을 떠올리자 심장이 쿵쾅쿵쾅 뛰었다. 하지만 이내 흥분을 억제하고 냉정을 되찾으려 노력했다.

"그래, 침착해야 돼. 지금 맞이한 적수는 원소나 여포가 아니야. 바로 도응이라고! 그와 대결을 펼치려면 최대한 신중해야 한다고. 결정적인 순간이 아니면 함부로 결단을 내려선 안 되지."

오후가 금세 지나가고 밤이 찾아왔을 때 의외의 상황이 벌어졌다. 전에는 해가 떨어지면 대영으로 철수했던 군자군이 오늘은 여전히 허도성 밖에 집결해 있었고, 단양병을 대신해 서주군 대영에서 일지 군마가 나와 계속 허도성의 동정을 감시하는 것이 아닌가. 이에 조조군은 혹시 서주군이 밤을 틈타 공성에 나서려는 것은 아닌지 조마조마해했다.

하지만 조조는 이에 아랑곳하지 않고 즉각 명을 내렸다.

"척후병 50명을 당장 서주군 대영으로 보내라. 희생을 감수하고서라도 서주군의 움직임을 정확히 파악해 보고하라. 이를 알리는 자에게는 큰 상을 내릴 것이다."

정탐 활동을 책임진 조휴가 명을 받고 막사 밖으로 나가려는

데, 조조가 다시 그를 불러 당부했다.

"또 한 가지는 저들의 아침 식사 시간이 언제인지 꼭 알아내라."

그날 밤, 척후병이 차례로 달려와 보고했다. 서주군 대영에서는 어떤 움직임도 없으며, 허도성 밖의 서주군과 군자군은 삼경 때쯤 모두 대영으로 철수했다는 것이다. 이 보고에 조조는 머리를 갸웃하며 도대체 이해가 되지 않는다는 표정을 지었다. 그런데 날이 밝은 후 척후병이 다시 두 가지 소식을 알려왔다. 하나는 서주군이 새벽 묘시 삼각에 불을 피워 밥을 짓고 진시 초각에 아침을 먹었다는 것이고, 또 하나는 갑자기 허술했던 영채의 방어 시설 공사에 돌입했다는 것이다.

"아침 식사 시간은 아군과 같군. 그런데 허도 전장에 당도한 지 엿새 내내 아무 움직임도 없다가 왜 돌연 영채 방어 강화에 나선 거지? 게다가 어제 필사적으로 척후전에 나선 것도 이상하고…… 설마 진짜로?"

여기까지 생각이 미친 조조는 갑자기 자리에서 벌떡 일어나 크게 소리쳤다.

"척후병 30명을 다시 서남쪽으로 보내 허도와 양성 사이의 상황을 빠짐없이 보고하라!"

이때 순욱이 막사 안으로 총총히 들어오며 흥분된 어조로 말했다.

"승상, 군이 탐마를 보내지 않아도 됩니다. 방금 전서구를 받았는데, 어젯밤 삼경이 반쯤 지났을 때 서주군이 돌연 영음성(穎陰城)으로 달려가 잠시 휴식을 취한 후 진시에 영음에서 강을 건넜다고 합니다."

깜짝 놀라 눈이 동그래진 조조는 이내 냉정을 찾고 물었다.

"확실하오?"

"확실합니다. 적군의 수는 대략 2만 정도입니다."

조조는 아무 말 없이 가만히 순욱을 바라보았고, 순욱 역시 조조를 쳐다보았다. 잠시 후 이들의 얼굴에는 동시에 미소가 드러났다. 이어 조조가 명을 내렸다.

"사람을 보내 이 서주군의 동정을 엄밀히 감시하고, 허도와 얼마나 떨어져 있는지 정확히 보고하라!"

조진이 임무를 완수했다고 여긴 조조는 문무 관원들을 소집해 대책을 논의했다.

"자, 허심탄회하게 의견을 말해보시오. 도웅이 주력군을 둘로 나눈 이 기회에 결사전을 벌이면 어떻겠소?"

전의에 불타는 장수들은 여기저기서 우후죽순으로 나와 외쳤다.

"싸웁시다! 우리를 이토록 무시하는 도웅과 결사전을 벌여 아군의 무시무시함을 똑똑히 보여줘야 합니다!"

하지만 신중한 모사들은 조금 생각이 달랐다. 정욱이 먼저 한 가지 문제를 짚고 넘어갔다.

"승상, 도응의 부대가 어디쯤 이르렀는지요? 허도로 속히 달려올 가능성은 없습니까?"

조조가 간략하게 대답했다.

"오늘 새벽에 허도에서 40리 떨어진 영음을 건너 계속 서진 중이라고 하오. 지금 신시인데 아직까지 서주군이 회군한다는 소식은 없었소."

"그렇다면 적어도 내일 아침까지는 허도 전장으로의 회군을 걱정할 필요가 없단 말이군요."

정욱은 손을 꼽아 서주군의 여정을 계산한 뒤 조심스럽게 진언했다.

"도응의 5만 병력 중 2만이 서남쪽으로 출격했고, 나머지 3만 가운데 식량 창고인 언릉성과 대영을 지켜야 하는 군사를 뺀다면 도응의 가용 병력은 기껏해야 2만일 것입니다. 아군은 3만 정도가 출격이 가능하니 결전을 치러볼 만하다고 사료됩니다."

그러자 순유가 반박하고 나섰다.

"전쟁은 단순히 병력 수에 의존할 수 없는 것이오. 아군의 병력이 3만이라고 하나 부상자가 매우 많고, 또 각지에서 출동한 여러 부대가 혼재해 있어서 도응의 2만 주력군보다 우세하다고 단정하기는 어렵소."

정욱도 이를 되받아쳤다.

"틀린 말은 아니지만 아군은 지금 악에 받쳐 있다는 사실을 왜 모르시오? 아군이 원소군과 고전 끝에 승리한 후 채 휴식도 취하지 못한 틈을 노려 도웅이 허도로 쳐들어왔소. 서주군의 이런 치졸한 작전에 아군 장사 모두 분개해하고 있는 상황이오. 따라서 생사를 걸고 이번 전투에 임해야 하는 이치를 설파한다면 장사들의 사기를 최고조로 끌어 올릴 수 있소. 사기가 고양되면 군심이 진작되고, 군심이 진작되면 용기가 갑절로 늘어나는 것이오. 이 정도면 공달이 말한 약점을 상쇄할 수 있지 않겠소?"

순유는 말문이 막혀 우물쭈물하다가 조조를 향해 공수하고 말했다.

"파부침주의 배수진은 승리한다면 문제가 저절로 풀리겠지만 만에 하나 일패도지(一敗塗地)한다면 아군이 허도에서 재기에 나설 희망은 완전히 사라지게 됩니다. 그러니 성을 굳게 지키며 시간을 질질 끌면서 반격의 기회를 노리는 것이 최선의 선택입니다."

하지만 이미 싸울 마음을 굳힌 조조는 쓴웃음을 지으며 대꾸했다.

"아군이 반격의 기회를 노릴 수 있다라……."

"물론 있습지요. 승상은 두 가지 기회를 얻을 수 있습니다!"

사람들을 깜짝 놀라게 하는 발언을 한 이는 바로 서서였다. 원래 조조는 창읍 패전의 책임이 하후연을 제대로 보좌하지 못한 서서에게 있다고 여겨 그를 엄벌에 처하려고 마음먹었다. 그런데 하후연이 허도로 돌아온 후 창읍의 패배는 누구의 탓도 아니라 모두 자신이 적을 얕본 데서 비롯되었다며 죄를 청했다. 이에 서서의 재주를 아끼는 조조는 그를 사면해 주고 관직 한 등급을 강등하는 선에서 일을 마무리 지었다. 이로 인해 서서는 다시 조조 앞에서 진언할 기회를 얻었다.

옥에 갇혀 고초를 겪은 탓인지 틈만 나면 도응과 결전을 벌여야 한다고 주장하던 서서가 의외의 진언을 올렸다.

"승상, 아군이 끝까지 버텨낸다면 두 가지 반격의 기회가 생기게 됩니다. 하나는 유비입니다. 누구보다 도응을 증오하는 유비가 유표와 함께 허도에 이른다면 우리는 그들과 동맹을 맺고 도응을 물리칠 수 있습니다."

이어 서서는 한 발짝 더 앞으로 나와 침착하게 말을 이었다.

"또 하나는 원소입니다. 원소가 우리와 불구대천의 원수라고 하나 이익 앞에서는 도응을 배신하고도 남는 자입니다. 그가 아직 기주로 철병하지 않고 연주에 남아 권토중래할 기회를 노리고 있으니, 아군은 성을 굳게 지키면서 원소의 허점을 찾아내 둘 사이의 관계를 이간할 수 있습니다."

조조가 아무 말도 없자 모사들은 일제히 서서의 의견에 따르자고 청했다. 모든 시선이 집중된 가운데 침묵을 지키던 조조가 천천히 말문을 열었다.

"원직의 말이 확실히 일리가 있소. 하지만……."

여기까지 말한 조조는 갑자기 자리에서 벌떡 일어나 큰 소리로 외쳤다.

"하지만 내 명은 나에게 달려 있지, 하늘에 달려 있는 것이 아니오! 성을 꽁꽁 사수하며 그 두 가지 막연한 희망을 바라고, 승리를 남의 손에 맡기는 것은 이 조조의 풍격과 어울리지 않소! 내 생각은 이미 결정됐소. 마지막 남은 힘을 모두 끌어모아 도응과 결전을 벌일 것이오! 설사 패배해 전장에서 죽는다 해도 결코 여한은 없소!"

장중의 관원들은 일제히 무릎을 꿇고 한목소리로 크게 외쳤다.

"기꺼이 승상의 명을 받들겠나이다! 목숨을 걸고 승상을 따르며 도응 난적 놈과 결사전을 벌이겠습니다!"

조조는 비장한 얼굴로 대당 안을 둘러본 후 명을 내렸다.

"내일 성을 나가 전투를 치러야 하니 전군에 최대한 휴식을 취하라고 이르시오! 그리고 순욱과 정욱은 성안의 백성들을 조직해 인시 정각에 밥을 짓고 인시 삼각에 좋은 술과 고기로 군사들을 배불리 먹이시오. 묘시 초각에 서주군 영채로 출동해 도응과 결사전을 벌일 것이오! 밥을 짓고 식사하는 시각은 절대 어겨서는 아니 되오!"

순욱과 정욱은 일단 공수하고 명을 받은 후 의아한 표정을 지으며 물었다.

"승상, 그런데 야습을 감행하지 않고 이른 아침에 출격하는 이유가 무엇입니까?"

"군대를 나눈 도응은 아군의 기습에 대비해 야간에는 필시 철저한 방어 태세를 갖추고 있을 것이오. 따라서 야습은 위험을 자초하는 것과 같소. 서주군은 묘시 삼각에 밥을 지어 진시 초각에 식사를 한다고 하니, 아군이 묘시 초각에 출격해 반 시진 내에 서주 군영 앞에 도착한다면 저들은 밥 지어 먹을 틈도 없이 방어에 나서야 하오. 그리하면 적진의 혼란을 유도할 수 있을뿐더러 적은 배를 곯은 상태로 싸움에 나서야 하므로 우리에게 충분한 승산이 있소."

조조의 치밀한 작전에 수하들은 모두 감탄사를 연발했다.

"승상의 신기묘산은 저희들이 따를 바가 아닙니다!"

조조는 턱을 반쯤 들어 우쭐한 표정을 짓고는 얼른 나가 전쟁 준비를 서두르라고 명했다. 문무 관원이 모두 자리를 뜨자 홀로 남은 조조는 뒷짐을 지고 대당을 서성이며 중얼거렸다.

"이번 결전으로 중원의 판세가 결정되겠지? 원소가 치명상을 입은 상황이라 나와 도응 중 승자가 중원의 패자로 등극하게 될 거야……."

의연히 성을 나가 도응과 결사전을 벌이기로 결정한 조조가 마음속으로는 초조함을 감추기 어려웠다지만 공성의 사상자를 줄이고 전쟁이 장기화하는 걸 막기 위해 일부러 군사를 나눠 조조의 출격을 유도한 도응 역시 부담감이 크기는 마찬가지였다. 특히 조조가 언제 성을 나올지 몰라 수동적으로 전투에 임해야 한다는 것이 큰 불만이었다.

그런데 이때 다행히 조조군이 비밀리에 출전 준비를 하고 있다는 징후가 포착되었다. 허도성을 감시하던 서주군 척후병의 보고에 따르면, 아직 정상적인 교대 시간이 되지 않았는데도 성벽 위의 수비군이 돌연 군복을 입지 않은 민병으로 교체되고 깃발이 대량으로 바뀌었다는 것이다. 또한 허도성 북문 안에서 어렴풋이 들려오는 떠들썩한 소리가 꼭 군대가 집결하는 소리 같다는 것이다. 조조군이 아직 성을 나오지 않았지만 도응 이하 관원들은 이런 실마리를 통해 결전이 임박했음을 직감했다.

군복을 입지 않은 민병을 성벽에 배치한 건 사실 적을 속이기 위한 순유의 계책이었다. 그리고 그 계책은 그대로 적중했다.

일련의 상황을 들은 유엽은 허둥대며 도응에게 간했다.

"조조 병마의 이상 징후로 볼 때, 조조는 어젯밤 우리가 군대를 나눈 사실을 알아차리고 이 기회에 반격을 가하려는 것이 분명합니다. 오늘 밤 틀림없이 아군 영지를 급습할 터이니 이에 대한 대비를 철저히 해야 합니다!"

시의는 유엽의 판단에 찬동했고, 도응 역시 결전 날은 오늘 밤이 될 가능성이 높다고 여겼다. 하지만 가후만은 오히려 의문을 제기했다.

"과연 그럴까요? 주공, 혹시 이상한 점을 발견하시지 못했습니까? 아군 대오가 조조군 척후병을 죄 소탕하고, 아군 척후병이 허도성 아래에서 적진을 정탐하도록 엄호하는 상황인데 조조가 기습을 준비하면서 왜 군복도 입지 않은 민병을 성벽에 배치했을까요? 이는 혹시 조조가 고의로 한밤중에 기습을 가하는 것처럼 보이려는 의도가 아닐까요?"

도응은 가후의 분석을 듣고 조조군의 행동이 수상쩍다는 생각이 들기 시작했다. 이때 유엽이 고개를 갸우뚱하며 말했다.

"그 말이 일리가 있지만 조조의 수중에는 전투에 나설 군사가 많이 줄어든 상황이오. 따라서 민병을 투입해 정규군에게 충분한 휴식을 주고 기습을 준비하는 것이 뭐가 이상하단 말이오?"

그러자 가후가 미소를 지으며 대꾸했다.

"그렇다면 왜 민병들에게 군복을 입히지 않았을까요? 설마 군복 몇백 벌이 없어서일까요? 군복을 입혔다면 아군이 전혀 눈치채지 못했을 텐데 말이오. 천하에 간사하기로 이름난 조조가 이런 실수를 범했다는 건 솔직히 이해가 되지 않소."

유엽은 말문이 막혀 아무 대답도 못 하다가 잠시 후 가후에게 물었다.

"조조가 기습을 가하지 않는다면 언제 아군을 공격한단 말이오?"

"그건 나도 모르오. 어쩌면 지금이 될 수도 있고, 내일 아침이나 오후, 그리고 심지어⋯⋯."

가후는 여기까지 말하고 잠시 주저하더니 다시 입을 열었다.

"심지어 오늘 밤 기습을 가할 수도 있소. 허허실실에 능한 조조라면 충분히 그러고도 남소이다."

유엽은 자기도 모르게 인상을 찌푸리며 말했다.

"그것 참 골치 아프군요. 조조군의 출격 시간을 예측할 수 없으니 밤새 전투 준비를 해야 하는 것인지⋯⋯. 장사들이 푹 쉬지 못했는데 조조가 갑자기 내일 아침 출병한다면 아군의 전투력에도 분명 영향을 미칠 것이오."

이때 시의가 천천히 입을 열었다.

"그러면 이렇게 대처하십시오. 척후병에게 허도성 사대문을 계속 감시하다가 조조군이 성을 나오는 즉시 연기를 피워 긴급 신호를 보내라고 명하십시오. 대영에서는 기동력이 가장 뛰어난 군자군과 3천 보병이 밤새 대기하고 있다가 척후병이 신호를 알려오면 군자군은 즉각 출동해 조조군이 곧바로 대영에 이르지 못하도록 견제하고, 3천 보병은 영채를 나가 진세를 펼쳐 주력군이 출격할 시간을 버는 겁니다. 그리하면 조조군이 언제 쳐들어오더라도 주력군이 충분히 휴식을 취할 수 있습니다."

가후와 유엽은 시의의 계책을 크게 칭찬했고, 도웅도 손뼉을 치며 말했다.

"그거 좋은 생각이오. 주력군이 편안히 휴식을 취할 수 있도록 오늘 밤 내 친히 군사들을 독려해 밤새 영채를 지키겠소."

달도 없고 별도 성긴 이날 밤은 온 천지가 마치 폭풍전야에 휩싸인 것처럼 고요한 정적만이 흘렀다. 도웅은 3천 보병 및 군자군과 함께 갑옷도 벗지 않고 말안장도 풀지 않고서 밤새 대기하고 있었다. 화톳불에 둘러앉아 담소를 나누며 언제든지 출격할 준비를 갖췄건만 허도성 쪽에서는 아무런 움직임도 일어나지 않았다. 4천여 서주 장병이 하얗게 밤을 새우고 오경이 막 지났을 때쯤, 내내 촉각을 곤두세우고 긴장의 끈을 놓지 않았던 도웅은 엄습해 오는 수마(睡魔)를 끝내 이기지 못하고 도기에게 비스듬히 기대 몽롱히 잠이 들었다.

그런데 도웅이 깊은 잠에 빠져듦과 동시에 허도성 안의 조조군이 움직이기 시작했다. 이들은 서주 척후병에게 들키지 않기 위해 조용히 잠자리에서 일어나 드문드문 밝힌 횃불 아래에서 갑옷과 군복을 착용하고 취사장으로 가 아침을 먹었다. 조조는 부상병을 제외한 군사 2만 8천 명 정도를 거느리고 도응과 결사전을 벌이기 위해 출격했다.

묘시 초각, 징 소리가 요란하게 울리고 화광이 크게 일어나는 가운데 허도성의 동문, 서문, 북문이 일제히 열리며 2만 8천여 군사가 물밀듯 쏟아져 나왔다. 이들은 서주 척후병의 휘둥그레진 눈빛과 다급히 쏘아 올린 연기 신호를 아랑곳하지 않은 채, 잰걸음으로 허도성 북문 밖 개활지에 집결했다.

한의 승상기가 어둠속에서 바람에 펄럭이는 가운데 금빛 갑옷을 차려입은 조조가 전마 위에서 목청껏 외쳤다.

"장사들이여, 이번 전투는 우리의 생사와 영욕이 달린 최후의 일전이다! 무기를 꽉 쥐고 기치를 높이 들어 파렴치한 도응 놈과 결사전을 벌이자! 도응의 영채를 무너뜨리지 못하면 맹세코 군대를 거두지 않으리다!"

"도응의 영채를 무너뜨리지 못하면 맹세코 군대를 거두지 않으리다!"

분노가 가득 담긴 조조군의 복창 소리는 곧장 하늘에 닿을 듯했다.

"진격하라!"

조조가 채찍으로 북쪽을 가리키며 가장 먼저 서주군 대영을 향해 달려가자 2만 8천여 명의 조조군 장사는 우렁차게 구호를 외치며 조조의 뒤를 따랐다.

이틀 내내 고작 두 시진밖에 잠을 이루지 못한 도응이 단잠
에 빠져 있을 때, 도기가 다급한 목소리로 도응을 흔들어 깨웠
다.

　"형님, 얼른 일어나십시오. 빨리요! 조조가 군대를 이끌고 이
리로 오고 있습니다!"

　이 말에 도응은 정신이 번쩍 들며 잠이 확 달아나 버렸다. 자
리에서 급히 일어나 남쪽을 바라보니, 칠흑 같은 어둠 속에서
과연 붉은 불꽃이 피어오르고 있었다. 허도성의 동정을 감시하
는 서주 척후병이 대영에 알리는 신호임이 확실하자, 도응은 지
체 없이 큰 소리로 명을 내렸다.

　"군자군은 당장 출격하고 보병은 영채를 나가 대오를 정렬하
라. 그리고 기상나팔을 불어 전군에 전투태세를 갖추도록 하
라!"

　명이 떨어지자 미리 전마에 올라 있던 군자군은 조조군의 진
격 속도를 늦추기 위해 횃불을 들고 곧장 남쪽을 향해 달려갔
다. 밤새 한잠도 자지 못한 3천 보병도 신속히 영채를 나가 대
영 밖의 개활지에 진세를 펼치고 전투에 대비했다. 이와 동시에
기상나팔이 대영 전체에 울려퍼지고, 야경을 돌던 순라병들은
횃불을 들고 분주히 막사를 왕래하며 동료들을 깨웠다.

　군사들을 소집하던 도응은 문득 궁금한 생각이 들어 곁에

있는 호위병에게 물었다.

"지금 몇 시진이나 됐는가?"

"묘시 초각이 막 지났습니다요."

호위병의 대답에 도응은 이해가 가지 않는다는 듯 고개를 갸우뚱하며 중얼거렸다.

"곧 있으면 날이 밝을 텐데 조조 놈이 왜 지금 영채를 습격하는 거지? 대체 지금 출격하는 이유가 뭐란 말인가?"

잠시 생각에 잠겨 있던 도응은 이유를 알았다는 듯 웃음을 지었다.

"그런 거였군. 아군이 아직 아침을 먹지 않은 틈을 노리려는 생각이었어. 속이 허하면 전투력에 영향이 있을 테니 말이야. 역시 간웅은 간웅이군. 하지만 내게도 다 생각이 있다고……."

호각 소리가 영중에 메아리치는 가운데 충분히 휴식을 취한 서주 장사들은 자리에서 일어나 갑옷을 입고 무기를 점검하고서 차례차례 영지 공터로 집합했다. 이어 각 군영 감군의 명령 아래 건량으로 아침을 해결한 후 일사불란하게 대열을 이루고 영채를 나갔다. 이들은 이미 완벽하게 대오를 갖춘 3천 동료 뒤에 자리를 잡고서, 도응의 명에 따라 대영을 등지고 공수가 모두 가능한 학익진을 펼쳤다. 여기에 신식 무기 30대까지 영채에서 밀고 나와 진지 최전방에 일렬로 늘어놓았다.

이때 가후와 유엽, 시의 등도 함께 도응 앞으로 달려왔다. 다들 조조가 계략에 떨어져 마침내 성지를 나왔다고 축하를 건네는데, 가후가 조심스러운 목소리로 경계의 빛을 내비쳤다.

"주공, 아군이 비록 적을 유인해 내는 데 성공했다고 하나 조조는 필시 뒤가 없는 필사의 각오로 전투에 임할 것입니다. 또한 배수진을 친 적군의 기세가 예사롭지 않은 데다 병력도 아군보다 우위에 있으므로 절대 적을 얕보지 말고 항상 신중하게 대처하십시오."

"문화 선생의 말이 지극히 옳소이다."

도응은 가후의 조언에 수긍한 뒤 손뼉을 치며 말했다.

"지금 막 좋은 방법 하나가 떠올랐소. 일단 조조군의 사기를 꺾어놓으면 이번 전투가 한결 수월해질 것이오."

*　　　　*　　　　*

군자군은 서주군 대영 남쪽 5리 지점에서 돌진해 오는 조조군과 맞닥뜨렸다. 대영과의 거리가 너무 가까워 물러나면서 교전할 수는 없었기에 도기는 측면으로 돌아가는 선택을 했다. 군자군이 말 위에서 사정없이 우전을 날리며 양익을 공격해 들어가자, 조조군은 사상자가 다수 발생하며 혼란에 빠졌다. 사전에 이를 예상했던 조조는 속히 명을 내렸다.

"전군은 계속 전속력으로 전진하고, 강노수는 반격을 가해 군자군의 공격을 둔화시켜라!"

명령이 떨어지자 조조군 양익은 군자군의 공격에 사상자가 발생하는 상황에서도 이를 아랑곳하지 않고 성큼성큼 계속 앞으로 나아갔다. 이어 강노수들이 자리를 잡고 사정거리가 훨씬 먼 강노를 쏘아대자 군자군은 함부로 가까이 접근해 날뛰지 못했다. 이 틈을 타 조조군은 서주군에게 대비할 시간을 주지 않기 위해 분초를 다투어 미친 듯이 북쪽으로 내달렸다.

10리를 달리는 데는 일각의 시간이면 충분했다. 그런데 조조군이 서주군 대영 앞에 이르렀을 때, 서주군은 이미 전 병력이 영채를 나와 정연하게 대열을 이루고 적군을 기다리고 있었다.

"도응 놈이 어찌 이리도 빨리 대응에 나섰단 말인가!"

조조는 생각지도 못했던 도응의 신속한 반응에 흠칫 놀라 탄성을 내뱉었다. 적군이 혼란에 빠진 틈을 타 일거에 몰아치려던 계획이 어긋나자 조조는 돌격 명령을 내려야 할지 말지 고민에 잠겼다. 바로 이때, 손에 백기를 든 서주군 기병 하나가 달려 나오며 큰 소리로 외쳤다.

"조 승상, 우리 주공께서 기습을 가하지 않을 테니 얼른 대열을 정비하라고 말씀하셨습니다!"

그러자 곁에 있던 순유가 간했다.

"승상, 사기는 북돋워야지 절대 떨어뜨려서는 안 됩니다. 아군의 사기가 최고조에 오른 지금 당장 총공격에 나서십시오."

순유의 진언에 힘을 얻은 조조가 막 총공격 명을 내리려는데, 마주한 서주 기병이 다시 크게 소리쳤다.

"지금 출격하면 승상의 군대는 낭패를 보게 됩니다. 우리 진영 앞에 무엇이 있는지 잘 보십시오!"

조조는 반사적으로 고개를 들어 멀리 바라보았다. 날이 점점 밝아오면서 조조의 눈에 멍석으로 덮인 이륜 수레 스무 대가 서주군 진영 앞에 늘어서 있는 것이 보였다. 이때 서주 병사가 수레 위의 멍석을 벗겨내자 큰 사발만 한 굵기의 나무 기둥 스무 개가 모습을 드러냈다. 속이 빈 나무 기둥은 꼬리 부분이 땅에 박혀 있고, 꼭대기가 하늘을 향하고 있었는데 대체 어디에 쓰는 물건인지 알 수 없었다. 조조가 어리둥절해하는 사이에 서주 기병은 또다시 크게 소리를 질렀다.

"승상이 돌격을 감행했으면 어떤 결과가 나타났을지 자세히 보십시오!"

그 서주 기병이 이렇게 떠들고 옆으로 급히 자리를 비킨 뒤, 서주군 하나가 나무 기둥의 꼬리 부분에 불을 붙였다. 그러자 갑자기 나무 기둥 꼭대기에서 화광이 뿜어져 나오더니 벼락 치듯 굉음이 울려 퍼졌다. 이어 무수한 쇳조각과 작은 돌이 5백 보 밖의 조조군 앞에 마치 비가 내리듯 떨어졌다. 깜짝 놀란 조조군의 낯빛이 하얗게 질리자 서주군 진영에서는 와, 하고 함성

소리가 터져 나왔다.

사실 이 대포는 제작 방법이 아주 간단했다. 나무를 반으로 가른 다음 속을 적당히 비우고 다시 철사로 묶어 안에 철 조각이나 돌을 채우면 끝이었다. 도화선이 하나밖에 없는 일회성 무기라 살상력은 미미한 수준이었지만 그 소리가 너무 우렁차 적에게 겁을 주기에는 제격이었다.

도웅의 의도는 멋들어지게 들어맞았다. 조조군은 그 소리에 놀라 하나같이 안색이 흙빛으로 변하고 사기가 크게 떨어졌으며, 조조도 간담이 서늘해져 자기도 모르게 총공격 명령을 취소했다.

"전군은 적군과 6백 보 간격을 두고 학익진을 펼쳐라!"

명령이 떨어지자 조조군은 일사불란하게 대오를 정비했다. 전투력이 뛰어난 장합과 장료의 부대가 좌우로 이동해 학이 날개를 펼친 것처럼 포진하고, 나머지 부대는 조조 쪽으로 접근해 엄밀한 방진을 이루었다. 장창 부대는 바깥에 자리하고 궁노수는 안에 포진했는데, 그 속도가 매우 날래면서도 전혀 흐트러짐이 없었다.

하지만 이를 바라보는 도웅과 가후 등의 얼굴에는 흡족한 미소가 드러났다. 이어 유엽이 도웅에게 축하를 건네며 말했다.

"주공의 위협 작전이 성공해 조조의 예기가 크게 꺾였나 봅니다. 배수진을 쳤다면 마땅히 공격 대형인 어린진이나 봉시진을 펼쳐야 하는데 공수를 겸비한 학익진을 전개했군요. 조조가 이미 겁을 집어먹었으니 승리는 이제 우리 것입니다."

"이걸로는 아직 부족하오. 조조군의 기를 확실히 눌러놓을 필요가 있소."

도웅은 이렇게 말한 후 앞장서서 말을 달려 나갔고, 좌우로는 문무 관원이 뒤를 따랐다.

조조군이 얼추 전열을 정비했을 때, 은빛 갑옷과 도포를 입은 도웅이 무리를 이끌고 출진하자 조조도 일부 관원들을 거느리고 앞으로 달려 나왔다. 그는 군사들의 사기를 진작시킬 목적으로 기세등등하게 도웅을 꾸짖었다.

"도웅 간적 놈아, 네놈은 아군의 출전을 간절히 바라지 않았느냐? 한데 지금 내 출전해서 보니 네놈은 군자군을 보내 아군을 교란하는 것 외에 할 수 있는 것이 과연 무엇이더냐!"

도웅은 코웃음을 친 뒤 거만한 어조로 대꾸했다.

"거 허세가 너무 심하시구려. 내 군대를 둘로 나누지 않았다면 그대의 담력으로 감히 성을 나와 결전을 벌일 마음을 먹었겠소? 그리고 안타깝지만 그대는 내 계략에 떨어졌소. 그 부대가 이미 전속력으로 허도로 달려오고 있어서 곧 있으면 그대의 뒤를 끊을 것이오. 그리되면 그대는 이제 끝장나는 것이오! 하하하!"

조조도 큰 소리로 웃음을 터뜨리고 맞받아쳤다.

"하하, 허풍을 떠는 건 내가 아니라 네놈 아니냐! 어젯밤 네 놈 부대가 모두 영수를 건넜다고 우리 세작이 알려왔다. 설마 그놈들에게 날개라도 달려 있다는 말이냐!?"

"맹덕 공, 그런 거짓말로 그대의 가련한 장사들을 속일 순 있어도 나는 속일 수 없소이다. 내 군대가 어젯밤 영수에 도착해 영채를 차리고 휴식을 취했다고 하면 내 믿어주려고 했소. 웬 줄 아시오? 내 그들에게 영수에 다다른 후 강을 건너지 말고 즉각 허도 전장으로 회군하라고 명했기 때문이오! 시간으로 볼 때, 그 부대 중 1만에 가까운 기병은 얼추 그대의 배후 20리 지점까지 이르렀을 것이오."

유일하게 모든 내막을 아는 가후는 힐끗 도응을 바라보고 그의 언변에 혀를 내둘렀다. 어쨌든 도응의 말에 서주군 장사들은 만면에 희색을 띠며 자신감이 배로 증가했다. 반면 조조는 얼굴에 노기를 드러내고 외쳤다.

"그래, 마음껏 지껄여라. 지금 거느린 2만 오합지졸로 네 부대가 허도 전장에 달려올 때까지 과연 버틸 수 있는지 두고 보겠다!"

"그럼 얼른 공격에 나서시지요. 내 얼마든지 상대해 주리다!"

도응의 도발에 화가 머리끝까지 치민 조조는 뒤를 돌아보고 큰 소리로 외쳤다.

"누가 가서 도응 놈을 잡아오겠느냐?"

"말장이 가겠습니다!"

전위는 크게 포효한 후 재빨리 도응을 향해 달려들었다. 그
러자 이쪽에서도 도응의 명을 기다릴 것 없이 허저가 칼을 곧
추세우고 달려 나왔다. 두 맹장이 불꽃을 튀기며 10여 합을 겨
뤘을 때, 전위는 비록 무력이 허저에 뒤지지 않았지만 몸에 부
상을 입은 탓에 허저의 공격을 당해내지 못하고 수세에 몰리기
시작했다. 이를 지켜보던 조조가 곁에 있는 하후연에게 눈짓을
보내자 하후연은 즉각 말을 몰아 앞으로 달려 나갔다.

하후연이 달려 나오자 도응도 태사자에게 출전해 하후연을
막으라고 명했다. 네 장수가 뒤엉켜 싸우는 사이에 도응은 친
병 대장 마충을 불러 낮은 목소리로 분부했다.

"마충, 얼른 암전(暗箭)을 쏠 준비를 해라. 아군의 장수 숫자가
부족해 일기토로는 적의 상대가 되기 어렵다."

마충은 고개를 끄덕이고 몰래 활을 당겨 한창 싸움 중인 적
장을 겨누었다. 조조가 아예 일기토로 도응과 승부를 볼 생각
에 다시 조홍을 출전시키려는 순간, 마충이 쏜 화살은 씽 하고
날아가 하후연의 견갑(肩胛)에 그대로 적중했다. 하후연이 외마
디 비명을 지르며 몸을 비틀거리자, 태사자는 이때다 싶어 재빨
리 창대로 하후연의 등을 가격했다. 등을 세게 얻어맞은 하후연
은 입으로 피를 토하면서도 끝까지 말고삐를 놓지 않고 태사자
의 공격을 피해 본진으로 줄행랑을 쳤다.

조조군 장사들이 분노의 고함을 지르는 가운데 마충의 화살은 다시 한 번 허공을 가르며 전위의 얼굴을 향해 날아갔다. 전위는 깜짝 놀라 황망히 고개를 숙여 화살을 피했다. 그 순간을 놓치지 않고 이번에는 허저의 칼이 전광석화처럼 전위를 찔러 들어갔다. 칼을 피할 수 없었던 전위는 아예 몸을 뒤집어 말에서 떨어진 후 냅다 본진을 향해 달아났다. 자부심이 강한 허저가 속수무책인 전위를 추살하지 않은 덕에 전위는 요행히 몸을 빼칠 수가 있었다.

"비겁한 소인 놈이 뻔뻔스럽기 짝이 없구나!"

조조군 진영 여기저기에서 노호성이 터져 나오는 가운데 화를 참지 못한 조홍이 활을 당겨 마충을 향해 화살을 발사했다. 하지만 날이 이미 밝은 터라 마충은 이를 보고 슬쩍 고개를 비켜 여유롭게 화살을 피했다. 조홍이 이를 갈며 다시 활을 매기려 할 때, 도응이 웃으면서 큰 소리로 외쳤다.

"맹덕 공, 소개가 늦었군요. 이 마충 장군은 바로 내 친병 대장이오. 아군 내 최고의 사수지요. 일찍이 조운 장군의 투구를 한 방에 맞힌 적도 있고, 아군에 투신한 후에는 시합에서 병주 최고의 사수 조성 장군을 이겼소이다."

이때 조조 손에 들고 있던 채찍 손잡이가 뚝 하는 소리와 함께 부러졌다. 분노를 억제하지 못한 조조는 채찍을 양단 내고 칼을 뽑아 든 후, 우익의 장합 부대를 가리키며 큰 소리로 명했다.

"우익은 당장 맞은편 적을 향해 돌진하라! 오늘 저놈을 격파하지 못한다면 맹세코 군사를 거두지 않으리다!"

조조군이 일제히 함성을 지르는 가운데 장합은 자신의 전군을 휘몰아 맞은편 서주군 좌익을 향해 돌격해 들어갔다.

"맹세코 군대를 거두지 않겠다고? 말은 참 그럴싸하구나. 솔직히 지금 군대를 거둔다면 네놈은 평생 도망자 신세를 면치 못할 것이다."

도웅은 한바탕 조조를 비웃은 후 명을 내렸다.

"깃발을 올려 좌익의 창희에게 계획대로 일을 시행하라고 명하라!"

깃발이 펄럭이자 서주군 좌익의 창희 부대는 신속히 뒤로 물러나며 군사들 간의 간격을 바짝 좁혔다. 방원진을 구축해 적의 돌격을 막으려는 듯한 모습에 장합은 회심의 미소를 지었다. 이에 적이 진형을 채 갖추기 전에 속히 적진을 무너뜨리라고 명하려는 순간, 장합의 눈이 동그래지며 명령이 입안으로 쏙 들어가 버렸다.

그 이유는 바로 4백 보 밖의 창희 부대가 물러날 때, 갑자기 서주군 진영 안에서 아까 봤던 대포 열 대가 드러나더니 서주 병사 열 명이 일제히 꼬리 부분의 도화선에 불을 붙이고 있었기 때문이다.

우르릉, 쾅쾅! 우르릉, 쾅쾅!

대포 십 문에서 벽력같은 굉음을 내며 뿜어져 나온 돌멩이와 쇳조각이 돌격하는 장합 대오의 머리 위로 비 오듯 쏟아져 내렸다.

조조군이 돌격을 위해 밀집대형을 이루었던 관계로 원시적인 대포는 의외로 큰 위력을 발휘했다. 불시에 날아온 돌멩이와 쇳조각에 비명 소리가 끊이지 않았으며, 여기저기서 바닥에 나뒹구는 자가 속출했다. 조조군 대오는 순식간에 큰 혼란에 빠지고 돌격 기세는 어느 틈에 자취를 감추고 말았다.

이에 조조군은 함성 소리를 내지르며 돌격하기는 고사하고, 언제 또 기괴한 무기가 공습해 올지 몰라 두려운 마음으로 사방을 둘러보기 바빴다.

장합 역시 포격의 파편에 다리를 맞는 부상을 입었다. 치명적이진 않았지만 피가 줄줄 흘려 예기가 크게 꺾였다. 창희의 부대가 이 틈을 놓치지 않고 반격을 가하자 이제는 전세가 역전돼 장합의 대오가 줄줄이 패퇴하기 시작했다. 부상을 당한 장합은 하는 수 없이 방원진을 이뤄 적의 공격을 막아내라고 명했다.

장합의 대오가 창희의 부대쯤은 여유롭게 돌파하리라 여겼던 조조는 이 광경을 보고 안색이 딱딱하게 굳었다. 다행히 장합이 금세 대오를 정비하고 패색을 드러내지 않자 조조는 안도의 한숨을 내쉰 뒤 시선을 좌익으로 돌렸다.

하지만 적의 우익에는 일전에 창읍 전투에서 된통 당한 바 있는 위연의 단양병이 버티고 있었다. 상대가 누구든 물불 가리지 않고 달려들며 죽음도 불사하는 저돌적인 부대인지라 조조는 함부로 돌격 명령을 내리지 못했다.

이어 조조는 다시 눈을 돌려 정면을 바라보았다. 그러나 여기도 골치 아프기는 마찬가지였다. 대포 스무 대가 여전히 조조군 중군을 겨누고 있었고, 그 뒤에 가지런히 늘어선 방패 뒤에는 풍우군이 떡하니 버티고 있었다. 풍우군 뒤에는 만여 주력군이 자리했는데, 그 안에는 무적의 함진영까지 포함돼 있었다. 조조가 아무리 자신감이 넘친다 해도 이들을 상대로 돌격을 명령할 만큼 어리석지는 않았다.

이때 순유가 조조에게 슬며시 권했다.

"승상, 아군의 유일한 돌파구는 우익입니다. 좌익이나 정면으로는 승산이 별로 없으니 우익을 좀 더 보강하시지요."

조조는 고개를 끄덕이고 곁에 있는 전위에게 명을 내렸다.

"너는 군사를 거느리고 우익으로 가라. 장합을 도와 반드시 창희의 대오를 무너뜨려야 한다!"

전위는 명을 받자마자 즉각 1천 5백 정예병을 이끌고 우익 전장으로 달려갔다. 갑작스러운 전위의 합류로 창희의 부대는 당황하는 기색이 역력해 대오가 흐트러지고 우왕좌왕하는 모습을 보였다. 전위가 종횡무진 전장을 휩쓸며 적을 베고, 수세에 몰렸던 장합의 대오까지 힘을 받아 반공을 펼치자 전세는 다시 조조군에게 유리하게 전개됐다.

이 광경을 본 서주군 장수들은 잇달아 도응 앞으로 가 창희에게 구원병을 보내자고 요청했다. 하지만 도응은 미동도 하지 않은 채 침착하게 대꾸했다.

"전기(田忌)의 경마 이야기를 들어보았을 것이오. 창희는 현재 중마(中馬)로 조조의 상마(上馬)를 견제하고 있으므로 원군을 보내지 않을 생각이오."

장수들의 증원 요구를 거절한 도응은 무사 하나를 불러 분부했다.

"창희에게 가서 낭야군이 군자군이나 단양병, 함진영의 발아래에 계속 있고 싶다면 내 당장 구원병을 보내겠다고 전해라. 반면 낭야군이 서주군 중 일선의 정에 부대로 남고 싶다면 내게 그 위용을 보여 달라고 하라. 원기가 크게 상한 조조군 하나 당해내지 못하면서 무슨 면목으로 장패를 본단 말이냐!"

잠시 후 무사가 창희에게 도응의 말을 전하자, 막 구원병을 요청할 참이었던 창희는 잠깐 아무 말도 없다가 갑자기 투구와 갑옷을 벗고 웃통을 드러내더니 쌍 도끼를 들고 말 위에 올랐다. 큰 소리로 나를 따르라고 외친 창희는 곧장 적진으로 뛰어들었다. 이를 본 창희의 부대도 눈이 시뻘개져 전위와 장합의 부대를 향해 겁 없이 돌격했다.

도응의 격장(激將)은 큰 효과를 발휘했다. 도겸 시절에는 서주의 일선 대장으로 대접을 받았으나 도응이 집권한 후 이선으로 물러날 수밖에 없었던 창희는 더 이상 나락으로 떨어지지 않기 위해 목숨을 걸고 달려들었다. 이에 사기가 크게 진작된 그의 수하들도 숫자나 전력에서 앞선 적군을 두려워하지 않고 필사적으로 돌격을 감행했다. 이로써 전투 국면은 다시 팽팽한 상태를 유지했다.

전위와 정예병을 보내고도 전투가 지지부진하자 조조는 마음이 다급해져 다시 병력을 증원하려고 했다. 그런데 이때 정욱이 황망히 간했다.

"승상, 도응의 전기 경마를 조심하셔야 합니다. 그가 시종 정예병을 동원하지 않는 상황에서 아군이 또다시 우익에 병력을 투입한다면 중군이 위험해집니다."

이에 조조는 허공에 들었던 채찍을 천천히 내려놓은 후 이를 악물고 명했다.

"전위와 장합에게 반 시진 내에 적진을 돌파하지 못한다면 군법으로 다스리겠다고 전하라!"

조조의 명령이 우익에 전해지자 백열화된 전투는 더욱 치열하게 전개됐다. 칼과 칼이 어지럽게 부딪쳐 불꽃이 튀기고, 사방에는 병사와 전마의 시체들이 가득 널려 있었다.

한쪽에서는 살풍경이 벌어졌지만 쌍방의 주력 중군과 다른 한쪽은 오히려 군대를 전혀 움직이지 않고 전투의 승부가 갈리기만 숨죽이고 기다렸다. 이때 누구든 먼저 움직인다면 결국 허점을 드러내는 꼴이 되기 때문에 양쪽 모두 섣불리 손을 쓰지 못했다.

하지만 얼마 지나지 않아 전세의 윤곽이 차츰 드러나기 시작했다. 계속된 격전으로 인해 체력 손실이 커지자 부상을 입은 장합은 전투 지휘에 애를 먹었고, 전위를 비롯해 부상병이 많은 조조군은 점점 피로한 기색을 드러냈다. 이에 반해 쉬면서 적을 맞이한 서주군은 사기까지 크게 진작돼 싸울수록 더욱 용맹해져 예상 외로 우위를 보이기 시작했다.

전세가 점점 자신에게 불리하게 돌아간다고 느낀 조조는 결국 참지 못하고 악진에게 3천 군사를 이끌고 가 우익을 도우라고 명했다.

그런데 악진의 대오가 중군 진지를 떠나자마자 서주군 중군도 즉각 움직임을 보였다. 방패 부대가 열을 맞춰 성큼성큼 전진하고, 그 뒤로 수를 알 수 없는 보병이 바짝 따랐다. 이를 본 조인은 조조의 명을 기다릴 것도 없이 궁노수를 방패 뒤에 배치시켜 놓고 서주군이 공격에 나서면 즉시 반격을 가할 태세를 취했다. 이때 조조가 조인에게 사람을 보내 몰래 명을 내렸다.

"최전방을 사수하며 서주군의 이목을 끌어라. 이 틈을 이용해 하후연이 측면의 창희 부대를 돌파할 것이다."

서주군 방패 부대가 조조군과 4백 보 거리까지 다가갔을 때 갑자기 영기(令旗)가 펄럭였다. 그러자 방패 부대는 방패를 뒤집어쓴 채 그 자리에 엎드렸고, 방패 뒤의 서주군은 일제히 뒤로 꽁무니를 뺐다. 그러면서 방패 뒤에 숨겨져 있던 대포 20문이 모습을 드러냈다. 조조는 이를 보고 대경실색해 비명을 질렀다.

"악! 또 도응 놈의 속임수에 빠졌구나!"

이를 알아차렸을 때는 이미 때가 늦고 말았다. 대포의 도화선에는 벌써 불이 붙어 경천동지할 굉음을 내더니 돌맹이와 쇳조각이 우박 내리듯 조조군 머리 위를 뒤덮었다. 대열을 이루고 전투를 준비하던 조조군 장사들은 마른하늘에 날벼락이 따로 없었다. 갑작스러운 공습에 사상자가 속출하고 대오가 크게 어지러워지며 다들 겁에 질린 표정을 지었다.

포격이 끝난 후 서주군 방패 부대는 잽싸게 자리에서 일어나 뒤로 물러나더니 방패로 대포를 엄호했다. 조조는 이를 보고 필시 서주군이 다시 대포를 쏘려 한다고 여겨 엉겁결에 크게 소리를 질렀다.

"조인은 당장 출격해 저 괴상한 무기를 때려 부숴라!"

조인이 마침내 진영을 벗어나 돌격해 들어오자, 서주군 깃발도 동시에 올라가더니 학익진 우익의 위연 대오가 신속히 봉시진을 이루었다. 위연이 친히 화살 끝에 위치해 큰 칼을 휘두르는 것을 신호로 5천 단양병은 일제히 함성을 지르며 마치 거대한 화살처럼 맞은편 장료 부대를 향해 그대로 돌진했다. 장료 역시 신속히 방원진을 갖추고 위연 대오의 돌격을 저지하라고 명했다.

하지만 단양병의 돌진 속도가 어찌나 빨랐던지 장료 대오가 채 진법을 갖추기도 전에 그 안으로 뛰어들었다. 위연이 선봉에 서서 초목 베듯 적을 쓰러뜨리고, 뒤따르는 병사들도 어찌할 바를 몰라 당황하는 적군을 잇달아 베었다. 선봉이 방원진을 벌리며 조조군의 반격을 효과적으로 막아내자, 후방의 단양병 대오는 손쉽게 조조군 진영으로 쏟아져 들어왔다.

형세가 위급한 것을 본 장료는 대오의 양단을 막기 위해 친히 군사를 거느리고 앞으로 달려갔다. 그는 곧장 위연에게 달려들어 교전을 벌였고, 장료의 친병들도 목숨을 걸고 위연 뒤 사병들의 돌격을 막아냈다. 하지만 단양병 태반이 장료 진중으로 돌입한 후 신속히 좌우로 밀고 들어간 터라, 조조군은 둘로 나뉜 상태에서 육박전에 능한 단양병을 상대해야만 했다.

중군에서 조인의 대오가 시살해 들어오자 적군 유인의 임무를 맡았던 방패 부대가 재빨리 자리를 피하고, 그 뒤에 숨어 있던 태사자가 3천 군사를 이끌고 돌진해 조인 부대와 교전을 벌였다. 이로써 조조군과 서주군은 좌우 양익은 물론 중군에서까지 전투가 벌어지는 전면전이 펼쳐졌다.

중군 전장에서는 태사자의 3천 보병과 조인의 4천 보병이 승부를 가리기 어려운 접전을 전개했다. 서주군 우익에서는 위연의 5천 대오가 장료의 6천 병력을 맞아 우세한 전투를 벌이고 있었다.

반면 조조군은 우익에서 악진의 가세로 또다시 전세가 역전돼 3개 1만 대오가 창희의 부대를 포위하고 맹공을 퍼부었다. 창희의 4천 낭야병은 비록 1천 명이 전사했지만 불굴의 의지로 세 배나 되는 적을 맞아 악전고투를 펼쳤다.

전방에서 치열한 전투가 벌어지는 틈을 타 도응은 군자군에게 적의 중군 배후로 돌아가 후방을 급습하라고 명했다. 군자군이 조조군의 약점을 노리고 연신 화살을 날려대자 조조군 후방은 금세 혼란에 빠져 동요하던 군심이 더욱 크게 흔들리기 시작했다. 이에 조조가 하는 수 없이 궁노수를 차출해 후방에 배치함으로써 전방의 방어력은 크게 약화되고 말았다.

혼전 속에서 냉정히 전장을 관조하던 조조는 서주군 중군을 관찰하다가 문득 거대한 위험을 직감했다. 자신의 수중에 8천 예비대가 남아 있고, 서주군 중군에도 같은 수의 병력이 남아 있었지만 자신의 예비대는 부상 등으로 인해 제대로 전투력을 발휘할 수 없는 반면, 서주군 예비대는 편안히 휴식을 취하고 자신들이 지치길 기다리는 주력군이라는 점이었다. 일단 적이 돌격해 오면 자신의 예비대는 절대 적의 공격을 막아낼 수가 없었다.

이 밖에도 서주군 대영에는 3천 군사가 더 있었고, 조조군 후방의 군자군을 동원할 수 있음은 물론 북쪽 언릉성에 진도의 7천 정예병까지 도사리고 있었다. 따라서 전장의 형세는 표면적으로 대등하게 전개되는 것처럼 보였지만 실제로는 조조군이 완전히 불리한 위치에 놓여 있었다.

곽가 역시 이런 위험을 감지하고 연신 기침을 토하며 조조에게 건의했다.

"승상, 가능한 한 빨리 도응 좌익의 창희 부대를 돌파해야만 합니다. 일단 도응의 중군을 거짓으로 공격하는 척하여 도응의 주의력을 끈 다음, 승상께서 친히 군사를 이끌고 우익으로 가 장사들을 독려하십시오. 도응이 반응하기 전에 적의 측면을 궤멸해야만 이번 전투의 승산이 있습니다."

곽가의 말이 끝나기가 무섭게 조조가 큰 소리로 명을 내렸다.

"조홍은 들어라. 너는 3천 군사를 거느리고 서주군 중군으로 돌격하라. 꼭 적진을 뚫지 않아도 된다. 다만… 헉! 도응 저놈이… 저놈이 대체 왜……."

조조가 깜짝 놀란 이유는 당연히 도응이 취한 행동 때문이었다. 한편, 도응은 자신의 군대가 조조군을 어느 정도 제압했다는 판단 아래 단번에 조조군 중군으로 쳐들어갈 마음을 먹었다. 그런데 가후가 이를 만류하며 권했다.

"주공, 현재 승패를 결정하는 관건은 중군이 아니라 아군 좌익에 있습니다. 창희의 대오가 목숨을 걸고 힘겹게 조조군 3개 주력 부대를 막고 있는 상황이라, 조조는 계속 이곳에 군대를 증파할 기회만 노리는 실정입니다. 이때 주공께서 친히 정예병을 이끌고 좌익을 응원한다면 아군의 사기가 단숨에 진작돼 적을 철저히 붕괴시킬 수 있습니다."

도응은 가후의 말을 옳다 여기고 고순에게 중군을 대신 지키라고 명한 후, 허저, 마충과 함께 3천 정예병을 거느리고서 조조보다 앞서 고전을 면치 못하고 있는 좌익 전장으로 달려갔다. 이에 선수를 빼앗긴 조조가 놀란 눈으로 말을 더듬었던 것이다.

도응이 친히 전장에 나타나자 사기 진작 효과는 여실히 드러났다. 조조군에게 겹겹이 포위된 창희의 대오는 도응의 대장기를 보자마자 일제히 함성을 지르며 사력을 다해 조조군에게 달려들었다. 반면 수적으로 우위를 보이면서도 끝내 적을 공파하지 못한 조조군은 도응의 출현에 두려운 마음이 덜컥 들고 힘이 쭉 빠지면서 사기가 크게 저하됐다.

이때 악진이 일군을 거느리고 용감하게 도옹의 앞길을 막아섰다. 도옹을 사로잡으라는 악진의 고함 소리에 허저와 마충은 발연대로했다. 마충은 활을 당겨 악진을 겨냥했고, 허저는 칼을 곧추세우고 곧장 악진에게 달려들었다. 마충이 쏜 화살이 날아가 악진의 얼굴에 명중한 데 이어 허저가 대갈일성을 지르며 칼을 휘두르니, 가련한 악진의 머리가 순식간에 바닥에 떨어져 뒹굴었다.

악진이 단 일 합 만에 허저에게 목숨을 잃자 악진의 대오는 자연히 큰 혼란에 빠졌다. 서주군은 이 틈을 놓치지 않고 악진의 대오를 재빨리 궤멸한 후 조조군 포위망을 향해 곧장 진격했다. 포위된 창희의 대오까지 힘을 얻어 반격을 가하는 통에, 이제는 전세가 완전히 뒤바뀌어 조조군이 외려 포위되는 형국에 몰렸다.

창희가 적진을 뚫고 도옹 앞에 모습을 드러냈을 때, 그는 피칠갑을 한 듯 온몸이 새빨갛게 물들었고 등에는 화살 두 방이 박혀 있었다. 이 와중에도 창희는 도옹 앞에 한쪽 무릎을 꿇고 이렇게 외쳤다.

"말장이 주공의 얼굴에 먹칠을 하지는 않았습지요!"

도옹 역시 정중하게 고개를 끄덕이고 대답했다.

"물론이오. 이번 전투에서 장군은 그 이름에 부끄럽지 않은 최고의 공을 세웠소!"

피범벅이 된 창희의 얼굴에는 마침내 기쁨과 위안의 빛이 드러났다. 이어 그는 말 머리를 돌려 이제 2천 명도 채 남지 않은 낭야군을 향해 크게 소리쳤다.

"형제들이여, 싸움은 아직 끝나지 않았다. 모두 나를 따르라!"

창희가 선두에 서서 다시 적진을 향해 돌진하자, 방금 전 포위에서 벗어난 낭야군도 전혀 주저함 없이 창희의 뒤를 따랐다. 피로가 극에 달하고 부상병이 많은 조조군은 초인적인 의지를 발휘해 서주군의 반격을 막아냈지만 일당백의 맹장 허저와 마충, 그리고 낭야병의 공세 앞에 속절없이 무너져 내리고 있었다.

그럼에도 조조는 병력 면에서 유일하게 우세를 점하고 있는 이 전장을 포기할 수 없어 다급히 2천 군사를 그러모아 우익을 구하러 달려갔다. 그런데 이때 가후가 갑자기 총공격 명령을 발동했다. 천지를 진동하는 북소리가 울리며 중군에서 대기하던 고순의 5천 서주군은 이미 전력이 약화된 조조군 중군을 향해 함성을 지르며 진격해 들어갔다.

가후의 출전 명령이 떨어지자 처음에 고순은 고개를 갸우뚱하며 물었다.

"군사, 조조군 대장기가 아군 좌익으로 이동했고, 우리 주공

도 지금 좌익에 있소. 그러니 예비대는 좌익 전장을 구원해야
마땅하거늘, 왜 정면의 조조군 중군으로 돌격하라는 것이오?"

이에 가후가 다급히 설명했다.

"지금 장군이 좌익으로 출격하는 건 단지 군사를 증원하는
데 그칠 뿐이오. 조조가 친히 군사를 거느리고 아군의 좌익 전
장으로 달려가 적군의 사기와 투지는 크게 고무되었을 것이오.
이 상황에서 장군의 부대가 투입된다고 일거에 적을 물리치기
어려울뿐더러 괜히 조조군에게 발목을 잡히는 일이 벌어질 수
도 있소."

이어 가후는 손가락으로 맞은편을 가리키며 단호하게 말했
다.

"정면을 돌파하는 것만이 경직된 국면을 타개할 수 있는 유일
한 방법이오! 내 장담하리다. 조맹덕이 중군에 남겨둔 예비대는
필시 전투력이 허약한 대오로 허장성세를 위한 것이오. 전투가
시작되자마자 조조가 전위, 악진, 조인 등 정예 부대를 총동원
한 목적은 바로 선수를 쳐서 우리를 압도하고 자기 군대의 전투
력이 여전히 강하다고 과시하기 위해서요. 따라서 현재 조조군
정예 부대가 전부 출전한 상황인지라 가장 완벽해 보이는 조조
군 중군이 도리어 최대의 약점이라고 할 수 있소. 그러니 장군
이 중군으로 쳐들어가기만 하면 적의 대오는 저절로 무너지게
될 것이오."

가후의 분석을 들은 고순은 고개를 크게 끄덕인 후 즉각 함진영을 선봉으로 삼아 5천 예비대를 이끌고 조조군 중군을 향해 쇄도해 들어갔다.

측면을 지원하러 한창 달려가던 조조는 도중에 서주군이 총공세에 나선 것을 보고 되돌아가 중군을 구원할지 아니면 단호히 우익을 구하러 갈지 진퇴양난에 빠졌다. 하지만 조조는 주저할 시간이 없었기에 저들이 중군을 직접 노리는 것이 아니라 단지 태사자의 증원 부대이길 속으로 기도하며 측면을 구하러 가기로 결단을 내렸다. 조조는 2리 밖의 우익 전장으로 나는 듯이 달려가 깃발을 펄럭이며 패전에 몰린 군대를 재정비했다. 어쨌든 이들은 마지막 남은 정예병이자 조조의 유일한 희망이었기 때문이다.

조조가 구원병을 이끌고 전장에 당도하자 붕괴 직전에 이르렀던 조조군은 다시 힘을 얻어 조조의 대장기를 중심으로 속속 모여들기 시작했다. 이를 본 조조는 먼저 서주군의 공세를 막아낸 다음 대오를 정비해 반격에 나설 요량으로 명을 내렸다.

"방원진을 펼쳐라!"

조조가 이끌고 온 2천 병사와 깃발 아래 모인 조조군은 신속하게 조조를 중심으로 포진했다. 창과 칼을 든 자는 바깥에 위치하고 안에는 궁노수가 자리해 겹겹의 방어막을 형성하는 동시에 대오를 이탈했던 군사들을 계속 받아들여 임시로 서주군에 대항할 군대를 편성했다.

도웅은 조조의 신속한 대응을 보고 속으로 감탄한 후 완강하게 저항하는 전위 대오를 더욱 강하게 밀어붙이라고 명하는 한편, 1천 병력을 나눠 조조의 방원진에 투입했다. 조조는 대열을 사수하라고 명하고서 아무래도 걱정이 돼 고개를 돌려 중군 상황을 살펴보았다. 그런데 그 순간, 조조의 얼굴은 백짓장처럼 하얘지고 말았다. 고순의 부대가 격전 중인 조인과 태사자의 전장을 돌아 조조군 중군을 향해 돌진하고 있는 것이 아닌가.

고순이 거느린 함진영이 조조군 중군에 들이닥치면서 기나긴 전투는 마침내 종지부를 찍게 되었다. 궁노수마저 후방의 군자군을 견제하러 출동한 마당에 허약한 군대로 함진영의 예기를 당해내기에는 역부족이었다. 백전노장의 정예로운 함진영은 마치 무 배듯 조조군 진영을 유린하며 조조의 지휘 깃발을 향해 달려들었다. 깃발을 지키는 조홍이 군사를 이끌고 사력을 다해 방어에 나섰지만 효용(驍勇)이 절륜한 함진영 앞에 여지없이 패퇴하고 말았다. 함진영은 저항하는 조조군을 모조리 벤 후, 순식간에 조조의 깃발을 모두 부러뜨리고 전고를 박살내 조조군 명령 체계를 완전히 무너뜨렸다.

조조군 중군이 궤멸하자 자연스럽게 연쇄반응이 일어났다.

앞뒤로 공격을 받게 된 조인의 부대는 군심이 어지러워지고 장사들은 싸울 마음을 잃어 갑자기 패색을 드러냈다. 장료의 부대 역시 사기가 크게 떨어져 단양병의 무지막지한 공격에 결국 대오가 완전히 양단 나고 말았다.

그나마 우익은 조조의 독전으로 근근이 버티고 있었지만 나머지 부대가 모두 무너진 마당에 조조로서도 달리 선택의 여지가 없었다. 게다가 조조군 중군을 섬멸한 고순이 대오를 정비해 우익으로 달려올 태세를 갖추자, 조조는 이미 대세가 기울었다고 여겨 길게 탄식을 내뱉은 후 떨리는 목소리로 명을 내렸다.

"철수하라. 장사들을 헛되이 희생시킬 수는 없다. 가능한 한 많은 군사가 허도성으로 돌아가 이 치욕을 반드시 씻고 말리다!"

이어 조조는 즉각 군사를 돌려 남쪽으로 퇴각하기 시작했다. 전령이 전장을 오가며 조조의 퇴각 명령을 알리자 수세에 몰린 조조군은 이때다 싶어 앞다퉈 허도성을 향해 달아났다.

이 광경을 본 도응은 의기양양한 표정으로 허도 방향을 가리키며 크게 고함을 질렀다.

"전군은 전력을 다해 적을 추격하라! 절대 한 놈도 성안으로 들여보내서는 안 된다!"

조조군과 서주군의 쫓고 쫓기는 추격전이 전개되는 가운데, 가후는 막심한 피해를 입은 창희의 대오를 대영으로 돌려보내 휴식을 취하라고 명했다. 그러고는 대영을 지키던 쌩쌩한 3천 군사를 차출했다. 가후는 대장 손관에게 무슨 일이 있어도 조조군보다 앞서 허도성에 당도해 조조군이 가장 손쉽게 성안으로 진입할 수 있는 북문을 틀어막으라고 명했다. 이어 만약 이를 실행에 옮기지 못할 경우 군법에 따라 엄벌에 처하겠다고 엄포를 놓았다.

체력이 왕성한 손관의 대오는 명을 받자마자 추격전 최전방까지 쏜살같이 달려갔다. 이들은 적을 죽이거나 걸음을 멈추지 않고 오로지 앞만 보고 냅다 내달릴 뿐이었다.

결전이 벌어진 장소에서 허도성까지는 고작 10리 거리밖에 되지 않는 데다 지세마저 아주 평탄해 눈 깜짝할 새에 양군은 허도성 아래까지 이르렀다.

허도성의 높이 솟은 성벽이 마침내 시야에 들어왔을 때, 도웅의 얼굴에는 흐뭇한 미소가 지어졌다. 그 이유는 바로 손관이 거느린 부대가 이미 해자 근처에 당도해 성으로 들어가려는 적의 퇴로를 막고 있었기 때문이다.

허도성을 지키는 순욱과 임준 등은 화들짝 놀라 감히 성문을 열지 못했다. 이들은 성 밖의 자기 군사들에게 그저 큰 소리로 길을 돌아 다른 성문으로 들어오라고 외칠 뿐이었다. 성문을 열었다가 자칫 서주군이 성안으로 쇄도해 들어오는 날에는 생각하고 싶지 않은 결과가 빚어질 수도 있었다.

이 광경을 지켜보던 도응은 숨 돌릴 틈도 없이 즉각 호위병을 불러 큰 소리로 명했다.

"지금 당장 달려가 태사자든 허저든 위연이든 만나는 대로 군사를 조직해 허도성의 나머지 세 개 성문을 모두 봉쇄하라고 일러라!"

호위병이 말을 몰아 나는 듯이 자리를 뜨자 도응은 사병 하나를 불러 자신의 대장기를 높이 들라 명하고, 사방에 사람을 보내 주변의 군사들을 한곳에 모았다. 곧이어 3, 4천 명 정도가 자신 주위로 모여들자 도응은 칼을 높이 들어 조조군 패잔병 대오를 가리키며 소리쳤다.

"장사들이여, 이제 돌격해 적을 섬멸할 기회가 왔다! 7년 전 적의 손에 무참히 쓰러진 동료들을 위해 복수하자! 죽여라!"

　군사들이 도응을 따라 목청껏 함성을 내지르자, 도응은 직접 군사들을 이끌고 조조군 패잔병이 밀집한 곳으로 돌격해 들어갔다. 조조군은 이미 싸울 마음을 잃고 사기가 크게 꺾여 미친 듯이 돌진하는 서주군의 공격을 당해내지 못했다. 그 자리에서 서주군의 창칼에 목숨을 잃거나 오로지 살길을 찾아 사방으로 달아나거나 바닥에 엎드려 목숨을 구걸할 뿐이었다.

　가까스로 목숨을 구해 허도성까지 도망친 조조는 서주군에 의해 북문이 막힌 것을 보고 재빨리 동쪽으로 돌아갔다. 하지만 그곳에는 기동력이 최강인 군자군이 떡하니 버티고 있었다.

이에 조조는 군자군에게 쫓겨 성을 반 바퀴 돌아 남문에 이르러서야 겨우 성안으로 들어갈 수 있었다.

그런데 조조가 패잔병을 이끌고 허도성 안으로 들어갈 때, 위연이 거느린 단양병이 어느 샌가 남문 아래까지 들이닥쳤다. 허도성 수비군은 혹여 서주군이 성안으로 쳐들어올까 염려해 즉각 성문을 닫아버렸다. 이로 인해 아직 성안으로 들어가지 못한 조조군은 위연 대오의 칼 아래 무참하게 도륙을 당했다. 성안까지 울려 퍼지는 자기 군사들의 처절한 비명 소리에 조조는 눈물을 비 오듯 쏟았지만 그들을 구할 방도가 전혀 없었다.

서문 역시 상황은 마찬가지였다. 태사자가 서문을 막아버리자 성안으로 들어갈 마지막 희망을 잃은 조조군은 절망의 호곡성을 터뜨렸다. 약삭빠른 자는 그 자리에서 무기를 버리고 투항했고, 항복을 원치 않는 자는 사방으로 흩어져 달아나 차후에 성안으로 들어갈 기회를 노렸다. 물론 용감하게 서주군의 저지를 뚫는 자도 있었지만 모두 적군의 칼에 난도질을 당하고 시체가 해자에 버려졌다.

절망과 고통 속에서 허도성 안의 조조는 조비(曹丕), 조창(曹彰) 등 아들들을 부둥켜안고 통곡하며 자신의 잘못을 끊임없이 질책했다.

"내가 장사들을 사지로 몰았어, 내가 우리 장사들을 해친 거라고. 내가 경거망동하지 않고 성을 굳게 지켰으면 절대 오늘 같은 일은 벌어지지 않았을 텐데……. 다 내 불찰이로다!"

한편 충성심이 강한 조조군 정예병은 아무런 희망이 없는 상황에서도 결코 투항하지 않고 결사전을 택했다. 천여 명에 이르는 이들은 수십 명씩 크고 작은 원진(圓陣)을 조직해 적의 투항 권유에도 절대 흔들리지 않고 사력을 다해 적의 공격을 막아냈다.

하지만 조조군 원진은 하나하나씩 서주군의 공격에 무너지고, 병사들은 한 명 한 명 서주군의 칼 아래에 쓰러졌다. 온몸이 피투성이에 곳곳에 상처를 입었음에도 조조군은 전혀 굴하지 않고 목이 떨어지는 순간까지 손에서 칼을 놓지 않았다.

조조는 성벽 위에서 비참하게 희생되는 용사들을 지켜보며 흐르는 눈물을 주체하기 어려웠다. 소리 없이 눈물만 떨구던 조조는 갑자기 울음을 그치고 호위병 하나를 불러 명했다.

"너는 백기를 들고 성을 나가 포위된 아군 장사들에게 무기를 버리고 투항하라고 전해라!"

그 호위병이 바닥에 엎드려 눈물을 뿌리자 조조가 호통을 쳤다.

"이건 명령이다. 어기는 자는 목을 베겠다!"

호위병은 주먹으로 눈물을 훔치고 명을 받은 후, 백기를 들고 바구니를 타고서 성 아래로 내려갔다. 그가 서주군과 교섭을 벌이기 위해 성문을 지키는 손관을 찾아가자, 손관은 즉시 사람을 시켜 조조군 호위병을 도옹에게 압송했다.

도옹은 조조군 호위병에게 찾아온 이유를 다 듣고 난 뒤 코웃음을 치며 말했다.

"투항을 요청하러 왔다고? 저 지독한 놈들이 투항할 마음을 먹었다면 진즉에 했겠지? 이제 와 생각해 보니 군사 하나도 아까워졌단 말이냐?"

도옹의 모욕적인 언사에 조조군 호위병은 순간 낯빛이 변하며 주먹을 불끈 쥐었다. 도옹은 이에 아랑곳하지 않고 고함을 질렀다.

"당장 돌아가 조조에게 허튼 수작일랑 말라고 전해라. 흥, 저들을 아군 군중에 남겨놓고 반란을 도모할 생각 아니더냐! 독 안에 든 조조 놈과 내 오늘 반드시 끝장을 보고 말리다!"

조조의 호위병이 굳은 얼굴로 발걸음을 옮기려는데, 도옹 뒤쪽에서 갑자기 가후의 목소리가 들려왔다.

"잠시 멈춰라! 조조에게 가서 포위된 군사들을 풀어주겠다고 일러라. 다만 한 가지 조건이 있다. 지금 당장 군사를 이끌고 허도를 떠나라. 물론 절대 뒤를 쫓지 않는다고 약속하겠다."

가후의 이 말에 조조군 호위병은 물론 도옹까지 어안이 벙벙한 표정을 지었다. 쾌마를 타고 달려온 가후는 잽싸게 말에서 내리고는 도옹 곁으로 다가가 말했다.

"주공, 호랑이를 산으로 돌려보내고 싶지 않은 마음은 이해합니다. 하지만 한 가지만 묻겠습니다. 지금 허도를 공파하고 조조를 죽인다면 조조가 장악한 토지를 아군이 병탄할 수 있다고 보십니까?"

도응은 얼떨떨한 표정으로 대답했다.

"그건… 불가능하오."

"맞습니다. 아군은 전선이 너무 길고 병력을 변통하기 어려워 이 광활한 영토와 성지를 발아래 두기 어렵습니다."

가후는 적 앞에서 적정을 분석하는 금기를 범한 후 다시 도응에게 물었다.

"그럼 아군이 조조를 죽인 뒤 관중과 사례, 여남, 남양 등지는 누구 손에 들어가겠습니까?"

"그야 물론 원소와 유표, 마등 아니겠소?"

"사실이 이러할진대, 주공은 왜 나서서 남 좋은 일을 하려 하십니까?"

도응은 가후가 무슨 꿍꿍이로 이런 말을 하는지 몰라 답답해 미칠 지경이었다. 이를 아는지 모르는지 가후는 계속 말을 이었다.

"주공, 남 좋은 일을 시키고 싶지 않다면 서둘러 조맹덕과 화해하십시오. 방금 들어온 소식에 따르면, 원소가 이미 노약한 군사가 지키고 있는 관도를 점령했다고 합니다. 이에 빠르면 이틀, 늦어도 사나흘 안에 허도에 당도할 것입니다."

가후는 조조군 호위병의 눈치를 살피더니 몸을 돌려 도응에게 공수하고 간했다.

"따라서 조맹덕에게 응당 기회를 주어야 합니다. 먼저 투항을 거부하는 조조군에 대한 공격을 멈추고 조조와 담판에 나서십시오. 조조가 허도에서 즉시 물러나고 천자와 주공의 형장을 우리에게 돌려준다는 데 응한다면 즉시 길을 열어 저들을 놓아주십시오. 이렇게 되면 천자와 주공 형장의 안전을 확보할 수 있을 뿐 아니라 전에 조조가 서주성 아래에서 주공을 살려준 은혜에 보답할 수 있습니다."

그러고는 조조군 호위병과 등을 진 가후가 눈짓을 보냈다. 도응은 가후의 의중을 알아채고 짐짓 고민하는 척하더니 손뼉을 치고 말했다.

"문화 선생의 말이 일리가 있소. 우리가 고생 고생해서 남 좋은 일만 시켜줄 이유는 없소이다. 여봐라, 즉시 조조군에 대한 공격을 멈추고, 사람을 보내 조조에게 협상에 나서라고 일러라. 포로로 잡힌 조조군이 말썽만 부리지 않는다면 협상이 원활히 이뤄지는 대로 성으로 돌려보내도록 하라!"

전령이 이 명을 받고 밖으로 나가자 도응은 조조군 호위병을 보고 크게 소리쳤다.

"똑바로 들었느냐? 당장 조조에게 가서 직접 나와 담판에 응하라고 전하라!"

조조군 호위병이 만면에 희색을 띠고 서둘러 나가려는데, 가후가 다시 그를 불러 세웠다.

"멈춰라. 맹덕 공에게 이 말을 전해라. 그는 간사하기로 이름이 높아 무슨 꿍꿍이를 꾸밀지 모르니 생각할 시간을 단 일각만 주겠다. 만약 일각 안에 응답하지 않는다면 아군은 즉각 공격을 발동해 포위된 너희 부대를 섬멸하고 공성에 나설 것이다. 그리고 천자께서 친히 성으로 나오셔서 이번 담판의 증인이 되어 주십사 청하라."

조조군 호위병은 거듭 고개를 숙여 이에 응한 후 서둘러 서주군 군중을 빠져나갔다. 그러자 도응이 가후를 보고 미소를 지으며 물었다.

"문화 선생, 이제 이런 연극을 꾸민 이유를 말해줄 차례요."

순간 가후의 얼굴에서 웃음기가 싹 사라졌다. 그는 누가 들을세라 연신 좌우를 살피더니 도응의 귀에 대고 낮은 목소리로 속삭였다.

"방금 급보가 들어왔는데, 서황 장군이 양성에서 패배하고 국의 장군이 사망했다고 합니다. 여기에 선등영을 포함한 아군 3천 병사가 전멸했습니다."

전혀 예상치 못한 소식에 도응은 눈이 동그랗게 뜨며 놀란 표정을 지었다. 가까스로 떨리는 가슴을 진정한 도응은 잠시 숨을 고르더니 침착하게 물었다.

"유비와 유표의 협공에 당한 것이오?"

가후는 고개를 끄덕였다.

"맞습니다. 게다가 섭현의 조조 대오까지 참전했습니다. 저들의 총병력이 3만이 넘는지라 현재 서황 장군은 분구(汾口)까지 물러난 실정입니다. 그리고 중간에 변고만 없다면 조조에게 연락을 취할 사신이 허도로 달려오고 있는 중일 테고요. 어쩌면 이미 허도성 아래에 당도해 잠시 성안으로 들어가지 못하는 것일지도 모릅니다. 조조가 이 사실을 안다면 필시 허도를 굳게 지키며 원군을 기다릴 터이니, 아군은 당장 허도를 손에 넣어야 합니다. 그렇지 않으면 지금까지의 일이 모두 수포로 돌아가고 맙니다."

도응은 가후의 말에 수긍하고 천천히 고개를 끄덕거렸다. 자신이 만약 서황의 군대를 철수시키면 유비와 유표 연합군은 이 틈을 타 허도로 밀고 올라올 터였다. 반대로 자신이 군사를 이끌고 서황을 구원한다면 궁지에 몰린 조조에게 소생할 절호의 기회를 주게 될 터였다. 그러므로 차라리 조조가 제 발로 도망가게 만들어 최소한의 대가로 허도성을 취하는 것이 현재로서는 가장 좋은 방법이었다.

재빨리 머리를 굴려 이해득실을 따진 도응은 그제야 가후에게 서황과 국의가 참패하게 된 과정을 물었다.

가후가 기다렸다는 듯 재빨리 대답했다.

"그제 밤 이경이 가까워올 때쯤, 서황 장군은 양성에 도착해 금낭을 열어보고 주공의 명에 따라 잠시 휴식을 취한 후 기병을 이끌고 허도로 회군할 예정이었습니다. 후방에는 국의 장군을 배치해 놓았고요. 그런데 어제 아침에 변고가 생겼습니다."

말을 이어가던 가후의 목소리가 갑자기 높아졌다.

"양성 수비군이 성문을 열고 투항하며 국의 장군을 성안으로 유인했던 것이죠. 이에 국의 장군이 멋모르고 양성 안으로 들어갔는데, 이때 갑자기 천 근이나 나가는 철문이 떨어지며 아군이 양단되고 말았습니다. 곧이어 양성 안에 매복해 있던 유비군이 튀어나오고, 양성 서쪽의 유표 복병까지 철문에 갇힌 아군을 향해 돌진해 들어왔습니다. 장비가 당황한 국의 장군을 찔러 죽이자 대장을 잃은 군사들은 적에게 속수무책으로 당했습지요. 마침 서황 장군이 이 소식을 듣고 달려와 구원에 나선 덕에 그나마 손실을 줄일 수 있었습니다."

가후의 얘기를 무표정한 얼굴로 듣고 있던 도웅이 입술을 꽉 깨물고 말했다.

"적정이 불명한 상황에서 적을 너무 얕잡아 봤구려. 유비의 간계에 대해 서황 쪽에서 더 알아본 것은 없었소?"

가후가 대답했다.

"손에 우선(羽扇)을 든 젊은이가 있었다고 합니다. 국 장군이 계략에 떨어졌을 때, 그가 유비와 함께 양성 위에 나타나 우선을 흔들자 철문이 갑자기 떨어지며 국 장군의 퇴로가 끊겼다고 말입니다."

이 말에 도응은 망연자실한 표정을 지으며 손에 들고 있던 채찍을 떨어뜨렸다. 가후는 갑작스러운 도응의 반응에 무슨 영문인지 몰라 이유를 물었지만 도응은 그저 '제… 갈……'이란 말만 띄엄띄엄 내뱉을 뿐 말을 잇지 못했다.

*　　　*　　　*

"뭐? 도응이 날 놓아준다고? 그럴 리가 있단 말이냐?"

패배가 이미 확정돼 최후의 순간이 멀지 않았음에도 조조는 호위병의 보고를 받고 전혀 기쁜 내색을 하지 않았다. 오히려 삼각 눈을 껌뻑거리며 중간에 혹여 협사가 있는 것은 아닐지 의구심을 지우지 못했다.

이런 조조의 의심을 완전히 탓할 수는 없었다. 상대는 바로 속임수에 능한 도응이 아닌가. 이에 도응을 잘 아는 조조의 모사들도 이맛살을 찌푸릴 뿐, 도응의 의도를 알 수 없어 누구 하나 입을 열지 못했다.

"승상, 한 가지 더 보고드릴 일이 있습니다. 사실 도응은 아군과 협상할 마음이 없었으나 가후가 이를 극력 권했습니다……."

이어 호위병이 가후가 도응에게 권유하며 했던 이야기를 대략적으로 늘어놓자, 조조와 그의 모사들은 귀가 번쩍 뜨였다. 모개가 얼굴에 화색을 띠고 재빨리 간했다.

"승상, 도응의 담판 의도가 분명해졌습니다. 아군 멸망 후 이익은 원소나 유표, 마등 등이 챙길까 염려한 도응이 아군을 이용해 저들을 견제하려는 것이니, 그의 요구를 수용해도 무방하다는 생각입니다."

조조와 다른 모사들도 모개의 말에 십분 동의했다. 하지만 가후 역시 간사하기가 도응의 아래에 있지 않았기 때문에 섣불리 판단을 내리지 못했다. 그사이, 성 밖의 서주군은 잠시 조조 잔여 부대에 대한 공격을 멈추고 활과 칼로 저들을 겨누며 겹겹이 포위하기만 했다.

방금 전까지만 해도 함성이 천지를 진동했던 전장은 점차 안정을 되찾기 시작했다. 도응이 담판을 요구한 일이 양군 장사들에게 알려지면서 이들의 시선은 온통 허도성 북문 성루로 쏠리게 되었다. 하지만 조조는 마음을 정하지 못한 채 주저주저하고 있었다. 지금까지 수많은 결단을 내렸었건만 이토록 심리적 압박을 받는 경우는 처음이었다.

이때 순욱이 낮은 목소리로 조조를 일깨웠다.

"승상, 시간이 얼마 남지 않았습니다. 도응이 준 일각이 이제다 돼 갑니다."

조조는 막막한 표정을 지으며 천천히 자리에서 일어나 성가퀴 쪽으로 걸어갔다. 높은 곳에서 전장을 조망하니 살구색 군복을 입은 서주군 무리는 마치 가없는 누런 바다와 같았다. 이에 반해 천 명도 남지 않은 조조군 대오는 곧 있으면 바다에 휩쓸려 나갈 한 조각의 검은색 고주(孤舟)처럼 보였다. 마음속이 복잡해진 조조는 뒤를 돌아보고 쉰 목소리로 물었다.

"이것이 만약 도응의 계략이라면 무슨 목적일 가능성이 가장 높겠소?"

순욱이 대답했다.

"전혀 힘들이지 않고 허도성을 취하고, 아군 최후의 부대를 손쉽게 섬멸하기 위해서일 것입니다."

조조는 눈을 감고 길게 탄식을 내쉬었다. 잠시 후 눈을 뜬 조조가 침착하게 입을 열었다.

"도응에게 가서 담판을 짓자고 하시오. 장소는 성 북문 아래이고, 내 직접 그와 만나 얘기하리다. 그리고 그의 요구대로 천자를 이리로 모셔와 이번 담판의 증인으로 삼으시오."

그러자 정욱이 다급히 간했다.

"승상, 우리가 도응의 요구를 거부하기 어렵다지만 이것이 정말 도응의 간계라면 아군은 성을 지킬 기회조차 잃게 됩니다."

조조는 정욱을 응시하고 무표정한 얼굴로 대꾸했다.

"아군 정예 부대가 거의 다 궤멸돼 보름, 아니 열흘을 버티는 것도 기적일 거요. 담판을 해도 죽고, 하지 않아도 죽는데 차라리 도박을 걸어봅시다. 도응이 사람들 앞에서 한 말을 식언하지 않길 바랄 수밖에 없지 않소?"

조조의 휘하들 역시 내키지 않았지만 형세가 이 지경에 이른 상황에서 누가 과연 반대할 수 있겠는가. 이들은 조조의 명에 따라 사람을 보내 서주군과 연락을 취하고 담판에 관한 세부 사항을 논의하는 한편, 순욱과 조홍은 궁으로 들어가 헌제에게 담판 사실을 알리고 증인이 되어달라고 청했다.

잠시 뒤 모두가 주목하는 가운데 허도성 아래에서 조조와 도응과의 협상이 이뤄졌다. 헌제가 성벽에 모습을 드러내자 사전에 약속한 대로 서주군은 2백 보 뒤로 물러났다. 곧이어 허도성 북문이 서서히 열리며 조조가 10여 기를 거느리고 나와 성 밖에서 백 보 떨어진 지점에 자리를 잡았다. 도응 역시 10여 기를 거느리고 진영을 나와 조조의 앞에서 열 보 떨어진 곳에서 말고삐를 잡아당겼다.

도응은 서둘러 담판에 나서지 않고 먼저 고개를 들어 성벽 위 헌제를 바라보았다. 이는 도응이 평생 처음으로 헌제를 알현하는 순간이었다. 도응은 말 위에서 정중히 예를 갖추고 큰 소리로 말했다.

"폐하, 미신(微臣)은 서주목 겸 양주목인 도응입니다. 폐하를 알현하는 데 갑주(甲冑)를 걸치고 온전히 예를 다하지 못하는 점 너그러이 용서하십시오. 하지만 미신이 곧 폐하를 늑대 굴에서 구해 드릴 터이니 조금만 참고 기다려 주십시오."

5년간 조조의 손아귀에서 두려움에 벌벌 떨었던 헌제는 도응의 충후하고 준수한 외모를 보고, 또 공손하고 예절 바른 말을 듣고서 흥분을 주체하기 어려웠다. 다만 막다른 지경에 몰린 조조가 혹여 자신에게 해코지를 할까 염려해 조조를 자극하는 말을 최대한 삼갔다.

"도 애경은 그만 몸을 펴시오. 사건의 경위를 짐이 모두 들었으니 친히 이번 담판의 증인이 되리다."

"감사합니다, 폐하. 미신, 어명을 따르겠나이다."

도응은 다시 한 번 헌제에게 정중히 절한 후, 그제야 조조에게 눈길을 돌리고 말했다.

"맹덕 공, 오늘 전투가 비록 처절했지만 내 사사로운 원한 때문에 전쟁을 일으킨 것은 아니오. 천자는 천하의 주인으로……."

"시끄럽다!"

조조는 도응의 말을 끊고 냉랭하게 말했다.

"연극은 집어치워라. 대체 우리를 놓아주는 목적이 무엇이냐?"

"목적이라고요? 그거야 당연히 양군 장사들을 헛되이 희생시키지 않고, 한의 산하를 중흥하기 위한 것 아니겠습니까?"

도응은 스스럼없이 입에 발린 말을 내뱉고 본론을 꺼냈다.

"맹덕 공, 일이 여기까지 왔으니 그대가 허도에서 물러나고 천자와 내 형님을 안전하게 돌려주기만 한다면 군대와 가솔을 이끌고 가는 동안 절대 뒤를 쫓지 않겠소이다."

"약속할 수 있느냐?"

조조의 물음에 도응은 격앙된 목소리로 대꾸했다.

"천지신명과 천자께서 똑똑히 보고 계시오! 서주목이자 양주목인 나, 도응은 조조가 천자와 황후, 문무백관 및 내 형장 도상을 무사히 봉환(奉還)한다면 결코 철수하는 조조의 대오를 추격하지 않을 것이오! 이를 어길 시 하늘과 땅이 벌을 내릴 것이오!"

도응은 맹서의 말을 마치고 숨을 몰아쉰 뒤 말을 이었다.

"맹덕 공, 내 신용이 어떠한지는 공이 잘 알고 있지 않소? 자, 선택하시오. 끝까지 저항하다 최후를 맞이할지 아니면 살길을 찾아 허도에서 물러날지를. 참, 토지 문제를 깜빡했구려. 난 영천, 산양, 진류, 제음 네 개 군이면 족하오. 그대가 나머지 영토를 지키겠다고 한다면 다음 개전 전까지 손을 쓰지 않으리다."

이 말에 조조의 표정이 이내 어두워지더니 잠시 뒤 물었다.

"내 아들 조앙은 어쩔 셈이냐?"

"공이 자리를 잡는 즉시 공자를 돌려보내 드리리다."

지푸라기라도 잡아야 하는 조조로서는 도옹이 사람들 앞에서 맹서 한 마당에 더 이상 망설일 이유가 없었다. 그는 곧 말머리를 돌려 성벽 위에 있는 헌제에게 소리쳤다.

"폐하, 도 사군의 말을 모두 들으셨겠지요? 신이 도 사군의 신용을 믿습니다만 그의 사람됨을 믿지 못하기에 만일의 사태를 예방하기 위해 정식으로 어지를 내려주시길 청합니다. 신의 모든 과오를 사면하고 이후 이를 다시는 추궁하지 않으며, 또 절대 도옹에게 신을 추살하라는 명을 내리지 않겠다고 말입니다. 그리하면 신이 도옹의 요구에 응하겠습니다."

조조가 마침내 자신을 놓아주겠다고 하자 헌제는 기뻐 어쩔 줄 몰랐다. 그는 연신 고개를 끄덕이며 들뜬 목소리로 말했다.

"그리리다, 그리리다. 짐이 지금 조서를 내리겠소. 조 애경에게 비록 작은 과오가 있다 하나 어가를 호위한 대공을 세웠으니 지난 죄과를 모두 사면하고 다시는 이를 묻지 않겠소. 그리고 도 애경은 철수하는 조 애경의 군대를 쫓지 말라……."

"폐하, 잠시만 기다려 주십시오!"

이때 도옹이 다급히 헌제의 말을 가로막고 크게 외쳤다.

"미신의 무례를 용서하십시오. 미신 역시 조 승상의 신용을 믿지만 그의 사람됨을 믿을 수는 없습니다. 따라서 만약에 대비해 한마디 말만 첨가해 주시기 바랍니다. 조 승상의 대오가 아군을 먼저 습격하지 않는다면 추격 명령을 내리지 않는다는 데 동의한다고 말입니다. 만일 조 승상의 마음이 변해 먼저 전단을 일으킨다면 미신은 즉각 군사를 동원해 저들 대오를 추살할 것입니다!"

그간 조조의 위세에 눌려 지냈던 헌제는 자기도 모르게 몸을 움츠리며 조조의 눈치를 살폈다. 조조가 고개를 끄덕여 동의를 표하고서야 헌제는 낭랑한 목소리로 말했다.

"윤허하노라! 조 애경이 먼저 도 애경의 대오를 공격하지 않으면 짐은 절대 추살 명령을 내리지 않을 것이오. 하지만 조 애경이 약속을 지키지 않고 성을 나간 후 도 애경의 군대를 습격한다면 도 애경은 짐에게 명을 청할 필요 없이 즉각 반격에 나서시오!"

도웅과 조조는 일제히 공수하고 헌제의 명을 받들었다. 이어 조조가 도웅에게 말했다.

"너는 먼저 돌아가 우리 군대를 성으로 돌려보내라. 우리가 오늘 밤 준비를 모두 마치고 내일 아침 허도에서 철수할 터이니 그때 성지를 접수하도록 해라."

그런데 도웅은 이 제안을 단호히 거부했다.

"아니 되오! 공에게 딱 한 시진의 시간만 주겠소. 그 안에 모든 준비를 마치고 허도에서 나가시오."

"한 시진 안에 어떻게 가능하단 말이냐?"

조조가 버럭 화를 내자 도응은 코웃음을 치며 대꾸했다.

"그거야 내 알 바 아니니 알아서 하시오. 그대의 용사들을 풀어주고, 또 하룻밤의 시간을 주면 그 틈에 전쟁 준비에 나서려 할지 누가 알겠소?"

조조는 입술을 꽉 깨물고 말했다.

"지금 신시가 절반을 넘었으니 한 시진 반 후인 술시 정각에 내 사람들을 거느리고 허도성 서문을 통해 철수하겠다. 그때 성안으로 들어오도록 해라. 그리고 내 용사들을 당장 돌려보내라. 저들도 가족과 물자들을 챙겨야 할 것 아니냐?"

"그럼 거래가 성사되었소이다."

도응은 눈 하나 깜짝하지 않고 뒤돌아 크게 소리쳤다.

"조 승상의 대오가 성으로 돌아갈 수 있도록 길을 열라고 일러라!"

쾌마가 달려가 도응의 명을 전하자 진을 치고 기다리던 서주군은 즉각 길을 비켜주었다. 겨우 8백여 명밖에 남지 않은 조조군은 비틀거리며 서로를 부축해 허도성 북문을 향해 걸어갔다. 해자 근처에 있던 조조는 눈물을 흘리며 자신에게 충심을 보인 이 용사들을 친히 맞이했다.

그런데 이때 돌발 상황이 발생했다. 8백여 조조군이 해자로 뚜벅뚜벅 걸어가고 있을 때, 조조군 하나가 갑자기 대오에서 이탈해 잰걸음으로 조조 앞까지 달려가는 것이 아닌가. 조조 옆에 시립해 있던 호위병들은 저자가 혹시 조조군으로 변장한 서주군 자객이 아닐까 두려워 재빨리 칼을 뽑아 들고 길을 막아섰다. 하지만 조조 가까이 달려온 그 조조군 사병은 바닥에 두 무릎을 꿇고 울먹이는 목소리로 크게 소리쳤다.

"승상은 지금 적에게 속고 있습니다! 우리 원군이 이미 서주군을 격파하고 양성에 당도했단 말입니다! 며칠만 더 버티면 수만 원군이 이르러 서주군을 물리칠 수 있습니다!"

"제기랄!"

도응과 가후는 다 된 밥에 재를 뿌리는 이 말에 절로 신음성이 터져 나왔다. 저 병사는 섭현의 조조군이 보낸 전령이 틀림없었기 때문이다.

"우리 원군이 곧 도착한다고?"

조조군은 전령이 가져온 소식에 한편으로는 놀라면서도 또 한편으로는 기쁨의 빛을 감추지 못했다. 조조 역시 자신의 귀를 의심하며 다급히 물었다.

"너는 누구냐? 대체 어찌 된 일인지 소상히 말해보아라!"

그 전령은 비장한 목소리로 대답했다.

"소인은 섭현 수장 위충 장군이 보낸 전령입니다. 며칠 전, 채모와 유비가 3만 5천 군사를 이끌고 섭현으로 쳐들어왔습니다. 그런데 허도 전투가 도응에게 유리하게 전개된다는 사실이 알려지자, 유비는 크게 분개해하며 채모를 설득해 아군과 동맹을

체결하고 섭현 군사와 함께 허도를 구원해 국적 도웅의 침입을
막자고 권했습니다."

전령은 잠시 숨을 고른 뒤 계속 말을 이었다.

"유비가 요구한 조건은 아군이 점령한 남양 전역을 돌려주고,
전쟁에 필요한 군비와 전량을 부담하라는 것이었습니다. 섭현
의 군사가 3천 명밖에 되지 않는 데다 허도의 전황이 다급하다
는 소식이 전해지자, 위충 장군은 고민 끝에 승상의 재가 없이
유비의 요구 조건을 수용하고 힘을 합쳐 승상을 구원하기로 결
정했습니다. 어제 아침에 유비가 묘계를 써서 적장 국의를 죽이
고 무수한 서주군을 섬멸해 적을 분구까지 내몰았습니다. 이에
소인은 위충 장군의 명을 받아 곧 있으면 원군이 당도할 것이
라는 소식을 가지고 허도로 달려온 것입니다. 그런데 뜻밖에 아
군이 이미 대패해 소인이 성안으로 들어갈 방법이 없는 데다 진
중에 꼼짝없이 갇혀 이제야 승상께 위충 장군의 서신을 전합니
다."

소상하게 설명을 늘어놓은 전령은 품 안에서 피로 물든 편지
한 통을 꺼내 두 손으로 조조에게 바쳤다.

조조는 낚아채듯 편지를 손에 쥐고서 자세히 읽어보더니 갑
자기 하늘을 향해 광소를 터뜨렸다. 조조군은 조조의 행동을
보고 전령의 말이 틀림없는 사실이라고 여겨 다들 얼굴에 희색
을 띠었다. 반면 서주군 진영에서는 도웅과 가후가 아무런 기색

도 보이지 않는 가운데, 군사들이 서로 얼굴만 바라보며 전령의 말을 반신반의했다.

"도웅, 네 이놈!"

조조는 돌연 광소를 멈추고 대갈일성을 지르더니 도웅을 향해 사악한 미소를 지었다.

"너 같은 간적이 어째서 이런 호의를 베풀어 날 놓아주려고 할까? 계속 이상하다는 생각이 들었다. 알고 보니 이런 이유가 있었구나. 우리 원군이 이르면 네놈의 허도 공격이 물거품으로 돌아갈까 봐 듣기 좋은 말로 날 꼬드겨 성을 나가게 한 다음 그 틈에 허도를 손에 넣을 생각이었던 것이냐? 꿈 깨라. 나를 손책처럼 네놈 손에 놀아나는 바보로 알았더냐!"

도웅은 속으로 똥줄이 바짝 타면서도 얼굴에는 미소를 드러냈다. 조조는 이를 보고 코웃음을 쳤다.

"흥, 웃어도 소용없다. 네놈의 간계는 이미 들통 났다. 네놈이 분구의 군대를 철수시키면 우리 원군은 거침없이 허도로 밀고 들어올 테고, 반대로 분구를 구하러 간다면 나는 당장 포위를 뚫고 유표, 유비의 군대와 연합해 네놈을 협공할 것이다. 여기에 예주 남부의 군대까지 동원한다면 사면으로 적에게 둘러싸인 네놈에게 과연 빠져나갈 길이 있겠느냐? 이 참에 여세를 몰아 서주 내지까지 쳐들어가는 것도 고려해 볼 만하구나."

도응은 조소 가득한 조조의 말을 묵묵히 듣고 있다가 잠시 뒤 쓴웃음을 지으며 입을 열었다.

"맹덕 공, 얘기가 다 끝났으면 제가 몇 마디 해도 되겠습니까? 맞습니다. 전 사전에 유비가 이미 양성에 당도했다는 소식을 들었습니다. 하지만 제가 담판에 나선 건 공에게서 허도를 넘겨받는 것 외에 또 다른 이유가 있었기 때문입니다."

이어 도응은 환한 얼굴을 하고 목소리를 한껏 끌어 올려 크게 외쳤다.

"그 이유가 궁금하지 않습니까? 그것은 바로 맹덕 공과 공 일가의 목숨을 구하기 위해서였습니다!"

"하하하… 하하하! 뭐? 내 목숨을 구하고, 우리 일가를 구한다고?"

조조는 세상에서 가장 우스운 이야기를 들었다는 듯 배를 움켜쥐고 미친 듯이 웃음을 터뜨렸다. 그러나 이어진 도응의 말 한마디에 조조의 광소는 뚝 끊겨 버렸다.

"맹덕 공, 귀 큰 도적놈이 어떤 자인지 벌써 잊었습니까? 그가 공을 구하러 나서는 것이 단지 저에 대한 원한 때문이라고 생각합니까?"

순간 조조의 얼굴이 어두워지며 기쁨에 겨운 나머지 간과했던 중요한 문제가 뇌리를 스쳐 지나갔다. 유비가 정말 아무 대가 없이 나를 구해주려는 것일까? 개인적인 원한을 갚기 위해

순수하게 나를 돕는 것이 유비의 인품과 어울린단 말인가?

그러는 사이, 도응의 조리 있는 설명이 이어졌다.

"나와 유비 간의 얽히고설킨 은원이야 맹덕 공도 잘 알고 있으니 여기서 더 언급할 필요는 없겠지요. 하지만 잘 생각해 보십시오. 현재 공의 수중에 있는 이 패전 장병으로 유비와 채모의 군대를 당해낼 수 있다고 보십니까? 나야 분구의 군대를 철수시킨 뒤 서주로 돌아가면 그만입니다. 그러나 유비의 대군이 기세등등하게 허도로 진입해 공과 공의 가솔들을 제거하려 든다면 어찌하시렵니까?"

조조의 얼굴은 한층 더 어둡게 변했다. 도응의 이 말이 결코 협박이 아니라 사실임을 분명히 인지했기 때문이다. 유비라면 그런 짓을 저지르고도 남을 인간이니까 말이다!

도응이 이 틈을 타 흔들리는 조조의 마음을 더욱 몰아세웠다.

"공의 눈 속에 제가 비열한 소인배로 비춰질지도 모릅니다. 하지만 공의 눈 속에 유비는 대체 어떤 사람입니까? 나와 유비 중 누구의 약속을 더 믿고 싶습니까?"

입을 꾹 다물고 침묵하던 조조는 한참 뒤에야 어렵게 입을 뗐다.

"그래, 차라리 너를 믿겠다. 네가 비열한 소인배라고 하나 최소한 말을 뒤집고 식언하지는 않는다. 하지만 유비 놈은 권세와 지위를 위해서라면 무슨 짓이든 서슴지 않고 할 자다!"

"그럼 됐습니다. 자, 이제 선택하시지요. 방금 전 약속을 실행에 옮겨 술시 정각에 허도성에서 나가겠습니까 아니면 제 손에 죽든지, 유비의 손에 죽음을 맞이하겠습니까?"

도웅은 조조를 재촉한 뒤 한마디 더 덧붙였다.

"참, 한 가지 더 알아야 할 일이 있습니다. 공이 만약 제 손에 죽는다면 유비는 쾌재를 부를지도 모릅니다. 공의 잔여 부대를 회유하고 흡수할 정당한 명분이 생길 테니까요. 기반이 없는 유비라면 눈 하나 깜짝하지 않고 이런 짓을 저지르지 않을까요?"

조조는 눈을 감고 재빨리 숙고에 들어갔다. 잠시 후 눈을 번쩍 뜬 조조는 단도직입적으로 말했다.

"내 허도에서 물러나겠다는 약속을 이행하겠다. 다만 두 가지 조건이 있다. 하나는 허도의 전량 절반을 가져가는 것이고, 또 하나는 우리 군대가 여남으로 철수할 때까지 엄호해 달라는 것이다."

도웅은 흔쾌히 대답했다.

"물론입지요. 우리 서주에는 양식이 풍족해 6할을 가져가도 상관없습니다. 허도성 밖에서 하룻밤 휴식을 취하고 있으면 사람을 시켜 식량을 운반하겠습니다. 그리고 여남까지 엄호하는 것도 그리 어려운 일은 아닙니다. 방금 전 문득 이런 생각이 들더군요. 사위 된 몸으로 왜 영천과 진류를 원소에게 바칠 생각을 못 했을까, 라고 말입니다."

"도 사군이 이토록 효성스러운 사위였는지 꿈에도 몰랐구려."

조조는 이를 부득부득 갈며 대꾸했다. 여남과 경계를 맞대고 있는 영천과 진류를 원소에게 넘겨 끝까지 자신을 괴롭히려는 도응의 속셈이 드러났기 때문이다. 하지만 도응은 뻔뻔스럽게 이를 드러내고 웃으며 말했다.

"왜 그런 당연한 말씀을 하십니까. 참, 맹덕 공의 장녀 조헌(曹憲)이 곧 계례(笄禮:여자 나이 15세 때 처음 머리를 올리고 비녀를 꽂는 성인 의식)를 올린다고 들었는데, 한번 생각해 볼 의향이 있으신지요?"

"사양하겠네. 무슨 험한 꼴을 당하고 싶어서 자네의 장인이 되겠는가?"

조조는 손을 절레절레 흔들고는 몸을 돌려 성으로 돌아가 큰 소리로 외쳤다.

"당장 내 명을 전하라. 전군 장사와 문무 관원들 중 나를 따르고자 하는 자는 짐을 챙겨 술시 전에 성을 나와 허도성 남문 밖에서 영채를 차리고 휴식을 취하라. 허도성은 도응에게 넘겨 줄 것이다!"

무수한 문무 관원들이 원군이 곧 당도할 것이라며 극력으로 만류했지만 조조는 얼굴 표정 하나 변하지 않고 냉랭하게 대꾸했다.

"사람은 반드시 약속을 지켜야 한다. 이미 응낙한 일을 번복해서야 되겠는가! 게다가 유비의 대오는 우리의 원군이 아니라 늑대 무리일 뿐이다. 저놈은 우리의 가죽과 뼈까지 발라 버릴 정도로 냉혹한 놈이란 말이다!"

조조의 선택은 결론적으로 올발랐다. 조조가 군사를 모두 이끌고 허도성을 나갔을 때, 서주 장수들은 물론 헌제의 장인 복완을 위시한 한실의 문무백관까지 나서서 도웅에게 저항 능력을 상실한 조조군을 섬멸해 버리자고 강력하게 요구했다. 그러나 도웅의 대답은 한결같았다.

"사람이 믿음이 없으면 제대로 설 수 없는 법이오. 이미 응낙한 일을 되돌릴 수는 없소!"

그럼에도 많은 사람이 반발하자 도웅은 절대 조조군을 해하거나 성을 나가 공격하지 말라고 명하고, 이를 어기는 자는 삼족을 멸하겠다는 엄명을 내렸다. 이 명령이 반포되자 누구도 더는 조조를 공격하자는 말을 꺼내지 못했다.

허도에 입성한 도웅은 몇 년 만에 만난 형 도상과 서로 부둥켜안고 해후의 정을 나눈 데 이어, 궁으로 들어가 헌제에게 고두하고 정식으로 예를 행한 후 헌제 및 복황후, 동귀비(董貴妃)에게 안부를 여쭈었다.

또한 혹시 모를 불순분자의 반란을 막기 위해 치안을 강화하고, 성 곳곳에 방을 붙여 백성들을 위무했으며, 사람을 시켜 약속한 식량을 조조에게 내주라고 명했다.

번잡한 정무로 눈코 뜰 새 없이 바쁜 와중에서도 도응은 시간을 내 심복 모사들을 모아 유비를 어떻게 처리할지에 대해 논의했다. 가후를 비롯한 모든 모사들은 분구에 증원군을 보내 유비의 기세를 누르고 본때를 보여줘야 한다고 건의했다. 하지만 도응은 아무 말 없이 생각에 잠겨 있다가 마침내 명을 내렸다.

"서황에게 전군을 이끌고 허도로 철수하라고 이르시오. 조운은 후방을 담당하는데 주력군과의 간격을 절대 10리 이상 벌리지 말고 천천히 퇴각하며 유비군의 기습에 대비하라고 하시오."

가후와 유엽 등은 영문을 몰라 서로 얼굴만 바라보았다. 이어 유엽이 조심스럽게 물었다.

"주공, 형주군은 조조군에 비해 훨씬 정예롭지 못한 데다 유비의 수중에는 기껏해야 수천 군사가 다일 텐데 이토록 경계하는 이유를 모르겠습니다. 꼭 공명 장군이 패할까 걱정하는 모습입니다."

도응은 이 말에 동의한다는 듯 고개를 끄덕이고 침울한 표정으로 대꾸했다.

"조조보다 더 위험하고 무서운 적이 오고 있으니 한시도 방심해서는 아니 되오. 그 이유는 차차 알게 될 것이오."

가후와 유엽 등은 지금껏 출전한 이래 이렇게 긴장한 도응의 모습을 본 적이 없는 데다 알쏭달쏭한 얘기만 늘어놓는 통에 마음에 의구심만 가득 쌓였다. 그러나 어쨌든 도응의 판단이 틀린 적은 없었기에 더 이상 이 결정에 반대하지 않고 그대로 명을 따랐다.

하룻밤이 금세 지나고 이튿날 아침이 되었을 때, 대오 안에 부상자가 너무 많은 데다 부녀자와 아이까지 대량으로 유입돼 조조는 당장 허도를 떠나기 어려웠다. 이에 모개를 성안으로 보내 대오를 정비할 수 있도록 하루만 더 시간을 주고, 치료에 필요한 약을 좀 더 공급해 달라고 요청했다.

물론 도응은 흔쾌히 이를 받아들였다. 그러자 서주 관원들이 잇달아 달려와 화근을 키워서는 안 된다며 조조의 청을 거절하라고 강력하게 권했다. 왜냐하면 이것이 유비의 원군이 도착할 때까지 시간을 끌다가 원군이 도착하면 힘을 합쳐 허도성을 빼앗으려는 조조의 수작이라고 걱정했기 때문이다. 하지만 도응은 조조가 유비의 원군을 기다릴 생각이었으면 더 안전한 성을 굳이 나갔겠냐며 관원들의 요구를 단호히 물리쳤다.

그런데 그날 저녁 무렵, 서황이 돌연 전령을 보내 도응에게 놀랄 만한 사실을 보고했다. 서주군이 퇴각하고 있을 때 유비가 군사를 이끌고 추격해 왔는데, 후방의 조운 부대와 교전을 벌이지 않고 단지 조운과 전장에서 만나 한참 동안 밀어를 나눈 뒤 그냥 철수했다는 것이다.

국의의 조카 국종은 이를 듣고 격노해 길길이 날뛰었고, 서황도 대경실색해 행군을 멈추고 조운에게 자초지종을 물었다. 하지만 조운은 유비와 단지 지난 일을 이야기하며 회포의 정을 나눴을 뿐, 군정에 대해서는 한마디도 언급하지 않았다고 잘라 말했다. 그래도 마음속의 의심을 지울 수 없었던 서황은 감히 이를 소홀히 할 수 없어 도응에게 결단을 내려 달라고 청했다.

이 보고를 받은 도응이 쓴웃음을 지으며 말했다.

"저들이 간계를 썼구려. 자룡의 성격이 진중해 쉽게 계략에 빠뜨릴 수 없음을 알고 옛 친분을 이용해 아군 내부의 결속을 무너뜨리려 한 것이오."

그러자 유엽이 조심스럽게 간했다.

"주공, 너무 단정적으로 말씀하실 일이 아닙니다. 유비와 자룡은 오랜 벗에다가 친밀하기가 형제와 같은데, 자룡이 두마음을 품을까 걱정되지 않으십니까?"

이 말에 도응은 단호히 고개를 저으며 대꾸했다.

"자룡은 절대 그럴 사람이 아니오. 재물이나 관직을 탐해 나를 실망시킬 사람이 아니란 말이외다. 아군이 조운을 의심하게 만들려는 저들의 계략에 떨어진다면 유비에게 그 틈을 노릴 수 있는 기회를 주게 돼 있소."

유엽이 도응의 단언에 뻘쭘한 표정을 짓자 시의가 앞으로 나와 간했다.

"주공, 적이 이토록 간사하니 행동에 좀 더 신중을 기할 필요가 있겠습니다. 분구는 허도와 고작 80리밖에 떨어지지 않았습니다. 내일 조조가 혹시 또 기간을 늦춰 달라고 요청하면 단호히 이를 거부하고 당장 허도를 떠나라고 요구하십시오. 그래야 유비에게 기회를 주지 않을 수 있습니다."

도응은 고개를 젓고 웃으며 대답했다.

"자우 선생의 이 말은 틀렸소. 내가 조조의 철수 기한 연장과 약물 공급 요청에 동의한 것이 설마 조조의 사정을 봐주기 위함이라고 보시오?"

"그럼 다른 목적이 있단 말씀입니까?"

시의는 멍하니 눈만 껌뻑이며 이리저리 생각해 보더니 홀연 이마를 치며 큰 소리로 말했다.

"설마 조조를 이용해 적을 유인하려는 의중입니까? 유비와 채모에게 조조와 손잡고 허도를 공파할 기회라고 여기게끔 만들어 저들과 결전을 치를 생각이란 말입니까?"

도응은 천천히 고개를 끄덕였다. 도응의 진의를 미리 간파하고 있던 가후와 유엽도 엷은 미소를 지었다. 이어 유엽이 비장한 어조로 말했다.

"자우 선생, 유비와 채모가 조조군과 연합해 국의 장군을 해하고 3천여 아군 병사를 몰살했소. 아군이 이미 허도 견성을 접수해 불패의 위치에 서 있는 지금, 저들을 위해 복수하지 않는다면 어찌 장사들의 마음을 위로하고 아군의 사기를 높일 수가 있겠소?"

시의는 그제야 크게 깨닫고 도응에게 건의했다.

"그렇다면 우리 쪽에서 먼저 조조에게 사신을 보내 부상병을 치료하라는 핑계로 하루 더 허도성 밖에서 머물라고 인심을 베푸시지요. 그리하여 유비가 마음 놓고 진군해 손수(溪水)를 건너기만 한다면 손쉽게 목적을 달성할 수 있습니다."

"간사한 조조에게 우리 의도를 금방 들키지 않겠소?"

도응의 의문에 시의는 명료하게 대답했다.

"상관없습니다. 조조는 아군의 의도를 알아챈 후 틀림없이 아군의 계획을 거스르지 않을뿐더러 외려 아군에게 호응할 것입니다. 조조가 여남으로 내려가 재기에 나선다면 그 상대가 전투력이 막강한 우리 서주군이겠습니까 아니면 병마가 약소한 형주군이겠습니까?"

도응은 큰 소리로 웃음을 터뜨린 후 분부했다.

"그럼 자우 선생이 수고 좀 해줘야겠소이다. 조조를 찾아가

본 사군의 측은지심(惻隱之心)을 전하고 하루 더 군대를 정비한 뒤 여남으로 철수하라고 이르시오."

시의는 예, 하고 대답한 후 곧장 조조군 진영을 향해 출발했다.

양모(陽謀)란 무엇인가? 바로 상대방에게 이것이 함정임을 똑똑히 알리고 나서 저 스스로 함정에 빠지지 않을 수 없게끔 만드는 것이다!

시의가 조조 앞에서 도응의 의사를 전하자 조조는 금세 도응의 악랄한 의도를 알아챘다. 하지만 조조는 이를 거절하지 못한 채 흥 하고 연신 콧방귀를 낀 뒤 말했다.

"돌아가 도응에게 이르시오. 이 조치가 아군에게도 유리한 점이 있어서 돕긴 하겠지만 유비가 계략에 떨어질지는 나도 장담할 수가 없소."

시의는 공수하고 감사의 뜻을 표한 후 대답했다.

"맹덕 공께서 위충 장군에게 서둘러 사람을 보내 유비와 사적으로 맺은 맹약을 파기하라고 요구하지 않는다면 유비는 분명 계략에 떨어질 것입니다."

조조는 신경질적으로 대꾸했다.

"말이 되는 소리를 하시오. 아군 대영이 물샐틈없는 포위망에 갇혀 있는데 무슨 수로 사신을 보낼 수 있겠소? 그리고 미리 말해두겠는데 일단 유비가 손수를 건넌 것이 확인되면 아군은 즉시 철군할 것이오. 도응도 반드시 약속을 지켜서 아군을 엄호해야 하오."

"그야 당연하지요. 우리 주공은 약속한 말을 틀림없이 지킵니다."

시의는 조조에게 단단히 약조한 후 작별 인사를 고하고 허도로 돌아갔다.

이튿날 오전, 서황과 순심이 거느린 군대가 마침내 허도성 아래에 이르자 도응은 친히 성 밖으로 나가 이들을 맞이하고 승패는 병가상사라는 말로 위로했다. 조운은 스스로 잠깐 방심해 군심을 어지럽히는 실수를 범했다며 도응 앞에 꿇어 엎드려 죄를 청했다. 하지만 도응은 전혀 개의치 않는다는 듯 큰 소리로 웃음을 터뜨리고 말했다.

"잘못이 있다면 벌을 받아 마땅하지요. 그럼 자룡은 벌로 허도성 밖에 주둔하며 아군의 안전을 책임지시오."

도응은 이렇게 이 일을 마무리 지은 후 순심을 불러 나지막이 물었다.

"유비군은 지금 어디까지 진군했소?"

"손수 영음 나루에 이르렀는데 아직 강을 건너지는 않았습니다."

"간교하기 짝이 없는 놈들."

순심의 대답에 도응은 욕을 내뱉고 다시 물었다.

"그럼 유비의 양초 상황은 어떠한지 탐지해 보았소?"

순심은 고개를 가로젓고 설명을 덧붙였다.

"국의 장군이 사망한 뒤 아군 세작이 더 이상 여수를 건널 기회가 없어서 저들의 양초가 많은지 적은지 판단할 수 없었습니다. 하지만 완성에서 허도까지 4백여 리가 넘는 데다 수상 운송로도 짧아 양초가 충분치는 않을 것으로 사료됩니다."

도응은 고개를 끄덕여 순심의 견해에 찬동하고 탄식하며 말했다.

"특별한 일이 없다면 싸움이 일어나지 않을 가능성이 높겠구려. 국의 장군에 대한 복수는 아무래도 다음으로 미뤄야 할 듯싶소."

*   *   *

유비 곁에는 관우와 장비 외에 손에 우선을 든 젊은이 하나가 서 있었다. 신장이 팔 척에 얼굴은 관옥(冠玉) 같이 희고 이목구비가 뚜렷하며, 학의 깃털로 짠 옷을 입고 머리에는 윤건(綸巾)을 썼다. 이 자는 다름 아닌 제갈량이었다. 제갈량은 숙부인 제갈현의 추천으로 유비에게 발탁되었다.

이제 겨우 만으로 열아홉에 불과한 제갈량이 어떻게 유비 부중으로 들어갔던 것일까. 일찍이 제갈현은 옛 친구 유표에게 몸을 의탁해 예장태수를 역임했다. 이후 양양에 들어가 유표의 막빈으로 있으면서 형주의 세력 확장을 위해 여러 차례 진언을 올렸다. 하지만 당시 형주의 권력을 좌지우지하던 채가와 괴가의 반대에 부딪혀 매번 뜻을 이루지 못했다.

이런 와중에 유비가 조조의 명으로 남양에 배치됐다는 소식을 듣게 되었다. 절호의 기회가 찾아왔다고 여긴 제갈현은 당장 유표를 찾아가 유비에게 투항을 권유하자고 건의했다. 설득 끝에 유표의 승낙을 얻어낸 제갈현은 서서를 보내 유비를 형주로 끌어들이는 데 성공했다.

유비는 종실이라는 이유로 유표에게 상빈(上賓)의 대접을 받았다. 그러나 이는 그저 허울일 뿐, 유표는 물론 채가, 괴가의 견제 때문에 세력을 펼치기 어려웠다. 이를 눈치챈 제갈현은 유비를 찾아가 동병상련의 정을 나누고 허심탄회하게 신세를 털어놓았다. 이로써 의기가 투합하게 된 둘은 형주에서 세력을 확장하기 위해 손을 잡기로 결정했다.

이후 유비가 서서를 떠나보내고 시름에 잠겨 있자 제갈현은 조카를 떠올렸다. 여덟 살 때 양친을 잃은 제갈량을 돌본 이래로 항상 그의 재주와 능력에 탄복하던 터라, 제갈현은 조카를 유비에게 보내기로 결심했다. 이에 그를 교분이 있던 사마휘(司馬徽)와 방덕공(龐德公) 등에게 보내 천하를 다스릴 학문을 익히게 했다. 수년간의 수학 끝에 제갈량의 학문이 어느 정도 완성되자 제갈현은 때가 왔다고 여겨 조카를 유비에게 추천했다.

인재에 목말라 있던 유비는 약관의 제갈량과 장시간 대화를 나눈 후, 거침없는 언변은 물론 스스로를 관중(管仲), 악의(樂毅)에 비유할 만큼 자신감에 차 있는 이 젊은이에게 큰 호감을 느꼈다. 관우와 장비는 나이 어린 제갈량을 탐탁지 않게 여겼으나 책사가 부족했던 유비는 아우들의 반대를 물리치고 그를 군사로 기용했다. 이후 유비는 제갈량과 천하 대사를 논할 때마다 그의 현하구변(懸河口辯)에 매료돼 밤이 새는지도 모르는 경우가 한두 번이 아니었다. 이로써 유비는 제갈량을 절대적으로 신뢰하고 항상 곁에 두었다.

유비는 서주군이 후퇴하는 것을 보고 머리 꼭대기까지 화가 나 당장 추격에 나서고자 했다. 하지만 제갈량은 이것이 서주군에게 가장 유리한 전장인 허도로 자신들을 유인하려는 계책인데다 스스로 허도성을 버린 조조에게 반공을 가할 힘이 없음을 알았다. 이에 유비에게 손수를 건너지 말고 남양으로 철수해 기회가 찾아올 때까지 기다리라고 권했다.

유비는 제갈량의 판단을 옳다고 여겼으나 안타깝게도 채모와 유비 연합군의 군권은 유비가 아닌 채모의 수중에 있었다.

서주군을 손쉽게 격파한 채모는 이미 안하무인이 되어 유비의 권고와 분석을 모두 무시해 버리고 손수를 건너 서주군과 결전을 벌이자고 고집했다.

유비가 끝까지 철수를 권하자 채모는 성을 발끈 내며 엄포를 놓았다.

"전에는 허점을 노려 허도를 손에 넣자고 강력히 주장하더니, 허도와 겨우 40리 떨어진 지금에 와서는 왜 철병을 권유하는 것이오? 북정 대군의 주장이 누군지 잊지 마시오! 내 호령을 계속 무시한다면 군법으로 다스릴 수도 있소이다."

이번 출정에 동행한 황조의 아들 황사도 채모의 말에 동조했다.

"황숙이 무엇 때문에 그리 걱정하는지 모르겠습니다. 서주군은 기동력이 뛰어난 군자군 외에 그리 염려할 것이 없습니다. 게다가 조조의 잔여 부대가 아직 허도에서 철수하지 않아 우리가 허도성 공격에 돌입하면 조조도 분명 도응에게 복수하러 나설 것입니다."

유비는 답답한 듯 쓴웃음을 짓고 대꾸했다.

"구체적인 정황이 아직 확인되지 않았지만 조조가 자발적으로 허도를 떠났다는 건 이미 그에게 도응과 다시 싸울 담력이나 능력이 없다는 증걸세. 그리고 도응이 순순히 조조를 놓아 준 것으로 보아 필시 둘 사이에 거래가 있었을 거네. 이런 상황에서는 함부로 손수를 건너기보다 퇴각하는 것이 최선의 선택일세."

그러자 채모가 갑자기 책상을 내려치고 크게 고함을 질렀다.

"아군이 버팀목이 되어주면 조조에게 없던 담력도 저절로 생겨날 것이오! 내 뜻은 이미 결정됐소. 대군은 오늘 내로 강을 건너 손수 동쪽에 영채를 차리고 도웅과 결전을 치를 준비를 하시오! 또한 사람을 몰래 조조 영중에 침투시켜 함께 도웅을 협공하자고 알리시오!"

"채 도독……."

유비가 호소하듯 불러봤지만 채모는 자리를 박차고 일어나며 냉랭하게 말했다.

"명을 어기는 자는 그 자리에서 참하겠소!"

『전공 삼국지』 13권에 계속…

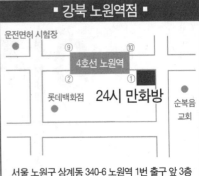
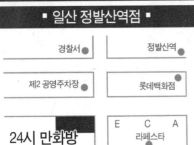
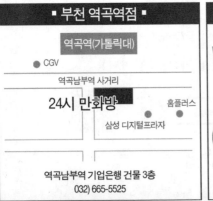
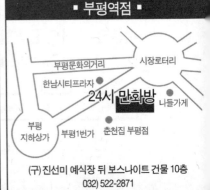

허담 新무협 판타지 소설

FANTASTIC ORIENTAL HEROES

신력을 타고났으나 그것은 축복이 아닌 저주였다.

『십자성 - 전왕의 검』

남과 다르기에 계속된 도망자의 삶.
거듭된 도망의 끝은 북방 이민족의 땅이었다.
야만자의 땅에서 적풍은 마침내 검을 드는데……!

"다시는 숨어 살지 않겠다!"

쫓기지 않고 군림하리라!
절대마지 십자성을 거느린
적풍의 압도적인 무림행이 시작된다!

Book Publishing CHUNGEORAM

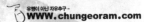

검자 新무협 판타지 소설
FANTASTIC ORIENTAL HEROES

목탁

해적으로 바다를 누비던 청년,
절해고도에 표류해… 절대고수를 만나다!

"목탁은 중생을 구제하는
좋은 이름일세."

더 이상 조무래기 해적은 없다!
거칠지만 다정하고, 가슴속 뜨거운 것을 품은

목탁의 호호탕탕 강호행에
무림이 요동친다!

FUSION FANTASTIC STORY

고고33 장편소설

세무사 차현호

대한민국의 돈, 그 중심에 서다!

『세무사 차현호』

우연찮게 기업 비리가 담긴 USB를 얻은 현호는
자동차 폭탄 테러를 당하게 되는데…….

그런 그에게 주어진 특별한 능력과 두 번째 삶.
하려면 확실하게, 후회 없이 살고 싶다!

"대한민국을 한번 흔들어보고 싶습니다."

대한민국의 돈과 권력의 정점에 선
세무사 차현호의 행보에 주목하라!

연기의 신

FUSION FANTASTIC STORY

서산화 장편소설

GOD OF ACTING

PRODUCTION

DIRECTOR

CAMERA

DATE   SCENE   TAKE

무대, 영화, 방송…
모든 '연기'의 중심에 서다!

『연기의 신』

목소리를 잃고 마임 배우로 활동하던 이도원은
계획된 살인 사건에 휘말려 비참한 죽음을 맞이한다.
그런 그에게 주어진 특별한 기회, 타임 슬립.

"저는 당신의 가면 속 심연을 끌어내는 배우입니다."

이제 그의 연기가 관객을 지배한다!
20년 전으로 되돌아가 완전한 배우로서의
삶을 꿈꾸는 이도원의 일대기!

Book Publishing CHUNGEORAM